Amours flocons et fins heureuses

Alice DesMerveilles

Adeline Dias

Aya Estrela

Emily Kind

Cindy Lia

Marina M.L.

Aurore Payelle

Aria Topez

Plumes du Web

82700 Montech
www.plumesduweb.com
978-2-38151-242-6

Couverture réalisée par Charlotte Graphisme
charlottegraphisme.fr

Sommaire

Ce recueil de nouvelles réunit les héros de vos histoires préférées !

Flocons, frissons et secrets de Noël

Nouvelle dans l'univers de
En cavale de Cindy Lia

1

Kate

Un vent glacé s'infiltre sous mon manteau alors que j'avance d'un pas pressé dans les rues de Boston. La neige brille sous un manteau de poudreuse fraîche, le ciel dégagé dévoile une merveilleuse toile parsemée de constellations que j'adorais observer quand j'étais gosse. Mais ce soir, comme d'habitude, je n'ai pas le temps. La journée a été longue. *Trop* longue. J'ai les orteils en compote au fond de mes bottes et les épaules toutes nouées après des heures passées devant mon ordinateur.

Je suis le.ssi.vée.

Vraiment, il est temps de parler de ce niveau de fatigue où même tes cils demandent un jour de RTT.

La neige craque sous mes pas, étouffant le bruit lointain de la ville tandis que j'approche de mon immeuble. Je l'observe une petite seconde, juste le temps de me rappeler à quel point je me sens reconnaissante d'avoir pu garder cet appartement, et plus encore d'y vivre avec l'homme de ma vie... bien que l'homme – avec un grand H – soit aux abonnés absents ce soir, car Anders travaille tard. *Encore.* La raison ? Une garde imprévue et des heures supplémentaires à cause d'un collègue blessé en intervention. J'ai beau être habituée à son emploi du temps chaotique, son absence me pèse beaucoup en cette période de fêtes. C'est un nouveau Noël sans famille, et je traîne un méchant coup de blues depuis quelques jours. J'avoue que sa mission qui tombe pile-poil un jour de fête me laisse une pointe de déception. J'aurais aimé qu'il marque le coup pour notre premier réveillon ensemble, qu'il essaie au moins de négocier avec Connely, son chef. Au lieu de ça, il a secoué la tête, l'air fataliste, comme s'il ne comptait même pas se battre pour moi. *Pour nous.*

– Ça fait partie du deal, non ? Moi, l'uniforme, et les plans qui partent en vrille à la dernière minute...

Ses mots résonnent encore dans ma tête, et un soupçon amer se faufile au milieu de tout ça. J'aime Anders, vraiment. Du plus profond de mon cœur. Quelquefois, je l'aime si fort que j'ai envie de lui balancer une pantoufle à la tête pour vérifier qu'il est bien réel – promis, je me retiens de le faire ! En fait, je craque pour son côté bougon et solitaire, même s'il n'est pas du genre expressif niveau sentiments. Voire pas du tout. Je crois que ça commence à me faire douter. Et si cette cohabitation ne lui plaisait plus ? Et s'il s'était déjà lassé de moi ?

OK. Stop, Kate ! Je chasse cette pensée d'un haussement d'épaules. Peut-être que je dramatise trop, mais je vais passer le réveillon toute seule, et cette sensation est plus piquante encore que l'air hivernal.

Sur le trottoir gelé, les reflets colorés des guirlandes projettent des ombres dansantes sur la ville. J'ai beau me sentir un peu triste ce soir, Noël reste une période féerique qui fait danser mon cœur de petite fille. Cette année, j'ai décoré avec soin l'appartement pour rendre notre vie à deux plus confortable. C'est bête, mais j'espère qu'il se sentira *vraiment* chez lui. J'ai pris le temps de choisir chaque détail, des guirlandes lumineuses aux bougies parfumées, en passant par ce sapin trop grand qui mange la moitié du salon. L'idée était de créer une atmosphère chaleureuse pour qu'il comprenne que cet endroit n'est pas qu'un pied-à-terre où il dort entre deux gardes. C'est notre abri, notre « nid d'amour », comme le disent ces couples qui n'ont manifestement jamais essayé de monter un meuble Ikea à deux.

Une fois dans le hall, ma voisine du dessus, sourde et âgée – comme si l'un n'allait pas sans l'autre –, me tombe dessus. Bonnet de laine vissé sur la tête, elle garde contre elle un cabas rempli de boîtes de pâtée pour chat et me tient la grappe pendant dix minutes au sujet de son vieux persan caractériel et flippant. L'espace d'une seconde, mon reflet dans ses agates ternies me fiche la trouille. Je ne veux pas passer Noël seule comme elle, ou pire… *avec* elle ! Je hoche machinalement la tête à chacune de ses paroles, sans trop savoir comment m'en dépêtrer, et lorsqu'elle s'éloigne enfin, j'attrape mon courrier au vol, puis me précipite vers les étages. Mais au dernier moment, je bifurque vers l'ascenseur. J'ai encore du mal avec les cages d'escalier depuis le meurtre d'April. Chaque marche me ramène à cette nuit où tout a volé en éclats. La perte de ma meilleure amie et la cavale à travers le pays avec ce flic étrange qui est devenu l'homme de ma vie… En fait, après ça, plus rien n'a jamais retrouvé sa place. Mon psy dit qu'on ne guérit pas d'un trauma sans un cocktail de temps et d'efforts. Il a sûrement raison, même si Anders déteste que je démarre mes phrases par « mon psy dit que… ».

Une fois dans la cabine, je détaille les trois enveloppes dans ma main en ronchonnant sur le coût des charges. Sans surprise, j'y trouve deux factures et... autre chose. Une touche de couleur détonne parmi le lot. Je fronce les sourcils et l'examine sous toutes ses coutures. L'enveloppe satinée d'un bleu polaire ne porte pas le nom de son expéditeur. Aucune écriture manuscrite, pas de cachet postal non plus.

Bizarre.

L'ascenseur met une éternité à monter jusqu'à l'étage. Je resserre mon manteau d'un geste machinal avant de quitter la cabine. Une fois devant ma porte, je fourrage dans mon sac à la recherche de mes clés, tout en jetant un dernier coup d'œil à l'enveloppe. *Non, trop soignée pour être une publicité...* Le loquet claque derrière moi. Je lâche le courrier sur la console de l'entrée, puis retire mon manteau d'un geste distrait.

L'appartement est plongé dans une obscurité tranquille. Dehors, les flocons s'écrasent sur les fenêtres dans un silence cotonneux. OK, je suis seule ce soir, mais rien ne m'empêche de préparer un bon petit programme, non ? Une soupe de légumes fumante, une comédie romantique en rediff... De quoi noyer le cafard, quoi. Et puis, j'irai me coucher après avoir passé le traditionnel coup de fil à papa, le cœur serré à l'idée de ne pas pouvoir l'étreindre pour Noël cette année encore. Mais si tout va bien, c'est le dernier ! Sa libération a été avancée, et bientôt, nous aurons de quoi fêter ça en grande pompe.

J'expire lourdement et appuie sur l'interrupteur de l'entrée. *Home sweet home !* La lumière abonde dans le salon quand soudain, une main se plaque sur ma hanche. Je bloque ma respiration, étourdie par le choc de mon dos qui heurte un mur de pierre. *Un instant de pure terreur, du vide sous mes pieds...* balayé par une voix chaude qui susurre à mon oreille :

— Tu frissonnes pour moi, Danes ?

Des lèvres possessives effleurent mon cou. L'éclair de panique qui m'a vrillé le ventre se dissipe, et je suis à peu près sûre que ma tension vient de jouer au yo-yo. D'un mouvement brusque, j'envoie mon coude le percuter en plein estomac et me dégage.

— Tu te fiches de moi ?

Anders s'adosse à la porte en ricanant, mais je ne décolère pas.

— Personne ne vous apprend les bases de la psycho dans la police ? On ne surprend jamais une ancienne victime !

— Toi, une victime ? Chieuse, oui. Pipelette, OK. Mais est-ce qu'au moins tu as senti la puissance de ton coup ? Aïe, feint-il, les mains sur le ventre. Je souffre atrocement, là !

— Arrête ton numéro d'homme blessé, tu devrais plutôt être fier de mes techniques ! J'ai été à bonne école, non ?

— Je suis toujours fier de toi, siffle-t-il en me détaillant avec un rictus amusé. Enfin, peut-être que je devrais porter mon gilet par balle à la maison, juste au cas où.

— Ouais, et une coquille aussi, on ne sait jamais.

Il éclate de rire, et je ne peux pas m'empêcher de ravaler un frisson de plaisir lorsque mes yeux se posent sur sa tenue de flic.

Fichu fantasme sur pattes.

— Tu sais que t'es dangereuse, Kate ?

— Et toi, t'es lent. Mauvaise combinaison.

— Non, parfaite combinaison, justement ! Allez, viens par-là, dit-il en tendant la main. Je voulais t'embrasser avant de partir bosser. J'ai besoin d'un peu de réconfort après avoir frôlé la mort dans mon entrée.

Je lève les yeux au ciel en me laissant attirer dans ses bras. Mais lorsqu'il me serre contre lui, j'oublie tout. Anders a ce superpouvoir agaçant de faire fondre ma colère comme neige au soleil.

— Est-ce qu'au moins t'es contente de me voir ? souffle-t-il dans mes cheveux.

Je me cale dans ses bras, puis glisse mes mains autour de sa nuque. Il sent bon, une douce odeur de savon flotte encore à travers ses vêtements.

— Toujours. Mais est-ce que j'abuse si je dis que j'aurais préféré la version de toi sous le sapin le 24 au soir ?

— Non, soupire-t-il, je sais que ça compte pour toi, mais...

Je lève la tête vers son visage, effleurant du regard sa mâchoire mal rasée.

— Je sais, tu ne peux pas.

L'ombre d'un épuisement flotte sous ses yeux. Anders bosse dur ces derniers temps, il redouble même d'efforts. J'ignore ce qu'il cherche à prouver, mais je sens bien qu'il dépasse ses limites.

— Je promets de me faire pardonner, OK ?

J'arque un sourcil.

— Et comment ?

— Disons que j'ai tout un programme en tête avec nettement moins de vêtements...

Oh. Chaque particule de mon corps réagit à ses mains, sa voix, et à tout ce que ses mots laissent deviner. Je déglutis dans un rire nerveux, pourtant mon cœur cogne déjà très fort à l'idée de me retrouver seule avec lui. J'ai l'impression que ça fait une éternité.

— Et si je décidais de ne pas te pardonner ?

Il glisse une main dans mes cheveux, rabattant une mèche derrière mon oreille.

— Alors, je devrais me montrer persévérant. Et tu sais combien j'aime les challenges...

Anders me soulève dans ses bras et pose ses lèvres sur les miennes avec une lenteur calculée. Je sens le poids de son désir contre ma bouche, un désir qui promet bien plus qu'un câlin entre deux portes. J'adore repousser ses limites, même si j'en paye bien souvent le prix. *Et quel prix...* Ses mains me retiennent fermement, comme s'il craignait que je m'échappe. Je laisse sa langue s'emparer de moi dans un équilibre parfait entre douceur et force qui me fait gémir. Il sent le café, une pointe d'amertume mêlée à quelque chose d'indéfinissable qui n'appartient qu'à lui.

Sa tête s'incline légèrement pour approfondir le baiser, et je me perds dans la sensation de ses lèvres qui réclament, me possèdent déjà. Cette frustration entre nous rend ma peau plus sensible et plus électrique à son toucher. Je m'imagine déjà dans notre lit, allongée sous lui, haletante et en sueur.

Lorsqu'il me repose sur le plancher, son front vient effleurer le mien, son souffle est aussi erratique que les battements de mon cœur.

— Putain, désolé... Je donnerais tout pour rester encore avec toi, mais il faut vraiment que j'y aille.

Il a raison. Même si l'idée de prolonger le moment avec lui ne me déplairait pas, c'est son chef qui risque de ne pas apprécier le retard. Je m'écarte à contrecœur et fais quelques pas vers la cuisine pendant qu'il enfile sa veste. Seulement, à peine arrivée dans le salon, mes yeux sont attirés par un objet : un carton, posé en évidence sur la grande table.

— Qu'est-ce que c'est ?

La main sur la poignée de la porte, Anders suit le fil de mon regard.

— Ah ouais, un colis t'attendait sur le paillasson quand je suis rentré ce midi ! J'ai complètement zappé.

— Et tu ne l'as même pas ouvert ?

— Pour quoi faire ?

— J'en sais rien, t'assurer que ce truc n'est pas piégé, par exemple ?

— Si c'était piégé, l'appartement aurait déjà explosé avant ton retour.

— Incroyable façon de tester le danger, Superflic ! C'est quoi la prochaine étape ? Manger un truc offert par un suspect et attendre de voir si tu meurs d'une intoxication alimentaire ?

— Exactement. Merde, t'as percé à jour ma stratégie de survie. Je suis foutu !

— Idiot, pesté-je en m'approchant du colis.

J'attrape un couteau de cuisine et fends l'emballage. Sous mes doigts, c'est soyeux, délicat, presque trop lisse pour être naturel. Par endroits, de minuscules reliefs se dessinent, une texture délicate... *en dentelle ?* Je tire prudemment l'objet de sa boîte et déplie une somptueuse robe de couleur bleu nuit. De fines broderies argentées scintillent comme des éclats de givre. Les bretelles, qui en sont parées elles aussi, glissent sur un magnifique corsage en cœur, épousant parfaitement la ligne du buste. L'ensemble respire l'élégance, le raffinement. En bref, un monde qui m'est totalement étranger !

— OK, grogne Anders, dis-moi que c'est toi qui as commandé ça, parce que si un inconnu commence à t'envoyer ce genre de fringues, on va avoir un sérieux problème !

Je vérifie l'étiquette collée sur le carton, mais seuls mon nom et l'étage y sont inscrits. Des informations précises sans même une signature ou un mot concernant l'expéditeur.

Un mot...

— L'enveloppe !

Anders, en pleine inspection minutieuse du paquet, relève la tête :

— Quelle enveloppe ?

— Le courrier du jour, je ne l'ai pas encore ouvert. Il y avait une lettre bizarre, colorée, sans timbre postal. Avec tout ça, j'ai failli l'oublier !

Je me dirige vers la console dans l'entrée, et sans attendre, je déchire le papier. À l'intérieur, je dévoile un carton aux lettres calligraphiées que je lis à voix haute :

À l'attention de Mademoiselle Kate Danes,

Si chaque visage recèle un secret, quel est le vôtre ?

Le manoir de Roselieu a l'honneur de vous convier au traditionnel bal d'hiver donné le 24 décembre au soir dans ses salons, sous le signe de l'élégance et du mystère.

Masque obligatoire. RSVP non exigée.

2

Je sens monter en moi une furieuse envie... d'exploser de rire. Un bal masqué ? Dans un manoir ? ... *Moi ?* C'est forcément une blague, un canular de mauvais goût. Je me tourne vers Anders, dont le visage est crispé, les traits tendus comme une corde prête à rompre.

— Donne-moi ce truc ! m'ordonne-t-il.

Je lui passe l'invitation qu'il examine avec une attention toute particulière. Ses sourcils se froncent à mesure qu'il lit.

— Pas question que tu y ailles.

Un rire nerveux se coince dans ma gorge.

— Depuis quand est-ce que tu décides pour moi ?

— Depuis que quelqu'un t'envoie des colis anonymes.

Il lève des yeux orageux sur mon visage avant de poursuivre :

— Une robe hors de prix, une invitation dans un manoir paumé, pile l'année où Noël te file le cafard... Et en plus, c'est présenté avec une pointe de mystère, juste ce qu'il faut pour titiller ton besoin de frissonner un peu ! Marrant comme coïncidence, non ?

Ses yeux me fixent avec l'intensité d'un faucon, mais je ne me laisse pas déstabiliser.

— Et si l'Univers avait soudain décidé d'être sympa avec moi, hein ? T'as pensé à ça ?

— Non, parce qu'il ne t'enverrait pas une robe à deux mille balles et un ticket pour te perdre au fond des bois, Kate.

Je me renfrogne. Même irrité, le regard vissé sur l'invitation, il a raison.

— J'ai l'impression que quelqu'un essaie de t'attirer dans un bourbier. Est-ce que tu connais des gens assez riches pour organiser ce type d'événement ?

Je passe une main sur le tissu soyeux de la robe, comme si la réponse à mes questions se cachait entre les broderies.

Connaître quelqu'un qui aime ces soirées... pas vraiment. Mon père et moi, on vivait à mille lieues de ces vitrines mondaines, belles et brillantes, mais surtout faites pour les autres. Et ça nous allait très bien. Alors, il y a forcément quelque chose que je rate, mais quoi ?

Je reste silencieuse une seconde, avant qu'un éclair de lucidité ne me frappe comme la foudre.

— April !

Son prénom m'échappe dans un souffle.

— Sa famille organisait ce genre de fêtes, des réceptions ultra fermées, des soirées privées avec des gros bonnets de la finance, et des célébrités triées sur le volet. Je me souviens qu'elle adorait alimenter ses réseaux sociaux avec ça ! Elle se mettait en valeur avec des robes de créateurs dans des salons luxueux, le genre d'endroits où il faut briller pour exister. D'ailleurs, elle insistait pour que je l'accompagne, mais c'était son terrain de jeux, pas le mien.

— Et ils n'ont jamais cherché à te contacter après sa mort, déclare Anders, pensif. Alors, pourquoi le faire maintenant ?

— Peut-être comme une sorte d'hommage... Et si c'était une soirée en mémoire d'April ?

— Ce serait noté sur le carton, Kate.

Je regarde la robe, l'invitation... Il a encore raison, ça ne colle pas. Si les Bales voulaient m'inclure dans leurs mondanités, pourquoi le faire de façon anonyme ?

— Ça fait un an qu'April a été tuée, et je n'étais pas quelqu'un d'important pour cette famille.

— Peut-être pas pour eux, non, dit-il. Mais pour elle, si.

Je tourne la tête vers la fenêtre du salon. De l'autre côté, une nuée de flocons dansent sous les réverbères. La nuit est calme, silencieuse. Un parfait contraste avec ce que je ressens. Ce mélange de culpabilité, d'absence, de souvenirs qu'on ne sait pas où ranger… C'est presque trop lourd à porter, parfois.

Après un moment, je finis par répondre :

— Alors, peut-être que ça ne vient pas d'eux.

Anders fait tourner l'invitation entre ses doigts.

— Ou peut-être que quelqu'un veut te le faire croire ?

— Franchement, je ne pense pas que ce soit un piège. C'est un bal masqué, Anders, pas une embuscade. À moins qu'on me serve un cocktail empoisonné au champagne, je ne risque pas grand-chose, si ?

Il relève la tête, l'air beaucoup trop sérieux pour envisager une autre théorie.

— Kate, quelqu'un t'envoie une robe de luxe, une invitation mystère, et le tout sans signature. Tu trouves ça normal, toi ?

Une sensation de chaleur électrique court le long de ma colonne vertébrale. OK, il faut bien l'admettre : il y a quelque chose de délicieusement intrigant dans cette invitation.

— La normalité et moi, on a rompu il y a longtemps. Et d'ailleurs, je crois que t'étais dans le coin ce jour-là !

Il sera bien obligé de reconnaître que je ne suis plus en fuite. Le danger, le vrai, est derrière nous, à présent. Il n'a plus besoin de me protéger comme s'il pouvait tout contrôler ou tout prévoir. Même si, d'accord, cette invitation est carrément louche, il va bien falloir qu'on réapprenne à faire confiance au reste du monde.

— Bon, souffle-t-il en attrapant son trousseau de clés sur la console, je vais pousser les recherches entre deux patrouilles ce soir. En attendant, je veux que tu restes bien sage ici, porte verrouillée et téléphone chargé, c'est compris ?

Je grimace.

— Anders...

— Non, Kate, pas de discussion ! C'est un ordre, et celui-là, tu vas le tenir, parce que c'est le flic qui parle, pas le petit copain.

Son air autoritaire ne laisse pas place à la négociation. Ça fait longtemps qu'il a compris que tenter de me raisonner, c'est le meilleur moyen de me donner envie de foncer. En même temps, qu'est-ce que je peux attendre de mieux pour les fêtes ? Dans le fond, je crois que j'ai besoin de croire à cette histoire comme on croit au père Noël, même si ça cache sûrement autre chose.

— Tu veux que je jure sur ta plaque ?

— Je veux que tu sois prudente et que tu m'attendes avant de foncer tête baissée.

— Et moi, je veux une soirée raclette et trois jours de câlins, mais visiblement, on n'a pas toujours ce qu'on veut dans la vie !

Anders attrape mon menton et plante ses prunelles, troubles comme un cognac, dans les miennes.

— Je suis sérieux, Kate. Promets-moi d'attendre que je revienne avant de prendre une décision impulsive. S'il t'arrivait un truc, je...

Sa voix se brise légèrement, mais il n'en dira pas plus. Cette fois encore, comme toutes les autres, un mot reste en suspens dans l'air. Invisible, inaudible. Il plane au creux de ses gestes, et surtout dans ses silences.

Aimer.

Anders est le genre d'homme qui préfère les regards aux promesses, et les gestes aux mots. Le genre qui évite de nommer ce qui nous lie, comme si le fait de le dire à voix haute risquait de nous autodétruire. Aimer, c'est donner à l'autre le pouvoir de nous briser. Et tous les deux, on sait trop bien ce que ça fait de s'attacher… puis de perdre.

— Je te le promets, dis-je, la voix étreinte par tous ces non-dits.

Puis ses lèvres trouvent les miennes pour un nouveau baiser passionné comme je les aime. Sa main se pose contre ma joue, et ses doigts glissent jusqu'à ma taille avec une précision qui me fait frissonner. Les miens s'agrippent à son pull, puis remontent jusqu'à sa nuque, là où sa peau pulse sous la mienne. Nos souffles s'emmêlent, de plus en plus lourds et saccadés. Sa bouche effleure ma mâchoire et s'aventure dans mon cou, frôlant la tentation d'y laisser une marque. *Ses suçons sont les meilleurs*. Je me cambre dans ses bras et libère un soupir que j'étouffe tant bien que mal entre mes lèvres. Ses mains se crispent sur mes hanches, son souffle me brûle la peau, puis… il s'arrête. Brusquement. Lorsqu'il se recule, assez pour rompre le contact, mais pas suffisamment pour que je respire vraiment, j'ai toujours les yeux fermés. Quand je les rouvre, il m'observe. Ses mâchoires sont contractées, ses yeux fiévreux.

— Je déteste te laisser, putain, lâche-t-il entre ses dents serrées. Ça fait des jours que je te vois passer sans même pouvoir te toucher… Et là, je pars assez longtemps pour que tu fasses une connerie.

J'ai envie de le garder pour moi, de refermer la porte derrière lui et d'effacer les heures perdues avec ma bouche, mes mains, mon corps tout entier. Mais je ravale cette envie qui me brûle l'intérieur des cuisses et me force à ne pas bouger.

— Tout va bien, tu peux y aller tranquille… mais rentre vite, hein ? dis-je, la voix un peu plus aiguë que prévu.

Un sourire fatigué me répond.

— Appelle-moi si tu sens quoi que ce soit d'étrange, d'accord ? Un bruit, un message, un doute, n'importe quoi. Je répondrai.

— OK, mais n'oublie pas ton écharpe. Sinon, avec ta chance, c'est pas un méchant qui t'aura cette nuit, mais un rhume carabiné !

— T'inquiète. Si j'ai survécu à Kate Danes, je peux survivre à un virus !

Je ris et regarde mon flic préféré enfiler sa veste d'un geste fluide, presque automatique. Son tee-shirt épouse parfaitement le creux de ses reins et la ligne ferme de ses épaules. Il passe sa ceinture, ferme son holster avec ce petit clic métallique que je pourrais reconnaître les yeux fermés, puis attrape son blouson. Sérieusement, il n'a pas le droit d'être aussi sexy quand il s'équipe pour partir en mission !

Lorsqu'il quitte l'appartement, la neige s'est intensifiée à l'extérieur et recouvre les trottoirs d'une couche feutrée. Je reste un moment là, devant la fenêtre, à contempler l'homme de ma vie dans ce décor féerique. Ses pas se fondent dans le blanc immaculé à mesure que la nuit emporte son ombre.

C'est drôle... On s'est rencontrés sur la route, dormant dans des motels miteux en regardant constamment par-dessus notre épaule, et une part de moi s'est habituée à ce danger qui plane au-dessus de nos têtes. Alors cette invitation, cette robe, ce manoir perdu au milieu de nulle part... Peut-être que ce n'est pas juste une folie. Peut-être que c'est un rappel. Une façon de sentir que je suis encore capable de plonger dans l'inconnu et d'en ressortir vivante. Ça paraît dingue, non ?

Sûrement.

Mais à cette pensée, un frisson d'anticipation me secoue et je sais que ma décision est déjà prise. Après tout, c'est Noël. Qu'est-ce qui pourrait bien m'arriver ?

3

Deux jours plus tard, me voilà fin prête face à mon miroir. Je jette un dernier coup d'œil à mon reflet. La robe d'un bleu profond paraît magique sous les lumières tamisées de la pièce. C'est un peu comme si elle avait été conçue pour quelqu'un d'autre, quelqu'un de plus élégant que moi. J'ai aussi bouclé mes cheveux, histoire d'y aller à fond sur la touche de raffinement, et je les ai relevés grâce à de petites épingles brillantes. Pour compléter l'ensemble, je place le loup en dentelle noire et argentée que j'ai déniché dans une friperie du coin. J'adore le concept ! D'ailleurs, je ne serais pas contre l'idée de l'utiliser dans la chambre avec Anders, un de ces quatre.

Juste une idée comme ça...

Après quelques recherches au poste, mon flic préféré a confirmé que le fameux manoir appartient bien à la famille d'April. Le mystère perd un peu de sa magie, mais au moins, ça l'a rassuré. Depuis qu'il a mis le nez dans cette histoire, c'est à peine s'il a eu le temps de souffler entre deux missions. À peine eu le temps de rentrer, en fait. Une garde prolongée, des urgences à n'en plus finir... Anders a ce don de s'investir jusqu'à l'usure, sans jamais dire stop, ni admettre qu'il est au bord du vide. Mais cette fois, il a sûrement poussé trop loin, car après notre discussion, je ne l'ai pas revu. Enfin, pas vraiment. Quelques messages, deux ou trois appels en fin de soirée, souvent volés à ses journées trop chargées. En fait, nos horaires se sont télescopés. Quand il rentrait, je dormais déjà, et quand je partais, il venait à peine de se glisser sous la douche. On habite le même appartement comme deux ombres mal coordonnées, et forcément, nos promesses nocturnes n'ont pas tenu plus longtemps qu'une gueule de bois. J'ai même fini par le convaincre de me laisser y aller… Peut-être un peu trop facilement, d'ailleurs. Je sais qu'il me fait confiance, mais je sais aussi qu'il ne laisse rien au hasard, alors je reste sur mes gardes.

Un klaxon discret me tire de mes pensées. Ça doit être mon Uber. OK, il est temps de décoller ! Mon cœur cogne un peu trop fort et mes paumes sont moites. J'ai réajusté ce fichu masque trois fois en deux minutes et je tente de me convaincre que c'est l'excitation qui provoque ça.

Respire Kate, tu gères !

J'écarte le rideau et aperçois la voiture garée en double file en bas de l'immeuble. C'est une berline noire avec le toit poudré de neige fraîche. Le moteur tourne au ralenti, dégageant une légère brume autour du capot. Le conducteur est emmitouflé, visage baissé, capuche relevée. J'enfile mon manteau et descends à vive allure, le palpitant au bord de l'implosion. Lorsque j'ouvre la porte de l'immeuble, l'air glacé me cueille aussitôt.

— Kate Danes ?

L'homme posté près de la berline retire sa capuche. Ma bouche s'entrouvre et je lâche un « oh » muet avant d'exploser de joie sur le trottoir :

— Tomio !

Anders a confié la mission à son collègue le plus fidèle. La discrétion absolue, *évidemment*. Mais je m'en fiche ! Je l'adore, alors je lui saute dans les bras sans réfléchir. Tomio m'accueille dans un rire.

— Doucement, relax ! Ne froisse pas mes fringues qui déchirent.

Il porte un costume sombre avec une chemise ocre légèrement ouverte au niveau du col sous son blouson. Une version ultra clean de lui. Il a même fait un effort pour discipliner ses cheveux.

— On m'a rappelé pour une mission spéciale ce soir, dit-il dans un clin d'œil. Ton chevalier servant officiel n'est pas dispo, alors il a envoyé son meilleur remplaçant.

Mes sourcils se froncent.

— Le soir du réveillon ?

— Tu sais que je ne peux pas refuser une mission de protection rapprochée... surtout quand elle implique ma petite brune préférée.

Égoïstement, je suis soulagée de ne pas affronter ça toute seule.

— Et ta famille ? Tu ne restes pas bloqué ici à cause de moi, j'espère ?

Il ouvre la portière avec galanterie.

— T'inquiète ! Ma mère dit toujours qu'un vrai pote, ça compte plus qu'une dinde chaude !

— Je n'y crois pas une seule seconde...

— Bon, OK, ce n'était pas textuellement ça, mais quelque chose dans le genre !

Je chasse un sourire, puis reviens à ce qui m'inquiète vraiment :

— Anders t'a briefé sur la soirée ?

— Attends, laisse-moi me souvenir... Une invitation louche, une robe trop chère, un manoir isolé, et une femme à ne pas quitter des yeux. Je crois que ça couvre l'essentiel, non ?

Je secoue la tête, puis m'installe sur le siège arrière, soulevant un pan de ma robe pour ne pas l'abîmer. Tomio referme la portière avec soin et fait le tour du véhicule avant de grimper côté conducteur.

— OK, reprend-il en démarrant. Prête à prendre des risques, ce soir ?

— Je t'ai déjà dit que j'avais deux pieds gauches sur une piste de danse ?

Il ricane.

— Dans ce cas, mission numéro un : éviter les entorses. Mission numéro deux : garder les yeux ouverts !

Je laisse échapper un léger gloussement, puis détourne le regard vers la vitre, observant les rues enneigées défiler sous les guirlandes. Une boule d'appréhension se forme dans mon ventre, et je dois serrer les doigts sur mes genoux pour masquer le léger tremblement qui démarre. Une fois le loup posé, je tente de me détendre, et surtout de me convaincre que tout se passera bien, que c'est juste un bal, une parenthèse un peu féerique dans ma vie. *Mais qui est-ce que j'essaie de convaincre, dans le fond ?* Je me demande pourquoi les Bales m'ont invitée, moi, quand c'est *elle* qui manque. Puis je réalise que si Tomio est là, c'est qu'Anders s'inquiète plus qu'il ne veut bien l'admettre. Et si j'avais eu tort d'insister ?

Une heure plus tard, la neige est de plus en plus épaisse dans le paysage à mesure que nous progressons vers les montagnes du New Hampshire. Le silence s'est installé dans l'habitacle, troublé par le ronronnement du moteur et le crissement régulier des pneus sur la route.

Je me laisse happer par le paysage, ces montagnes imposantes qui s'élèvent autour de nous. Le GPS annonçait un peu plus d'une heure de route jusqu'au manoir, et nous avons avalé presque l'entièreté des kilomètres.

— T'as remarqué ? demande Tomio, rompant le silence. On dirait que la température chute. Je suis presque sûr que ce bled est planqué dans le trou du cul du monde. Ou sur une faille temporelle... j'hésite encore. Si ça se trouve, les gens parlent en alexandrins, là-bas !

Tomio a ce don de rendre tout un peu moins grave, même les trucs qui le sont clairement. Il parle pour meubler et pour me distraire, parce qu'il sait que je cogite trop. En attendant, il a raison, car le paysage devient plus sauvage à mesure que nous approchons. La ville a disparu depuis longtemps derrière nous, remplacée par des champs enneigés et des bois sombres. Les guirlandes de Noël ont laissé place à une obscurité presque totale. Et maintenant, nous suivons une route étroite, sinueuse, bordée de sapins noirs. Au bout de ce long tunnel glacé, un portail apparaît enfin. Grand, en fer forgé, orné d'arabesques et d'un blason que je ne reconnais pas. Il se dresse devant un chemin qui mène à une bâtisse imposante.

Le manoir de Roselieu.

Illuminé par des projecteurs, l'endroit dégage une prestance intimidante, un mélange d'élégance froide et de chasse gardée pour une certaine élite.

Tomio ralentit, baisse la vitre côté conducteur et s'adresse à un interphone planté dans une colonne de pierre.

— Salut ! On vient pour la réception, lance-t-il comme s'il commandait un burger au drive.

Un grésillement sec précède la réponse.

— Votre nom ?

— Cendrillon et son cocher sexy !

Je me pince les lèvres.

— Kate Danes, corrige-t-il avant d'agacer la voix.

Un nouveau grésillement lui répond, suivi d'un bip métallique, et les portes battantes s'ouvrent dans un grincement presque trop cliché.

— Charmant, commente-t-il alors que nous avançons.

La boule dans mon ventre ne fait que grossir.

Chaque mètre qui nous rapproche du manoir me donne l'impression de pénétrer un piège doré. Et pourtant, j'ai voulu être ici...

Quand la voiture s'arrête enfin devant le perron, Tomio fait le tour, m'ouvre la portière et me tend la main comme s'il me faisait descendre d'un carrosse.

— Tom... j'imagine qu'il est trop tard pour faire demi-tour ?

Une sueur froide me coule dans le dos, mes mains sont devenues glacées. Je crois que même mes organes essaient de se faire la malle. Plus rien ne répond normalement. Là, tout de suite, si je devais choisir entre affronter ça et une attaque de frelons, je prendrais les frelons.

— Beaucoup trop tard, mais t'inquiète ! Je suis là. Et crois-moi, ces chaussures n'ont pas été cirées pour rien, alors allons affronter la bourgeoisie ensemble !

Je pousse un soupir avant de rassembler mon courage et de me lancer. *Prête ?* Pas vraiment. Mais je saurai faire semblant.

Je m'avance pour suivre Tomio à l'intérieur quand un homme surgit dans l'embrasure de la porte et s'interpose entre nous. Il est grand, sec, presque spectral. Vêtu d'un costume à queue-de-pie noir comme la nuit, il porte des gants immaculés. Son masque intégral noir dissimule tout son visage à l'exception de sa bouche, fine et ridée.

— Bonsoir, mademoiselle Danes.

Le majordome s'incline avec une lenteur étudiée, sans jamais baisser les yeux.

— Entrez, je vous prie, vous êtes très attendue.

4

Avant que je ne puisse répondre, les grandes portes du salon s'ouvrent dans un souffle synchronisé. Une musique s'élève, des morceaux modernes version instrumentale revisités par un orchestre. Les invités portent des masques et des tenues plus sublimes les unes que les autres. Baignés dans une lumière chaude, des miroirs anciens tapissent les murs, encadrés de moulures dorées. Dans leurs reflets, les silhouettes des invités s'animent autour de la piste et près des longues tables à cocktail où des serveurs s'affairent. Je lève les yeux au plafond, vers un lustre ancien qui se balance paresseusement au-dessus de nos têtes. Ce truc doit valoir une fortune ! Et pour le clou du spectacle, un immense sapin de Noël orné de fleurs rouges et de décorations poudrées domine au centre de la pièce.

C'est... *somptueux*.

À mes côtés, Tomio desserre le col de son blouson.

— La vache... cet endroit fiche la frousse ! Je te préviens, s'il y a des gens qui dansent à l'envers ou des miroirs sans reflet, je me casse.

Je tourne la tête vers lui, un sourire en coin.

— Tu sais que t'es censé être l'homme de la situation, ce soir ?

— Ouais, sauf que si on était dans un film, je serais aussi le gars qui prend une balle dans les cinq premières minutes.

J'aurais presque envie de rire si je n'étais pas autant crispée.

Le majordome récupère nos manteaux, puis disparaît. Je fais un pas ou deux. Mon talon claque sur le parquet et je sens déjà des regards s'attarder sur nous. L'air est saturé de fragrances de cannelle, de bois ciré et d'orange confite. C'est à la fois cosy et... *étouffant*.

— Allez, on va lancer cette fête ! annonce mon cavalier d'un soir.

Je le dévisage, un sourcil levé.

— Euh... danser... là, maintenant ?

— Tu préfères attendre qu'ils nous dissèquent du regard jusqu'au bout de la nuit ? Perso, j'ai besoin de remuer mes fesses.

Avant que je ne puisse dire non, Tomio me pousse par la taille avec une assurance sortie de nulle part, et je suis entraînée au centre de la piste, là où les silhouettes masquées glissent avec élégance. Certaines valsent, d'autres improvisent des mouvements plus fluides. Lorsqu'il me fait tournoyer, je m'emmêle les pieds.

— J'ai maté deux-trois tutos sur Internet avant de venir, dit-il en roulant des épaules. Cale-toi sur moi, Kate. T'as pas besoin de savoir danser, tant que tu suis mon rythme.

Tomio fait exprès de surjouer chaque pas, ce qui me fait sourire et m'aide à me reprendre.

— Parbleu, Mademoiselle Danes, vous êtes splendide sous les ors de ce château maudit, glisse-t-il d'un ton grandiloquent.

Il en fait des caisses, et pourtant, ça marche ! Petit à petit, nos pas s'harmonisent. Tomio arrête de faire le pitre et nos corps s'accordent au rythme de la musique. Mais mon esprit glisse inlassablement vers une autre présence, une autre façon de poser les mains sur moi. Ce ne sont pas ses pas que j'ai envie de suivre.

Anders...

La sensation de son absence me traverse la poitrine comme une onde sourde. Tomio ne demande rien et surtout, il ne me questionne pas. Il se contente d'être là et de m'offrir ce moment sans prétention, c'est déjà beaucoup, seulement... je réalise qu'en fait, ce n'est toujours pas assez. Il y a un creux qui s'invite dans mon cœur.

— Et voilà, dit-il en changeant de rythme.

Puis il s'incline théâtralement.

— Merci pour la danse, gente dame !

Je lui rends la pareille alors qu'un serveur au visage masqué nous propose une coupe de champagne sur un plateau d'argent. J'hésite une seconde, mais pas trop. Réflexe d'adulte moderne larguée dans un monde codé : boire ! Le champagne n'est pas mauvais, pas transcendant non plus, mais il fera l'affaire.

Nous nous enfonçons un peu plus dans la salle alors que les regards convergent toujours vers nous. Je joue à la femme sûre d'elle, l'invitée mystère qui sait exactement ce qu'elle fait là.

Spoiler : je n'en ai strictement aucune idée.

Pourtant, ces gens commencent à me mettre mal à l'aise.

— Kate, putain, t'as vu ce buffet ? Dieu existe !

Et il a raison. Le paradis s'étend sur une longue table drapée de blanc ivoire, décorée de branches de sapin, de bougies argentées et de pommes d'amour qui ont l'air aussi succulentes les unes que les autres. Un vrai marché de Noël !

— Châtaignes rôties, pain d'épices tiède... Oh merde, il y a même de la truffe noire ! Tu peux résister, toi ? demande-t-il sur un ton gourmand.

J'attrape une mini tartine de brie truffée sur pain d'épices que j'engloutis aussitôt.

— Ça te convient comme réponse ?

Il rit de bon cœur, puis s'empare d'une brochette avec un sourire presque ému.

— On vit notre meilleure vie là, Kate !

Tomio enfourne à la chaîne tout ce qui est à portée de main : tartines, canapés, feuilletés... sans même avaler entre deux. On dirait qu'il essaie de goûter tout le buffet en moins de trois minutes. Et je dois dire que ça me soulage de le voir profiter du moment, parce qu'une pointe de culpabilité persiste dans mon cœur quand je pense qu'Anders l'a obligé à jouer les gardes du corps ce soir.

— Oh ! s'exclame-t-il, la bouche pleine, regarde de ce côté : une assiette de mini-bûches de Noël !

Un vrai gosse.

— Chocolat noir intense, marron glacé... Si tu veux mon avis, il faudra nous rouler pour sortir d'ici.

J'éclate de rire, manquant de m'étouffer avec ma tartine. Un serveur nous scrute du coin de l'œil derrière son masque noir et blanc. Il ne bronche pas, mais son regard a tout l'air de dire : « Vraiment, monsieur, le cinquième sablé ? » Je me cale entre deux colonnes, une coupe dans une main, une mini-bûche dans l'autre. Tant pis pour les bonnes manières. Et je commence seulement à me détendre un peu lorsqu'un téléphone vibre dans la poche de Tomio.

Ses sourcils se froncent dès qu'il pose les yeux sur l'écran.

— C'est le central, je dois prendre cet appel.

Il décroche, puis pose la main sur l'appareil pour m'annoncer :

— Je te rejoins dans deux minutes, d'acc ? Sois sage, ou du moins, fais semblant ! Je reviens vite.

Tomio disparaît vers le hall d'entrée, me laissant seule dans la fosse aux lions. J'attrape une autre coupe sur un plateau qui passe et fait glisser ma langue sur le bord du verre pour sentir l'éclat des petites bulles à la surface. Qu'est-ce qui peut bien lui tomber dessus d'aussi urgent ? L'espace d'un instant, j'ai l'impression de revivre ma cohabitation avec Anders. Ce sont peut-être mes pensées qui se tournent inlassablement vers lui, ou bien notre vie ces derniers jours. Je ne sais plus vraiment... mais une vague de nostalgie me submerge. Je m'adosse à la colonne dans un soupir, quand brusquement... *clac*. Un bruit sec, presque étouffé. Le lustre clignote une fois et tout bascule. Les lumières s'éteignent en parfaite synchronisation. Une chape de velours s'abat sur la salle. Engloutie entre deux piliers, je me sens soudain avalée par une pénombre qui s'épaissit à mesure que les secondes défilent.

Bon sang, je n'aurais jamais dû venir ici ! Je laisse mon regard dériver à nouveau vers les miroirs, il y en a partout et la tête me tourne un peu. C'est sûrement le champagne, car soudain, je distingue quelque chose dans l'un d'eux. Ou plutôt, quelqu'un. Éclairé par la lumière ambrée des lampadaires extérieurs, un homme se tient debout derrière moi, immobile. Son visage est couvert d'un masque couleur ivoire qui ne cache que le haut. J'ai du mal à figer l'image, mais ses yeux sont braqués sur moi à travers le miroir. Mon cœur s'emballe. Ce n'est pas vraiment de la peur, c'est bien plus troublant. *Qu'est-ce qu'ils ont mis dans ce verre ?* Je laisse mes paupières se baisser, mais quand j'ouvre de nouveau les yeux, le miroir est vide.

Je me retourne brusquement et...

5

... personne.

Juste le vide et le battement sourd de mon cœur qui cogne dans mes tempes. Je reste figée, la respiration courte, incapable de dire si ce que j'ai vu était réel ou bien le fruit de mon esprit qui commence à flancher. Alors, je fais un pas en arrière, les paumes moites, le regard accroché à ce miroir inoffensif. Mais au fond de moi, une certitude me serre les tripes : j'ai vu quelqu'un. J'en suis certaine. Et plus troublant encore, il ne me lâchait pas du regard. Contrairement aux autres invités, il y avait dans ses yeux une forme de chaleur brûlante qui m'a traversé le corps sans prévenir. Et cette sensation continue de m'envahir alors qu'il a disparu.

Est-ce que je dois m'inquiéter ?

Soudain, quelque chose change. Une lumière douce vacille dans un coin de la pièce. Une autre suit un peu plus loin et fait scintiller les dorures du plafond. Le lustre central se réveille à son tour par paliers, ampoule après ampoule, comme si la lumière elle-même hésitait à revenir. Et puis la musique reprend doucement. Autour de moi, les silhouettes se meuvent à nouveau et tout le monde reprend sa place, sa coupe, son sourire et ses gestes mesurés. Personne ne semble perturbé, personne ne cherche à comprendre.

J'ai besoin de respirer. De reprendre le contrôle, aussi. *OK, il est temps de prendre l'air !* Je me retourne trop vite et heurte quelque chose – un plateau, sans doute – qui bascule dans un fracas métallique. Quand je relève le nez, une femme me fait face. Je balbutie un « désolée » qui ne convainc personne et tente de ramasser quelques couverts tombés au sol, mais une flopée de serveurs surgit aussitôt. En un instant, tout est ramassé, nettoyé, effacé – sauf mon embarras.

Génial.

— Vous devez être la fameuse Kate, dit la femme, comme si le fracas n'avait été qu'un souffle de vent.

Pomponnée dans une robe en soie jaune, elle porte un loup doré à plumes et me sourit. Elle est élégante, mais raide comme un piquet, avec un verre de champagne à la main, miraculeusement épargné par ma maladresse.

— Bonsoir. Je... on se connaît ?

— April était ma fille.

Elle marque une pause.

— *Est* ma fille, corrige-t-elle.

Je me liquéfie de l'intérieur.

— Oh... je... pardon. Je ne vous avais pas reconnue avec ce masque.

En même temps, je ne crois pas avoir déjà vu des photos d'elle.

— Nous ne nous sommes jamais rencontrées, je crois... Rien de surprenant, April nous tenait à distance, ces dernières années. Sa carrière comptait beaucoup pour elle.

— Oui, on avait ça en commun.

Ses doigts manucurés triturent les bracelets à son poignet.

— Mais elle ne manquait jamais de revenir ici pour Noël. Elle participait à nos festivités avec un tel enthousiasme avant que...

Elle s'interrompt, un trémolo dans la voix.

— Enfin, je voulais aussi vous dire qu'elle parlait souvent de vous.

— Ah oui ?

— Bien sûr ! « Kate sait toujours comment me faire rire », « Kate dit que je mange trop de sucre, mais elle enchaîne les cafés *latte* à la vanille », ajoute-t-elle dans un clin d'œil complice.

Je laisse échapper un son entre le sourire et le vertige. J'entends sa voix dans ma tête, et ses rires qui éclatent au milieu de souvenirs trop clairs pour être oubliés.

— Ça lui ressemblait bien, oui.

April adorait ses parents, mais elle se plaignait souvent d'être le ciment de leur couple. Lorsqu'elle a quitté la maison, sa mère a été touchée par le syndrome du nid vide. Aux dernières nouvelles, elle suivait une thérapie et prenait des médicaments pour gérer le départ de sa fille unique. C'est à la fois difficile et rassurant de voir qu'ils ont survécu à tout ça, qu'ils ont trouvé une manière de continuer malgré tout.

— J'ai voulu que ça ait lieu cette année pour que la tradition perdure, même sans elle. Parce qu'elle aurait voulu qu'on continue. C'était important pour nous tous de ne pas laisser le temps effacer ce qu'elle représentait, vous comprenez. En son souvenir. Et pour vous, aussi.

Je cligne des yeux.

— Pour... moi ?

Elle me scrute, évaluant ma réaction, puis ajoute :

— April aurait voulu que vous soyez là. Elle prévoyait ce genre de soirées des semaines à l'avance. Chaque détail, chaque musique, chaque lumière... Je suis contente que vous soyez venue. Vraiment. J'espère que vous trouverez un peu de cette magie de Noël que ma fille aimait tant partager.

Mes yeux picotent fort, mais je tiens bon, les poings serrés le long de mon corps.

— Merci pour l'invitation, madame Bales, ça me touche beaucoup. Il n'y a pas un seul jour où elle ne me manque pas.

Elle pose ses longs doigts sur mon bras et me sourit.

— Si vous avez besoin de quoi que ce soit, n'hésitez pas. Vous êtes ici chez vous. J'espère que vous trouverez des réponses à vos questions.

— À mes... ?

Je n'ai pas le temps de finir ma phrase qu'elle ponctue notre échange d'un :

— Je vais vous laisser. Il me reste encore beaucoup d'invités à saluer. Passez une belle soirée, Kate et... soyez heureuse.

Je hoche la tête sans libérer un seul mot. Je n'ai même pas réussi à lui demander pourquoi tous ces mystères, cette invitation venue de nulle part et cette robe sublime. J'étais trop saisie par sa présence, trop occupée à essayer de ne pas me laisser submerger par l'émotion. Mais cette discussion avec la mère d'April m'apaise un peu, au fond. Je n'ai jamais vraiment parlé de tout ça avec Anders, ni de la façon dont je me suis perdue en cavale, mais là, seule au milieu de cette pièce, je crois que quelque chose se remet enfin en place.

Après tout ça, j'ai quand même besoin de retrouver des repères. Les minutes s'égrènent sans que Tomio réapparaisse. Il m'avait dit deux minutes, il en est à dix ! Et pour une mission « pas grave », ça commence à faire long. *Ce n'est pas normal.* Il aurait dû revenir depuis un moment déjà.

Quelque chose ne tourne pas rond, et si je reste plantée là à attendre encore, je vais devenir folle.

Je scanne une nouvelle fois la salle des yeux. Rien. Aucune trace de mon acolyte du soir. Alors, je me glisse entre les convives, me frayant un chemin jusqu'au dernier endroit où il s'est éloigné. Je le cherche encore un peu, sans succès. Le majordome m'ouvre le perron et une fois en dehors, frigorifiée sans mon manteau, je l'appelle d'une voix mal assurée.

Pas de réponse.

Je retourne à l'intérieur et longe un mur jusqu'au couloir par lequel il a disparu. Puis je repère un large escalier, couvert d'un tapis rouge bordé d'or qui monte en colimaçon vers un étage baigné d'ombre. Je ne sais pas pourquoi, je choisis de l'emprunter. Je crois que c'est un instinct, ou pire, un pressentiment.

Et s'il lui était arrivé quelque chose ?

Le tapis étouffe le bruit de mes pas, mais pas celui de mon cœur. Je grimpe lentement, une main glissant sur la rampe froide, l'autre sur ma poitrine.

— Tomio ?

Le silence s'épaissit.

— S'il te plaît, réponds, c'est vraiment pas drôle !

Un autre couloir se présente, plus sombre, et presque effacé dans la nuit. Les dorures paraissent ternes, on dirait que la lumière a oublié ce coin-là. J'avance et dépasse deux portes closes, un renfoncement tapissé et une console surmontée d'un miroir fendu. Je m'arrête devant l'une des portes sans trop savoir pourquoi celle-là m'attire plus que les autres, puis je tends la main vers la poignée.

Et c'est là que je le sens. *Un souffle dans mon cou, une chaleur dans mon dos...* Je me retourne dans un tremblement et tombe nez à nez avec *lui*... l'homme du miroir.

Mes yeux papillonnent sur sa silhouette élégante qui vient d'apparaître comme un fantôme dans la nuit. Figé à l'entrée de la pièce, comme s'il avait émergé du décor sans aucun bruit, l'homme m'observe sous son masque. Il porte un costume sombre superbement ajusté à sa silhouette. La veste noire souligne ses épaules musculeuses, la chemise blanche entrouverte au niveau de sa gorge laisse deviner la courbe discrète de ses clavicules. Et sa mâchoire, ombrée par une barbe de quelques jours, suffit à casser la perfection du costume. Juste ce qu'il faut, ni trop ni pas assez.

Je recule d'un pas, mon souffle suspendu. L'espace d'une seconde, je crois même rêver. En fait, je *veux* croire encore à l'illusion, parce que la vérité, si c'en est une, me semble impossible.

6

— Je délire, pas vrai ? Tu n'es pas vraiment là...

J'inspire une bouffée d'air pour canaliser la crise de larmes qui monte. Mon esprit refuse d'accepter ce que mes yeux voient. C'est si soudain...

Et si c'était juste un rêve ? Un faux espoir, une illusion de plus pour me torturer, alors que cette soirée est déjà en train de bousiller ma santé mentale.

Il ricane doucement, soucieux de ne pas me brusquer, mais c'est trop tard.

— C'est à cause du buffet, c'est ça ? reniflé-je. Toute cette nourriture... c'était beaucoup trop bon, et le champagne un peu trop fort. Mince, j'aurais dû me limiter aux petits fours ! Ça fait grossir, OK... mais au moins, ça garde les idées claires.

Ses doigts se mêlent doucement aux miens.

— Si tu hallucines, alors on est deux.

Il s'écarte d'un pas pour m'admirer.

— Putain, tu es incroyable dans cette robe... Je t'ai déjà dit que tu avais un pouvoir de dingue sur moi quand tu t'habilles comme ça ? C'est presque criminel, ajoute-t-il en m'attirant contre lui.

C'est trop réel. Sa voix, son odeur, son regard... *lui.*

Ses lèvres se posent près de mon oreille :

— Joyeux Noël, Kate. J'espère que mon cadeau te plaît.

Ne pas pleurer, rester digne.

Bon sang, il est vraiment là ! Avec moi. Non, *pour* moi. J'ignore comment il a pu accomplir cette prouesse, mais je ne veux surtout pas me réveiller.

— Je... je ne sais pas quoi dire.

— Pour une fois que je te laisse sans voix... laisse-moi savourer ce moment !

J'ai l'impression d'imploser, et j'ai sûrement l'air d'une idiote en robe, mais mon cerveau bugue méchamment. *Kate.exe a cessé de fonctionner.*

Il prend ma main, l'enlace avec une assurance tranquille, puis m'entraîne vers l'intérieur de la pièce. Je ne proteste pas. Je le suis sans un mot, parce qu'à ce stade, j'oublie même où j'habite. Mes yeux se posent sur un immense lit à baldaquin qui trône au centre de la pièce, le genre romanesque. La parure, d'un bleu nuit profond, est brodée de motifs discrets qui rappellent les constellations de ma tenue. Des coussins en cascade, dans des tons crème et argent, ajoutent une touche moelleuse. Plus loin, une baie vitrée recouverte de flocons fondus éclaire faiblement la pièce. C'est presque *trop* romantique.

Je sens sa présence dans mon dos et sa main qui descend lentement le long de ma nuque.

— Elle est vraiment magnifique cette robe, souffle-t-il dans mes cheveux.

Ses doigts effleurent ma taille, trouvent le tissu brodé et s'y attardent un moment. Puis ils atteignent l'attache dissimulée entre mes omoplates.

— Mais elle n'est pas à la hauteur de ce qui se trouve en dessous.

Un *clic* à peine audible, et la tension cède. Le geste est précis, presque trop facile. La robe glisse doucement de mes épaules jusqu'à ma taille.

— Tu m'as beaucoup manqué ces derniers jours, Kate...

Le drapé descend à mes pieds, et je ne sais toujours pas si je rêve ou non. Je frissonne de froid, de désir, de tout ce foutoir intérieur que lui seul arrive à déclencher.

— On garde les masques ? propose-t-il, un grain de malice dans la voix.

Je m'entends émettre un petit bruit d'assentiment, quelque part entre le soupir et le grognement. Pourtant, une multitude de questions tourbillonnent dans ma tête. Déjà, je devrais lui demander ce qu'il fait ici, pourquoi et comment il a réussi ce miracle de Noël, mais à cet instant, c'est mon corps qui parle plus fort.

Ses mains se posent sur mes hanches et me font pivoter face à lui. Je retrouve un filet de voix :

— Attends... et si quelqu'un....

— Personne ne viendra nous chercher, je te le promets.

Sa bouche est un appel à la débauche, et ce sourire en coin m'excite autant qu'il m'agace. Il est sûr de lui parce qu'il me connaît. Il sait que je veux garder le contrôle, mais que dans ses bras, je finis toujours par le perdre.

— Techniquement, c'est une mauvaise idée, dis-je dans un souffle.

— Techniquement, tu es déjà en train de me laisser gagner.

Il m'attrape par la taille et me fait basculer sur le lit. Je lève des yeux gourmands vers sa silhouette qui me rejoint et qui s'appuie sur un coude au-dessus de moi. Le champagne, couplé à son apparition fantôme, éteint mes pensées. Son torse pèse sur le mien, juste assez pour m'empêcher de bouger sans vraiment me retenir. Je réussis tout de même à passer mes mains sous sa chemise en l'ouvrant bouton par bouton, histoire de voir son regard changer. Seulement, ma main frôle à peine sa peau qu'il grogne et m'attrape le poignet.

— T'as conscience de ce que tu déclenches chez moi ?

Ses doigts resserrent leur prise et m'ancrent dans le matelas. Son regard brûle plus fort encore lorsqu'il fait rouler ses hanches entre mes cuisses et que mon bassin réagit immédiatement.

— T'arrête pas, lâche ma voix, à mi-chemin entre le besoin et l'impatience.

— Je croyais que tu n'avais pas encore dit oui ?

— J'ai changé d'avis.

Sa bouche prend le relais, et la façon dont il m'embrasse achève de me faire perdre pied. *Il est ma force et ma faille.* Ses doigts quittent mon poignet pour remonter le long de mon bras, effleurant ma peau avec une lenteur délibérée. Ses paumes se posent sur mes seins, chaudes et possessives. Il laisse des sillons de feu partout où il passe, et mes tétons se tendent dans sa bouche. Il joue avec eux, les mordille à peine, juste de quoi me rendre folle. Je glisse une jambe autour de sa taille, l'attirant vers moi. Il saisit les bords de ma culotte – blanche et basique – pas du tout assortie à ce moment, et écarte le tissu. Deux doigts glissent entre mes lèvres, trouvant exactement ce qu'ils cherchent. Mon dos se cambre à la première pression de son pouce sur mon clitoris. *Il me connaît par cœur*. Je gémis, étouffée dans un oreiller, alors qu'il continue sans relâche, précis, rythmé, et surtout impitoyable.

— Dis-le, Kate.

— Quoi ?

— Que tu me veux. Maintenant.

Je hoche la tête, incapable d'aligner une phrase entière.

— Dis-le, sinon j'arrête.

Et il ne ment pas.

— Prends-moi, s'il te plaît. J'ai besoin de te sentir, si fort !

Anders se lève avec un air satisfait et se débarrasse de son costume, à l'exception du masque. Je retire ma culotte, me redresse légèrement, le regard rivé à son corps. Ce torse qui me fait fantasmer depuis la première nuit. Ce V qui descend jusqu'à...

OK. C'est maintenant.

Il revient sur moi, genoux sur le lit, et prend ma bouche dans un mélange de tendresse et d'impatience. Sa main me tient la hanche, l'autre guide son sexe vers l'entrée de mon corps. Je bloque ma respiration lorsqu'il s'immisce lentement, centimètre après centimètre, jusqu'à ce qu'il soit entièrement en moi. Mon gémissement se heurte à son regard intense, brûlant, à ses paupières qui se plissent sous l'émotion.

— T'es tellement parfaite...

Il reste immobile, le temps de me laisser m'habituer à lui. Mais son corps est déjà gravé en moi. Je l'encourage d'un mouvement de bassin, déjà prête pour lui.

— Doucement, murmure-t-il, la voix rauque.

Quand il commence à bouger, chaque millimètre me fait perdre la tête. Depuis plusieurs semaines, on a laissé tomber les dernières barrières : tests, stérilet... plus besoin de capote. Et lorsqu'il bouge en moi comme ça, qu'il me prend avec une régularité aussi profonde que puissante, les sensations sont juste... démultipliées.

— Kate, putain...

Mes jambes se verrouillent à sa taille et mon bassin suit le rythme qui s'accélère. Mes mains cherchent quelque chose à saisir. Sa nuque, ses épaules... *ma raison, peut-être ?* Mes ongles lui laissent des marques sur le dos. Je veux qu'il sache qu'il n'y a que lui, qu'il est tout ce dont j'ai besoin, maintenant et à jamais.

— Plus fort, haleté-je, incapable de rester en place.

Je l'agrippe, mes doigts s'enfoncent dans sa peau, comme si je pouvais l'ancrer là, sans échappatoire possible. Il obéit et ses reins claquent contre les miens. Chaque coup me fait gémir plus fort, plus vite.

— Encore...

Sa main remonte le long de ma cuisse, la serre, m'oblige à ouvrir plus les jambes. Je m'abandonne, entièrement. Il colle sa bouche à mon oreille :

— Regarde-moi..., exhale-t-il sans ralentir le rythme. Reste avec moi, Kate.

Je hoche la tête, incapable de parler. Mes yeux roulent sous les vagues qui montent, qui montent, et qui deviennent vite insupportables. Il ferme les yeux, pose son front contre le mien, tremblant.

— Tu es tout pour moi, tu le sais ?

Ça me serre la gorge. Je passe une main dans ses cheveux, tire doucement pour qu'il me regarde encore. Et quand il murmure une nouvelle fois mon prénom dans un souffle brisé, tout explose. Je ferme les yeux, et je le sens... son cœur qui cogne contre ma poitrine. Le mien bat trop vite, trop fort. Pas seulement à cause de l'orgasme qui déferle en moi comme une libération, mais à cause de lui, de ce qu'il est, et de tout ce que je n'arrive plus à contenir quand je suis dans ses bras.

— Je t'aime tellement, Anders...

Et merde.

Je ne peux même pas espérer qu'il n'ait pas entendu, puisqu'il se fige dans la seconde. Je plaque une main sur ma bouche, puis l'observe sous mes cils humides, la bouche pincée. Son regard s'ancre au mien et je la vois, la lueur de stupeur qui passe dans ses prunelles. *Bon sang*. C'est sorti sans prévenir. Quand ses lèvres s'entrouvrent, je bloque ma respiration.

— Kate, je...

Avec un peu de chance, il répondra ce que j'ai ~~besoin~~ envie d'entendre.

— Il faut que je te dise quelque chose.

Et ce moment prendra une tournure incroyablement romantique.

— Quelque chose qui risque de ne pas te faire plaisir.

OK, on peut remballer les violons.

7

Je me prépare mentalement à la touche d'humour foireuse qui viendra balayer ce moment un peu trop sérieux. Une vanne pour tout casser, comme d'habitude. *Mais non.* Appuyé sur un coude, le regard fixé sur moi, Anders fend le silence comme une lame :

— J'ai organisé ce moment.

Je le fixe sans comprendre. Mon cerveau est encore à la traîne.

— De quoi est-ce que tu parles ?

— Tout *ça*, ajoute-t-il en promenant ses yeux autour de nous, c'est moi.

Je me redresse sur les coudes. L'air est soudain plus dense.

— Attends... *quoi ?*

— Le lieu, la robe, la mise en scène, l'invitation... tout.

Il marque une pause, scrutant ma réaction.

— J'avais entendu que les Bales donnaient leur bal annuel, alors je les ai appelés. Je leur ai dit que je devais décrocher un peu, que tu voulais tourner la page, et qu'on avait besoin de s'éloigner de Boston pour se retrouver. Ils ont été plutôt réceptifs. Le seul souci, c'est que les invitations étaient déjà parties, alors j'ai dû bricoler un plan B en dernière minute.

Ses doigts se resserrent sur le drap quand il ajoute d'un ton plus doux :

— Je savais que tu ne pourrais pas t'empêcher de venir ici, si j'ajoutais une pointe de mystère et un soupçon de frisson.

Je déglutis un peu trop fort.

— Tu... plaisantes, pas vrai ?

Il se tord les lèvres.

— Tu préférerais ? OK, j'ai peut-être... été trop loin. Je ne sais pas. Je voulais bien faire, mais tu mérites mieux qu'un mec en coup de vent à Noël. Alors, j'ai improvisé un truc qui se voulait romantique, et maintenant, je n'ai aucune idée de ce que tu penses de tout ça. Mais si tu m'en veux, dis-le. J'encaisserai.

Et il le pense. Anders a toujours été prêt à assumer ses erreurs, ce n'est pas un type qui tourne facilement le dos aux problèmes.

— Kate ?

Je ne sais même plus quoi penser. Dehors, le vent siffle contre les vitres. Il fait nuit noire, le genre de nuit voilée et cotonneuse, une ambiance que seule la neige sait créer. Je remonte la couverture sur nos épaules. Au passage, mes doigts effleurent sa peau, encore marquée par la chaleur de nos corps entremêlés.

— Donc... tu t'es dit que t'allais organiser tout ça dans mon dos et que j'allais... quoi ? Me pointer et te sauter dans les bras ?

— Non. Je me suis dit que je n'allais pas choisir la facilité, pour une fois. C'était ma façon de te faire comprendre que tu passes en premier, Kate. Avant les enquêtes, avant les horaires de merde et les appels en pleine nuit. Je me foire souvent sur les retards et les absences, mais il n'y a pas une mission, pas un uniforme qui compte plus que toi.

Je retiens mon souffle et tente de me raccrocher à quelque chose, mais je crois que je suis en train de tomber une seconde fois. Et c'est presque pire que la première.

— Kate ?

Soudain, un éclair de lucidité me ramène sur terre.

— Attends ! Et Tomio, alors ? Il est venu pour rien ?

— Non, il attendait mon arrivée pour prendre sa garde et retourner au poste. Si j'ai bossé deux fois plus dur ces derniers jours, c'est parce que j'ai pris ses heures en échange de la soirée. C'était le deal. C'est pour ça qu'on n'a fait que se croiser, toi et moi.

Je me remémore les paroles de Tomio lorsqu'il est venu me chercher : « Tu sais que je ne peux pas refuser une mission de protection rapprochée quand elle implique ma petite brune préférée. »

Tu parles !

— C'est lui qui s'est proposé, dit-il en levant une paume, je ne l'ai pas forcé ! Quand j'ai parlé de toi, seule et déprimée à Noël, il s'est tout de suite dévoué. Je crois qu'il t'aime bien, ajoute-t-il avec un clin d'œil. Je devrais peut-être surveiller ça de près, d'ailleurs...

Je souris parce qu'évidemment, ça n'a rien à voir. Tomio est comme un petit frère pour moi, même s'il est persuadé d'être le seul adulte fonctionnel de notre trio bancal. Il nous a suivis sur la route, il a encaissé les courses-poursuites et les galères. Il nous a vus nous chercher, nous fuir, et puis nous retrouver. Il sait exactement comment on est tombés amoureux, et peut-être même avant nous.

Le reste me revient en tête comme un boomerang. Du carton d'invitation à la réaction d'Anders lorsque j'ai déballé la robe...

— Bon sang, tu m'as carrément interdit d'aller à ce bal, tu te souviens ? Tu m'as même sorti tout un speech sur les dangers d'une invitation anonyme. On a failli se disputer, ce soir-là !

Il laisse échapper un rire.

— Technique de dissuasion inversée.

— Si je t'avais vraiment écouté, ton plan serait tombé à l'eau !

— J'ai pris le risque, oui. Mais je savais que tu ne résisterais pas. Parce que t'es du genre curieuse, obstinée, et surtout, incapable de dire non à une dose d'adrénaline gratos.

Je me renfrogne.

— Tu m'as manipulée.

— Juste un peu, mais avec les meilleures intentions, c'est promis !

J'ai besoin de digérer ce trop-plein d'informations qui me tombe dessus comme un orage dans un ciel bleu. Mais je résiste aussi mal à l'envie de le serrer fort et... de le frapper en même temps. Alors je lui décoche un coup de coussin, qu'il bloque sans effort.

— Mince... je n'en reviens pas ! Et comme une idiote, je n'ai rien vu venir. Ça fait quoi... des semaines que tu avais pensé à tout ?

— Pas vraiment à tout. Je n'avais pas prévu que tu croiserais la mère d'April avant moi, par exemple. Là, j'avoue que ça m'a pris de court.

Ce sujet me rend toujours aussi nerveuse.

— Elle m'est tombée dessus sans prévenir. Masquée, raide, avec un genre de regard perçant. Elle savait qui j'étais avant même que je n'ouvre la bouche.

Il se redresse, particulièrement attentif.

— Et ça s'est bien passé ?

Je hoche la tête.

— Étonnamment, oui. C'était tendu, bizarre au début. Mais elle a été digne. Classe, même. Elle a mentionné le fait qu'April parlait souvent de moi, et qu'elle... qu'elle aurait voulu que je sois là ce soir.

J'essaie de ne pas replonger, mais ça me demande un effort colossal. Sa paume serre doucement mes doigts sans rien dire. La chaleur de sa peau contre la mienne suffit à faire redescendre l'émotion qui me serre la poitrine.

— Elle m'a remerciée d'être venue. Elle a dit que je faisais partie de cette fête, et qu'elle espérait que j'y trouve des réponses.

Il reste silencieux un instant, puis glisse une main sur mon épaule, son pouce traçant de petits cercles.

— Je savais que ça risquait de te toucher, mais je me disais que peut-être, ce serait aussi une façon de boucler quelque chose.

Pari risqué, mais pari réussi.

Je ne vais pas mentir, il y a une part de moi qui déteste avoir été complètement bernée. Et il y en a une autre, plus discrète, mais soulagée, qui n'arrive pas à lui en vouloir. Il n'a pas cherché à me convaincre par des mots, ni à s'excuser pour ce qu'il n'a pas su offrir cette année à Noël, il a préféré construire un moment qui me ressemble, pensé dans ma langue à moi. Et le plus fou, ou peut-être le plus bouleversant quand j'y pense, c'est qu'il ne l'a même pas fait pour m'impressionner. Il l'a fait parce qu'il me connaît bien plus que moi-même, parfois.

— Kate...

— Hmm ?

— Tu sais... je ne suis pas ce genre de mec. J'ai pas les mots tout prêts, faciles à sortir quand il le faudrait.

Il effleure ma joue, remonte une mèche derrière mon oreille.

— Mais ça ne veut pas dire que je ne le ressens pas. Ce que j'éprouve pour toi c'est... là, tout le temps. Ça me tort de l'intérieur quand on s'éloigne. Imaginer qu'un truc t'arrive quand je suis en mission ou que tu te lasses parce que mes absences te pèsent trop... ça me tue. Mais j'ai aussi peur de tout foutre en l'air en ouvrant la bouche. Le truc, c'est que j'essaie encore de comprendre comment vivre avec ça, comment ne pas tout abîmer en étant *moi*. Parce que je ne sais pas comment t'aimer sans avoir peur de te perdre, tu comprends ?

Je crois que je bredouille un truc, submergée par ses mots. Parce que c'est... *insensé*. Et terriblement juste à la fois.

— Kate, reprend-il sur un ton plus solennel, je vais te le dire une fois, parce que c'est Noël et que merde... j'en ai besoin. Mais je veux que tu t'en souviennes à chaque fois que tu doutes, à chaque tempête qui viendra foutre le bazar dans notre histoire, OK ?

J'opine, et Anders prend mon visage en coupe. Il dépose un baiser sur mes lèvres, ses yeux se ferment brièvement. Lorsqu'il les rouvre, ses pupilles sont brillantes.

— Je t'aime, Kate Danes. Tu es... ma famille.

Une larme glisse sur ma joue et trouble mon sourire. Ses mots résonnent dans ma poitrine comme une onde lente qui trouve un écho dans mon cœur. Et soudain, je réalise qu'il me le dit déjà à sa façon au quotidien, avec des « je t'aime » muets qui s'inscrivent dans ses gestes plutôt que sur ses lèvres. En fait, c'était déjà là. En lui. Dans chaque regard qui dure un peu trop et dans chaque silence qu'il choisit de ne pas fuir.

J'enfouis mon visage dans son cou, apaisée par sa respiration profonde et régulière contre ma peau.

— Je t'aime plus que toi.

— Tu choisis vraiment mal tes batailles, grommelle-t-il.

Je souris et m'emmitoufle un peu plus contre son corps qui dégage une sensation de calme que je cherche encore dans le mien.

— Bon, OK. J'abandonne les grandes déclarations. Pour le moment. De toute façon, je t'ai choisi pour tes autres atouts, même s'ils se comptent sur les doigts d'une main.

L'ombre d'un sourire passe sur ses lèvres.

— Ah oui ? Eh bien, tant mieux. Ça m'évitera de trop me fatiguer à t'impressionner !

Je lui donne un petit coup d'épaule discret, mais assez clair pour qu'il comprenne que je l'ai entendu et que je le laisse gagner, juste cette fois.

— Un dernier truc, ajoute-t-il sur un ton qui m'alerte à nouveau.

Je roule des yeux.

— Quoi encore ?

— Cette chambre est pour nous cette nuit et tout le week-end. Donc, à moins que tu n'aies envie d'achever le buffet, je propose qu'on attende un peu pour redescendre.

Les portes du manoir grincent au rythme des courants glacés qui arpentent les couloirs et me font sursauter. Cet endroit est aussi flippant que romantique, mais cette nuit, je me sens plus stable que je ne l'ai été depuis bien longtemps. Alors, je n'hésite plus.

— Hum... d'accord, la chambre est sympa et la bouffe est correcte. Mais le matelas grince à chaque fois que je bouge ! Donc on risque de se réveiller un peu trop souvent.

Il rit, puis murmure contre ma bouche :

— Ça ira... on a connu pire !

L'esprit de Noël

Nouvelle dans l'univers de
Red Falcon de Aurore Payelle

1

Charlie

Ne pas paniquer.

C'est littéralement la première pensée qui me traverse l'esprit lorsque mon père surgit dans le salon avec un sourire carnassier et un putain de pull de Noël rayé. Vert, rouge et blanc. Une véritable horreur. Je cligne des yeux dans l'espoir que l'image disparaisse ou s'améliore, mais au moment de rouvrir les paupières, il brandit toujours ce même vêtement défraîchi. L'air fier que revêt Christopher Croft quand il dévisage mon petit ami ne fait aucun doute : Weston va passer un sale quart d'heure.

C'est la première fois qu'ils se rencontrent pour de vrai depuis que nous sortons ensemble, mais je ne pensais pas qu'il subirait un véritable bizutage de la part de ma famille.

— Tiens, gamin. C'est un cadeau de bienvenue. Au sein du clan des Croft, tout le monde porte un pull pour Thanksgiving et Noël.

Weston se crispe, mais réussit tout de même à hocher la tête en esquissant un semblant de sourire.

— Oh... wôw ! lâche-t-il, une joie feinte sur ses traits. Je... euh, merci. C'est très... coloré.

— On ne plaisante pas avec les traditions familiales, lui explique mon père. Enfile-le.

West, bien plus docile que je ne l'aurais pensé, acquiesce avant de se tourner vers moi quand Papa Croft s'est éloigné.

— Ce truc est une véritable agression visuelle, me confie-t-il, moqueur. Tu crois que je devrais porter plainte ?

— Je sais, pardon. Mon père avait juré de te laisser tranquille. Il n'est pas comme ça, d'habitude.

— Quoi, tu veux dire que vous ne portez pas ces horreurs à chaque fête ?

Je grimace. Est-ce qu'il tient à ce que je lui confirme que ce traitement de faveur lui est exclusivement réservé ? Mon absence de réponse se suffit à elle-même, et mon charmant petit ami finit par enfiler le pull à contrecœur. Je lui adresse un sourire attendri.

— Toi, t'es vraiment amoureux, hein ? murmuré-je en appuyant mon front contre le sien.

— Ou complètement inconscient, fanfaronne-t-il. Maintenant, je comprends mieux pourquoi Bill s'est foutu de moi quand je lui ai annoncé qu'on passerait notre premier Noël avec ta famille. Vous m'avez tendu un piège.

Je réprime un nouveau rire. Mon frère savait, en effet, à quoi s'attendre. C'est pourquoi il est parti prendre le soleil à Bali au lieu de se retrouver coincé en plein milieu de la campagne avec mes parents et ma tante Benedict.

— Vois ça comme un match de hockey difficile. C'est un challenge. Une fois que ce sera passé, ça ira mieux, tenté-je de le rassurer.

Ma mère, Elisabeth, débarque au même instant avec un énorme carton.

— Voilà les décorations murales et celles pour les vitres ! J'ai tout pris, y compris les stickers lumineux en forme de flocons qu'on avait achetés à Salt Lake City. Tu t'en souviens, Charlie ?

— Le week-end où Papa s'est cassé le bras en glissant sur une plaque de verglas ? Comment l'oublier ?

Maman éclate de rire, et malgré moi, je me joins à elle.

Mon père avait été d'une humeur massacrante pendant tout le séjour, à critiquer le froid, les touristes, ou encore le plâtre qui l'empêchait de bouger à sa guise. Mais le plus drôle, c'est qu'il râlait plus pour la forme que pour le fond. Mon père est le genre d'homme à l'allure impassible qui semble taillé dans la roche. Imposant, grognon et insensible, alors qu'en réalité, c'est un nounours en guimauve au cœur moelleux. Derrière ses blagues acerbes et ses regards intimidants, c'est le premier à glisser une couverture sur les épaules de quelqu'un qui s'est endormi.

Reste juste à espérer que Weston ait droit à la partie douce, et non à la coque incassable. Papa adore jouer au père redoutable. Traumatiser mes potentiels petits copains a longtemps été son sport favori avec Bill. J'ai la sensation qu'il vit sa meilleure vie depuis que Weston et moi sommes arrivés hier soir. Prions pour que West tienne bon jusqu'à la semaine prochaine...

Tante Benedict fait irruption dans le salon au même instant, un café à la main et un bandeau en pilou pilou rose vissé sur la tête. Elle fixe Weston avec une telle intensité qu'il finit par se figer. À son visage crispé, je peux aisément deviner qu'il rêve de fuir cette pièce, mais il est trop tard pour ça. Le piège s'est refermé sur lui.

— Weston, tu sais que je t'imaginais plus... poilu ? lui lance la sœur de mon père.

— Ah ouais ? ricane-t-il.

— J'ai lu dans un article que les hockeyeurs se laissaient pousser la barbe pour paraître plus virils. Une histoire d'hormones, de testostérone et de superstition débile.

Weston se marre franchement, cette fois.

— J'en avais une, mais je m'en suis débarrassé juste avant de venir. On fait ça pour les *playoffs*[1]. C'est une tradition dans le milieu.

— Quelle déception, soupire tante Benedict en haussant les épaules. J'ai toujours eu un faible pour les hommes avec de la barbe. Ça fait... plus rustique.

— Je peux arrêter de me raser dès demain, si ça me permet d'intégrer les Croft plus facilement, balance Weston du tac au tac, un sourire en coin.

Je lève les yeux au ciel, mi-exaspérée, mi-amusée, pendant qu'il en rajoute une couche.

— Si ça me sauve de la malédiction du pull moche, je prends ! murmure-t-il.

Je ris à voix basse pour que personne ne nous entende, puis je m'approche de ma mère, qui déballe un assortiment de guirlandes pailletées. Weston, de son côté, continue de papoter avec Bénédict comme s'ils étaient devenus meilleurs amis – ce qui me semble à la fois improbable et terrifiant. Les minutes filent sans que je m'en rende compte, si bien qu'un quart d'heure plus tard, nous voilà tous les trois en pleine session décoration de notre villa de location pendant que mon père s'occupe du dîner.

Il s'agit d'une maison paumée au beau milieu de la campagne du Colorado, à deux heures de route du tumulte de Denver. Avec les tristes souvenirs que m'évoque cette ville, j'ai refusé de m'y rendre pour des fêtes aussi belles que celles de la fin de l'année. J'ai de la chance d'avoir des parents conciliants et compréhensifs – même s'ils ne l'ont pas toujours été. Ils ont accepté de s'éloigner de l'agitation citadine pour passer sept jours en notre compagnie au pied des montagnes du Colorado.

---

[1] *Playoffs* : série de matchs éliminatoires en NHL.

— Où est-ce que je dois mettre ça ? demande Weston.

Il se tourne vers moi avec un objet non identifié, et il me faut un instant pour le reconnaître.

— Ah... la poupée vaudou, grimacé-je. J'ai toujours détesté cette chose.

Il adresse un regard perplexe au personnage immonde qu'il tient entre ses mains. C'est une espèce de croisement étrange entre une poupée de porcelaine et un lutin de Noël que ma grand-mère avait ramené de l'un de ses voyages en Europe de l'Est.

— Sur le rebord de la cheminée ! lui indique maman depuis la pièce attenante. C'était à ma belle-mère, on l'expose chaque année en souvenir.

Mon petit ami tient le tissu du bout des doigts, comme s'il était répugné à l'idée d'y toucher. Il hisse la poupée au niveau de ses yeux, puis plisse les paupières.

— Tu ne trouves pas qu'elle a un air d'Annabelle en miniature ? se marre-t-il en agitant les bras du jouet. On dirait une poupée possédée.

Il saisit la tête du jouet, puis la tourne dans ma direction. Ses deux gros iris noirs et vides se fixent sur moi tandis qu'un frisson me remonte le long de l'échine.

— Arrête, tu vas nous porter la poisse.

— Quoi ? Je ne savais pas que tu étais superstitieuse, se moque-t-il.

Il l'approche de ma joue en la faisant parler.

— Donne-moi un baiser, Charlie !

Je repousse son bras d'une tape sur la main qui lui provoque un éclat de rire. Il pivote sur ses talons, prend la direction de la cheminée, comme indiqué, puis se fige avant même d'arriver à son but. Je l'observe de longues secondes, perplexe, lorsqu'il s'agite tout à coup.

— Oh merde !

Sa phrase me fait rappliquer aussitôt. Je bondis sur mes pieds pour le rejoindre, puis je m'immobilise près de lui.

— Qu'est-ce que tu fous ?

Il se tourne vers moi, les yeux exorbités.

Mon regard glisse de son visage tendu à la figurine décapitée de ma grand-mère qui gît entre ses paumes.

— Charlie, murmure-t-il. Je l'ai tuée. J'ai tué la poupée vaudou de ta famille ! Qu'est-ce que je dois faire ?

J'examine les restes du lutin en me mordant l'intérieur des joues pour ne pas éclater de rire. Franchement, ce truc a traversé trois générations de Croft, il était grand temps que quelqu'un mette un terme à notre supplice. Des pas résonnent non loin et je sursaute malgré moi. D'accord, j'ai peut-être attendu ce moment toute ma vie – dire adieu à ce machin qui m'a traumatisée pendant tant de Noëls –, mais je suis bien placée pour savoir que ce n'est pas le cas de mon père. Il adore cette chose horrible.

— OK. Planque-la. Vite !

— Où ça ? Tu crois que je dois la jeter à la poubelle ?

— Non. C'est trop risqué, Papa a un radar pour ça. On la planque dans notre chambre, viens !

Sans réfléchir, West dissimule les morceaux du corps disloqué sous son pull. Nous nous éclipsons discrètement du salon et montons l'escalier à la hâte. Une fois à l'abri des regards, je soulève le drap de notre lit pour que Weston y fourre la preuve de son délit.

— Une bonne chose de faite, soupiré-je. On avisera plus tard.

— On est des criminels, souffle-t-il d'un air dramatique.

— Peut-être bien que oui, mais on est dans le même panier.

— J'ai toujours su que je pouvais compter sur toi si je devais cacher un cadavre.

Cette fois, il éclate d'un rire franc et chaleureux. Le genre de rire qui vient me réchauffer tout entière. Il entrelace ses doigts aux miens et nous sortons de la chambre aussi discrètement que nous y sommes entrés.

Je tends l'oreille pour vérifier que personne ne nous a repérés tandis que West me retient sur le seuil de la porte. Après un coup d'œil aux alentours, il se penche pour me voler un baiser. Ses lèvres s'étirent en un sourire au contact des miennes. Dans un geste devenu naturel au cours des derniers mois, mes bras s'enroulent autour de sa nuque, puis je l'embrasse à mon tour. Un long gémissement de plaisir s'échappe de sa gorge alors qu'il presse son corps contre le mien.

— S'il n'y avait que nous dans cette maison, ronronne-t-il à mon oreille, je te prendrais sur le lit dans la minute.

— Mes parents ont un sommeil de plomb. Une fois qu'ils seront couchés...

Le nez enfoui dans mes cheveux, il rigole d'une voix si basse que j'en ai la chair de poule.

— J'ai tout un tas d'idées sur ce qu'on pourrait faire ensemble, mon ange. Mais d'abord, il faut que je survive à cette journée. Ensuite...

Un craquement du plancher attire notre attention. Nous nous tournons dans un même mouvement, juste à temps pour apercevoir mon père, debout dans l'ombre du couloir. Il nous observe, imperturbable.

— Continuez, ne vous arrêtez surtout pas pour moi. Je ne fais que passer, déclare ce dernier avec un sourire malicieux et un foutu couteau serré dans son poing. Je retourne aider Benedict à couper la viande, très lentement et délicatement.

Puis il repart sans un mot de plus.

Weston me fixe, livide.

– Ça y est. C'est sûr. Il me déteste et il va m'assassiner dans mon sommeil...

– Mais non, je t'assure. Il s'amuse à te foutre la trouille.

West se prend la tête entre ses mains.

– Oh putain ! Quand il apprendra qu'on habite ensemble, il m'enterrera dans la neige et personne ne retrouvera jamais mon corps !

Je lâche un petit rire. Effectivement, vu sous cet angle, ça me semble mal parti. Mes parents ne sont pas au courant que je vis avec Weston depuis près de deux mois déjà. J'ignore comment ils réagiront à cette annonce, mais une chose est certaine, qu'importe ce qu'ils en pensent, je n'ai jamais été aussi heureuse de cette décision.

J'esquisse un sourire moqueur.

– Ne t'inquiète pas, je te construirai une jolie tombe dans le jardin, promis.

Un rire nerveux fuite de ses lèvres, puis il se passe une main dans les cheveux.

– Toi, tu sais comment me mettre à l'aise.

– Allez, détends-toi. C'est juste sa manière de t'adopter.

– J'ai connu des bizutages plus doux.

Une heure plus tard, alors que tout semble en place – fenêtres décorées, guirlandes clignotantes, étoiles suspendues – ma mère réapparaît, haletante, avec un deuxième carton dans les bras. Elle le dépose, non sans une certaine fierté, sur le sol et, au bruit sourd qu'il produit en touchant le parquet, je devine déjà qu'il nous faudra une bonne partie de la nuit pour tout installer.

– Quand il n'y en a plus, il y en a encore !

Un énorme sourire aux lèvres, elle en soulève le couvercle avec une excitation palpable. J'ai toujours dit que les fêtes de fin d'année la rendaient dingue !

— Voilà les décorations pour le sapin ! Boules, guirlandes, étoiles et…

Elle se retourne vers nous avant de s'immobiliser au centre de la pièce.

— Qu'est-ce qu'il y a, Lisa ? l'interroge mon père.

Nous retenons notre souffle pendant qu'elle porte un index à son menton, soudain pensive.

— Je crois qu'on a un petit souci, nous informe-t-elle d'une voix fluette.

— De quel genre ? la questionne tante Benedict.

Le sourire de ma mère se transforme peu à peu en une grimace crispée quand elle se tourne vers le chef de famille.

— Chris, tu n'aurais pas vu le sapin ?

Papa cligne des yeux une première fois, puis une deuxième, et fronce les sourcils à son tour.

— Je croyais que tu t'étais chargée d'apporter toutes les décorations ?

— Et c'est le cas. Le sapin ne fait pas partie de la déco ! Je pensais que tu devais t'en occuper? C'était à toi d'en commander un, non ?

— Je l'ai fait ! Tu n'es pas allée le récupérer au magasin avant-hier ?

— Est-ce que tu as aperçu un conifère dans le coffre de la voiture en arrivant ? Tu as bien vu qu'il n'y en avait pas !

Je jette un regard paniqué à Weston. Quand mes parents commencent à se disputer, ils peuvent se faire la gueule pendant des semaines lorsqu'ils s'y mettent tous les deux. Je refuse de passer les six jours restants coincée dans la même maison qu'eux si c'est le cas. Je les connais suffisamment pour savoir que sans sapin, ils sont capables d'annuler Noël. Un silence de mort s'abat dans le salon tandis qu'Elisabeth Croft fusille son mari du regard, les bras croisés et les narines frémissantes. Je sens la tension grimper d'un cran à chaque seconde qui s'écoule. Merde, ça, ce n'est jamais bon signe...

J'assène un discret coup de coude à Weston. Le message est clair : *sors-nous de là.* Il me jette un regard horrifié, secoue vivement la tête, du genre : *pas question, je n'ai pas envie de crever si jeune.* Mais je ne lâche pas. Je hausse les sourcils et me montre un peu plus insistante.

Il finit par pousser un long soupir résigné, s'éclaircit la gorge et se lance enfin.

— Il doit y avoir un magasin qui en vend en ville, non ? propose-t-il, sans grande conviction.

— Bonne idée ! Il n'est que dix-neuf heures, s'exclame mon père en consultant sa montre.

Il pivote vers Weston, qui se tient à mes côtés à l'angle de la pièce, emmitouflé dans son pull vert et rouge. Papa avance d'un pas lent, presque solennel, puis il pose une main paternelle sur son épaule, comme un coach avant un match décisif.

— Weston, fiston... j'ai foi en toi.

Le brun à ma droite, l'air de plus en plus désabusé, expire longuement avant d'acquiescer.

— J'ai saisi. Je vais chercher ce sapin.

— C'est bien, valide mon père. Je savais que tu étais un homme d'honneur.

Il fouille dans sa poche arrière et lui tend son trousseau de clés.

— Tu peux prendre ma voiture, mais elle s'appelle revient.

Weston hoche la tête, fourre sa veste sous son coude, puis se penche vers moi avant de se diriger vers la sortie.

— Si je finis perdu dans la neige, dis à Bill que tout est sa faute. Il aura ma mort sur sa conscience pour ne pas m'avoir emmené à Bali avec lui.

Je rigole en décrochant à mon tour mon manteau du crochet fixé au mur.

— Eh bien, dans ce cas, on sera deux à mourir congelés dehors. Je viens avec toi !

2

Weston

J'ai accepté. Comme un abruti, j'ai dit oui. Pourquoi ? J'en ai aucune foutue idée. L'instinct de survie, peut-être. À force d'entendre cette petite voix dans ma tête qui hurle « si tu refuses, il te pendra avec les guirlandes de sa grand-mère », j'ai fini par céder.

Putain, je n'aurais jamais cru que je me retrouverais au volant de la voiture de mon futur beau-père, paumé quelque part dans les bois du Colorado, à la recherche d'un fichu sapin de Noël. À ce stade, on est plus proches de la recherche du Graal.

Charlie pianote sur son téléphone à côté de moi, la capuche bleu foncé de son sweat rabattue sur ses cheveux châtains. Elle lutte pour capter un semblant de réseau. Ça fait bien dix minutes qu'elle tourne son portable dans tous les sens, comme si un angle improbable allait faire apparaître une barre magique sur l'écran de son smartphone.

— Alors, ça donne quoi ? lui lancé-je, tout en continuant de rouler.

Dehors, la visibilité se réduit à vue d'œil. Il fait nuit noire, et une brume traîtresse commence à s'insinuer entre les arbres. Je plisse les paupières en tentant de deviner les contours de cette route de campagne mal éclairée, quand un pictogramme en forme de flocon s'illumine sur le tableau de bord.

— Super. Faites qu'on ne tombe pas sur une plaque de verglas, maugréé-je malgré moi. Ton père me tuera si je raye sa précieuse voiture.

— Et encore, le mot est faible. Il aime autant sa bagnole que tu aimes ta moto.

Je laisse échapper un rire jaune.

OK, c'est la merde. Nous avons fait le tour complet du premier village. Trois rues, une boulangerie qui ressemble davantage à un musée de la farine qu'à un endroit où acheter de la bouffe, et un gars en salopette qui nous a regardés comme si on venait de lui demander de décrocher la lune.

Pas de conifère en vue, et encore moins de fichu panneau pour nous indiquer la direction de la ville la plus proche. Rien. Juste de la neige à moitié fondue sur le bas-côté, et un noir si profond qu'on n'y voit pas à trois mètres.

— J'espère que le prochain village sera plus accueillant que celui-ci, soupiré-je.

— J'espère aussi..., marmonne Charlie.

— Parce que là, ça commence à sentir le sapin.

Elle me fixe une longue seconde d'un air blasé.

— Tu viens sérieusement de faire une blague à ce sujet ?

— J'ai froid et j'ai faim. Mon humour part en vrille, assumé-je.

Elle éclate de rire avant que ses doigts tièdes ne se nichent le long de ma nuque. Je bascule la tête vers l'arrière pour presser mon crâne contre sa paume, puis je pousse un énième soupir.

— Tu crois que c'est encore loin ?

— Aucune idée. Je n'ai pas de réseau et le GPS est coincé sur notre position de départ. Il pense qu'on est toujours dans le salon avec mes parents, s'agace-t-elle.

Formidable.

Après huit bonnes minutes de route à nous demander si nous filons vers le nord ou le sud, un panneau bancal apparaît enfin. Je parviens à déchiffrer le nom d'une ville qui me dit vaguement quelque chose, puis nous décidons d'un commun accord de tenter le coup.

Un quart d'heure plus tard, nous arrivons dans un endroit civilisé. Des rues éclairées par des lampadaires et nombre de guirlandes de Noël sont accrochées aux poteaux. Il y a même plusieurs restaurants, dont certains font partie de grandes chaînes et – miracle – un magasin de déco avec des sapins installés dehors. Je jubile déjà lorsque je me gare juste en face de la porte d'entrée. Ce n'est qu'une fois à proximité que je réalise qu'il s'agit exclusivement d'arbustes en plastique.

— Mauvaise idée. Ma mère nous tuera si on en ramène un faux, m'indique Charlie.

Le vendeur fume sa clope sur le trottoir. Je baisse ma vitre pour l'interroger.

— Bonsoir, il vous en reste des vrais ?

— Rupture de stock, nous informe-t-il d'un ton catégorique.

— Déjà ? Mais on est à quatre jours de Noël ! m'étonné-je.

— C'est la folie chaque année. Vous pouvez toujours tenter votre chance chez Evergreen, de l'autre côté de la ville.

Je ne perds pas une seconde de plus. Je le remercie, puis fonce en direction du deuxième magasin. Victoire ? Non. Échec cuisant. La vendeuse nous sert à peu de chose près un discours similaire. Et c'est le même cirque dans le troisième. Lorsque nous arrivons dans la quatrième boutique, ils ont bien un sapin en leur possession. Un unique conifère. Mais le truc, c'est qu'il fait près de trois mètres de haut et qu'il est beaucoup trop large pour entrer dans notre coffre. Je n'ose imaginer la tête que tirera Papa Croft si je décide d'attacher ce monstre feuillu au toit de son si précieux SUV. Autant écrire moi-même l'épitaphe de ma pierre tombale.

— Si ça vous intéresse, j'ai entendu dire qu'il en restait dans un petit magasin, au nord, dans le village d'à côté. Malheureusement, il ferme à 21 h 30, précise la vendeuse.

Je jette un coup d'œil à l'heure sur le compteur kilométrique : il est 20 h 48. Charlie me regarde, hoche la tête, et nous repartons aussitôt.

Comme rien n'est jamais simple, le brouillard s'est épaissi tout autour de nous et la visibilité a chuté drastiquement. Les phares éclairent juste assez l'asphalte pour que je distingue le chemin à trois mètres devant nous. Charlie, elle, claque des dents sur le siège passager depuis de longues minutes. Je peste en cherchant à tâtons la commande du chauffage. Ce n'est pas ma bagnole, et ce foutu tableau de bord ressemble à s'y méprendre à un cockpit d'avion. Je presse le premier bouton et cela n'a strictement aucun effet. Je tourne une molette, puis une seconde lorsqu'un bip strident retentit.

— Euh… C'était quoi, ça ? me demande Charlie.

— Aucune idée, grogné-je.

Je tente autre chose, et quand les rétros se rabattent tout à coup, je rappuie dessus frénétiquement.

— Putain de voiture de merde !

— West…

— Quoi ? On n'a pas ce genre de problème sur une moto.

Je triture un autre bouton au hasard et un deuxième voyant s'allume. Rouge, cette fois. Je lève aussitôt les mains.

— OK. Je ne touche plus à rien. Je tiens à ma vie.

Je me reconcentre sur la route quand je réalise que j'ai dévié sur la voie de gauche sans le faire exprès. Charlie a cessé de rire. Désormais, elle souffle dans ses paumes pour les réchauffer.

— Tu veux ma veste ? lui demandé-je.

— Non, ronchonne-t-elle. Si je meurs de froid avant la fin de cette mission débile, ce sera ta faute.

— Hé, je n'ai rien fait, moi... Je te rappelle que ce n'est pas moi qui ai décidé qu'il fallait absolument ramener un sapin ce soir. Pas moi non plus qui ai tenu à passer les fêtes dans ce coin paumé. Et ce n'est pas moi qui ai acheté cette bagnole !

Lasse, elle secoue la tête de gauche à droite avant de se renfrogner, le nez enfoui dans son écharpe. Je pousse un soupir et finis par me ranger en douceur sur le bas-côté. Les pneus crissent légèrement sur la neige fondue quand elle me lance un regard inquiet.

— Qu'est-ce que tu fais ?

Je ne réponds pas. Je coupe le moteur sans un mot avant de reculer lentement mon siège jusqu'à ce qu'il soit aussi loin que possible du volant. Mon bras passe autour de sa taille.

— Viens là, soufflé-je.

Charlie m'observe une seconde, intriguée. Puis elle comprend. Malgré ses dernières paroles, elle ne résiste pas. Elle s'approche, glisse une jambe de chaque côté de moi et se laisse doucement tomber sur mes genoux. Je cale ses hanches contre moi avant de refermer mes bras autour de son corps frigorifié.

Son visage vient se nicher dans le creux de mon cou et sa respiration tiède chatouille ma peau.

— Tu trembles, murmuré-je.

Mes doigts se faufilent sous son sweat pour les poser à la base de son dos.

— Je suis un glaçon ambulant. J'ai l'impression que mes orteils sont en train de se détacher de mes pieds, marmonne-t-elle.

Je ris doucement, mes lèvres contre sa tempe.

— T'es sûre que c'est à cause du froid ?

Elle ne dit rien. Et c'est justement ce silence-là qui me parle le plus. Je la connais, elle garde tout à l'intérieur. Revenir ici, à Denver – même si c'est à deux heures de route de la ville –, la perturbe plus qu'elle ne le montre. Je sais aussi que revoir ses parents dans ce contexte est le cocktail parfait pour qu'elle se sente stressée. C'est un mélange de pression, de souvenirs et de culpabilité mal digérée qu'elle enfouit en elle.

— Tu veux en parler ? lui demandé-je dans un chuchotement pour ne pas la brusquer.

— Pas maintenant.

— Plus tard ?

Elle hoche la tête contre ma clavicule et je caresse doucement son cou, à l'endroit où quelques mèches dépassent de sa capuche.

— Tu n'as pas à porter tout ça toute seule. Je ne suis pas là que pour jouer les chauffeurs de sapins de Noël. Je suis avec toi.

Elle laisse échapper un faible « je sais » avant de se blottir un peu plus contre moi. Nous restons dans cette position un moment, juste nous deux, dans la pénombre. Je crois que j'avais besoin de ça, moi aussi. Je saisis son menton entre mes doigts pour l'embrasser plus longuement. Ses mains viennent se nouer dans mon dos, ses jambes se resserrent davantage autour de ma taille, et je sens déjà le sang affluer à l'endroit exact où ses fesses sont appuyées. Ses yeux s'ouvrent en grand, comme s'ils étaient dotés de ressorts quand elle prend conscience de mon érection.

— Weston...

— Quoi ? murmuré-je contre ses lèvres.

— Je sais à quoi tu penses, et c'est non.

— Je tente juste de trouver un moyen naturel de ne pas mourir de froid, susurré-je, un sourire en coin, les doigts toujours posés sur sa mâchoire.

Elle emprunte un air dur auquel je ne crois pas un instant. Je connais par cœur le rythme de sa respiration et j'en perçois la moindre fluctuation. Elle en a envie autant que moi.

— West, si tu essaies de me chauffer dans la voiture de mon père, je te jure que je te vire de ce siège à coups de pied et que je t'enferme dehors.

— Pourquoi tant de violence ? Je ne fais que proposer des solutions, mon ange. Tu as dit toi-même que tu étais gelée...

— Tu es censé compatir et souffrir avec moi, pas profiter de la situation. On ne peut pas faire ça ici !

Je souris avant de coller mon front au sien.

— Techniquement, on peut.

— Moralement, on ne peut pas, tranche-t-elle.

— Tant pis. On va devoir se résigner à finir en glaçon, alors... Épitaphe de Weston Parker : « Mort en martyre dans la quête d'un sapin de Noël. »

Charlie tremble toujours un peu, mais elle étouffe un rire contre ma joue. Je sais qu'elle a froid, qu'elle commence à avoir faim et qu'elle déteste ne pas savoir où elle se trouve, mais je suis content de voir qu'il lui reste assez d'énergie pour sourire.

— Weston...

— Oui ?

— Dis-moi qu'on n'est pas perdus.

Je réprime une grimace.

— On n'est pas perdus, répété-je.

Silence.

— T'es sûr ?

— À quatre-vingts pour cent.

— Tu as dit la même chose le jour où t'as voulu installer l'étagère de notre studio. Elle s'est décrochée l'heure d'après.

J'esquisse un sourire.

— OK. Soixante-quinze pour cent.

Elle pousse un soupir avant de se mettre à scruter la route. Je la sens se figer sur mes genoux.

— Il y a un panneau, juste là.

Je me tords le cou pour apercevoir ce qu'elle désigne d'un geste du menton. « The Elf Motel – 2 miles. »

On échange des regards entendus.

— On tente ?

— On tente.

3

Weston

Le village est paumé. Avec ses lampadaires blafards, ses maisons en bois alignées comme dans un foutu film d'horreur, on dirait un décor de carte postale qu'on aurait laissé jaunir dans un tiroir oublié. Ajoutez à ça un petit hôtel vieillot et miteux avec une enseigne clignotante bancale, et vous obtenez le panorama le plus accueillant du Colorado.

— Peut-être qu'on devrait faire demi-tour, non ? Je suis certaine que ce truc est hanté, marmonne Charlie, les bras croisés contre sa poitrine.

— Impossible. À force de tourner en rond, on va bientôt se retrouver à court d'essence. On demande juste notre chemin et on rentre, d'accord ?

Elle finit par pousser un soupir avant d'esquisser un sourire.

— Je croyais que tu étais sûr de la route à soixante-quinze pour cent ? raille-t-elle.

— OK, je rectifie. Soixante pour cent, mais j'ai des circonstances atténuantes. On ne voit rien avec le brouillard, soufflé-je en me garant sur le parking.

Il fait tellement froid dans la voiture que l'air que j'expire devient blanc.

Charlie, elle, ricane, puis reporte son regard sur la façade craquelée du motel.

— C'est un repaire de *serial killers*, murmure-t-elle, comme si elle craignait qu'on ne l'entende.

— Qu'est-ce que tu préfères ? Perdre tes doigts ou entrer te réchauffer, ne serait-ce que pour cinq minutes ?

— Je suis vraiment obligée de choisir ?

Je ris à voix basse et coupe le moteur. Nous sortons dans un même mouvement. Charlie est emmitouflée dans son sweat, sa veste posée sur ses épaules. Elle m'adresse un regard amusé quand elle m'entend claquer des dents.

— Où est passé le joueur de hockey qui n'a jamais froid ? se moque-t-elle.

— Il est à Seattle, rétorqué-je en frémissant. Je préfère mille fois traverser la patinoire à poil que rester ici à me peler le cul une minute de plus.

Elle s'esclaffe tandis que le vent s'engouffre entre nous pour former de petits tourbillons sur le sol. L'air mordant me picote un peu plus les paupières à chaque battement de cils. Quand nous poussons enfin la porte du motel, le soulagement est instantané. Après deux heures de route sans chauffage, ça fait un bien fou de ne plus trembler des pieds à la tête. Malheureusement, les réjouissances sont de courte durée. S'il fait une température proche de celle de Bali à l'intérieur, le cadre est aussi terrifiant que la façade extérieure. Je cherche des yeux l'accueil et finis par le trouver un peu plus loin, à peine éclairé par une ampoule jaunâtre suspendue au plafond. Les murs sont recouverts d'un papier peint défraîchi à motifs floraux, et l'odeur me rappelle un mélange subtil de cannelle, de renfermé et de cire à bois.

Le plancher craque sous nos pieds alors que nous approchons du comptoir désert. Je sens Charlie se crisper à mes côtés. Méfiante, elle observe les alentours. Je connais ce regard scrutateur, ce mouvement de tête lent, presque imperceptible. Elle compte les issues.

Je détaille en vitesse la pièce dans sa longueur et me penche vers elle.

— Trois fenêtres à droite, une à gauche. Quatre portes, dont une entrouverte. Pas de sortie d'urgence, mais la réception est dégagée.

Elle m'adresse un sourire reconnaissant avant d'alléger sa prise sur ma main. Charlie déteste entrer dans un endroit qu'elle ne connaît pas. Le temps a beau passer, le genre de traumatisme qu'elle a vécu ne s'efface pas si facilement. J'essaie de ne pas lui faire sentir que je suis aussi tendu qu'elle en détournant son attention.

— Il y a une clochette sur la table. Tu crois qu'on devrait l'utiliser ?

— T'es fou ? T'as jamais regardé de film d'horreur ? Celui qui touche à ce genre de truc est toujours le premier à crever.

J'avance ma main jusqu'au petit objet en métal, puis l'agite sous son nez.

— Les héros de l'histoire ne meurent jamais, Charlie. Il ne nous arrivera rien, ricané-je avant de pivoter sur mes talons.

Quelqu'un vient.

— Ah, des clients !

Une voix douce – mais quelque peu flippante – surgit juste derrière nous :

— Vous cherchez une chambre pour la nuit, les jeunes ?

Charlie, une main sur la poitrine, sursaute lorsque la femme d'une soixantaine d'années s'approche de nous. Ses cheveux grisonnants sont ramenés en chignon. Elle porte un pull rouge à tête de cerf – c'est sûrement la meilleure amie cachée de Christopher Croft –, mais le sourire qu'elle nous adresse est aimable. Elle a l'air tout à fait normale, si on ignore le fait qu'elle sort d'une pièce plongée dans l'obscurité et qu'elle a un regard qui crie « je planque des cadavres sous le plancher ». Charlie se cramponne à mon bras comme si j'étais un bouclier humain tandis que je me racle la gorge.

— Euh... bonsoir. Nous cherchons surtout à rentrer chez nous, expliqué-je avec un sourire désolé. On s'est un peu perdus. La route était barrée et le GPS fonctionne mal à cause du réseau. Vous auriez un accès à Internet quelque part ? Ou bien une carte ?

— Oh, mon pauvre chéri, je suis navrée, je ne suis pas d'ici. Je remplace ma belle-fille qui a accouché d'un garçon hier soir ! Il s'appelle Victor. Huit livres, une vraie bûchette. Je suis venue aider mon fils, mais il n'est pas là. C'est dommage, il connaît bien les environs. Moi, je suis de Cheyenne. Ce n'est pas vraiment le même coin, hein ?

Je hoche lentement la tête pendant qu'elle poursuit sa tirade sans même reprendre son souffle. Elle parle à une telle vitesse que j'ai du mal à saisir tout ce qu'elle raconte. Charlie tente bien de l'interrompre, mais il n'y a rien à faire. Cette femme est un véritable moulin à paroles. Je jette un coup d'œil vers l'horloge murale qui sonne vingt-deux heures. C'est mort pour trouver le village censé vendre des sapins...

— Vous savez s'il y a une station-service dans le coin ? la coupé-je. On est presque à sec.

— Il y en a bien une, à trois cents mètres d'ici, mais elle est fermée, à cette heure.

— Est-ce qu'il y en a une autre dans les environs ?

— Je peux essayer de joindre mon fils pour lui poser la question, nous propose-t-elle.

Nous acquiesçons et elle commence à taper le numéro sur le téléphone fixe placé à côté d'elle. Il se passe une longue minute avant qu'elle ne raccroche finalement.

— Il ne répond pas. J'imagine qu'il dort déjà. Avec un nouveau-né, les nuits sont courtes. Comme on dit, il faut profiter de chaque minute de repos qui se présente. Vous avez des enfants ? Oh, qu'est-ce que je raconte, vous êtes encore jeunes ! Vous comprendrez quand vous en aurez.

— Qu'est-ce qu'on fait ? me demande Charlie.

L'aubergiste capte le regard désemparé de ma petite amie et lui adresse un sourire rassurant.

— Joe doit me relayer demain à huit heures. Restez pour la nuit, il vous aidera à rentrer chez vous dès qu'il arrivera.

Charlie acquiesce et se redresse un peu.

— Est-ce que je peux emprunter votre téléphone ?

— Bien sûr, trésor, tiens.

La femme fait passer l'appareil par-dessus le comptoir et Charlie tente de joindre sa famille. Dès que la tonalité retentit dans le combiné, je me rapproche et lui souffle à l'oreille :

— Raconte-leur ce que tu veux, mais ne leur dis surtout pas qu'on s'est paumés !

Je crois que si elle le faisait, ma fierté en prendrait un sacré coup. La joue collée au téléphone, elle ricane en attendant que quelqu'un décroche. Après quatre bips, il me semble que je distingue enfin la voix de son père. Elle se lance dans un récit élaboré à base de route glissante, de prudence, tout en mettant l'accent sur la sécurité. Je grimace à chaque mensonge qu'elle est obligée de prononcer, mais je préfère ça au regard narquois que Chris Croft pourrait m'adresser en apprenant que je suis incapable de trouver un putain de sapin de Noël et le bouton du chauffage.

Après quelques minutes, Charlie raccroche avec le sourire aux lèvres.

— Tout va bien ? lui demandé-je.

— Super. Papa m'a remerciée de me montrer aussi raisonnable.

Je laisse échapper un rire. Si je l'avais eu au téléphone, je suis sûr que je n'aurais pas eu droit au même traitement. Pendant ce temps, Cathy – parce que oui, l'aubergiste s'appelle Cathy, et elle me l'a répété trois fois pendant la conversation de Charlie avec son père – nous sort deux assiettes de soupe faite maison qu'elle avait préparée pour elle et son fils, au cas où il serait rentré plus tôt. Nous refusons, mais elle insiste tellement que nous n'avons pas la force de lutter. Nous dînons dans un petit salon cosy à la lumière tamisée où trône une cheminée en pierre. Et qu'est-ce qui est posé au-dessus ? La même foutue poupée-lutin que celle que j'ai décapitée chez les Croft.

Charlie l'aperçoit la première. Elle s'étouffe presque avec sa bouchée.

— Je crois qu'elle nous poursuit, me marré-je. Je t'avais dit qu'elle était possédée.

On en rigole à en avoir mal au ventre. Et après cette soirée pourrie, ça fait un bien fou. Cathy revient plus tard pour nous guider à l'étage. Sur le trajet, le plancher craque sous nos pas. J'en viens à craindre que l'état de notre chambre soit à l'image du reste du motel, mais quand elle ouvre la porte, la surprise est totale. L'intérieur est aussi chaleureux que douillet. Des guirlandes scintillantes sont accrochées un peu partout dans la pièce. Un petit sapin avec des boules rouges et dorées est posé dans un coin. Il y a même un train électrique qui tourne au pied de l'arbuste. Des chaussettes brodées « Mr. » et « Mrs. » sont fixées à la tête de lit.

Charlie entre la première. Son regard s'illumine.

— C'est tellement mignon !

Cathy nous souhaite une bonne nuit. Dès qu'elle referme la porte derrière elle, Charlie parcourt la pièce, les yeux brillants, tout en effleurant chaque élément de décoration à proximité d'elle. Elle tourne sur elle-même, s'émerveille devant le moindre détail.

— Ça sent le pain d'épices, la cannelle et le sucre. J'adore cet endroit.

Je ne dis rien. Je me contente de la regarder. De graver dans ma mémoire son expression ébahie de gamine un matin de Noël ainsi que son sourire éclatant.

Alors qu'elle s'éloigne pour examiner de plus près une boule à neige, j'en profite pour retirer ma veste avant de crever de chaud. Je la jette sur le lit et elle accroche un cadre posé sur la table de chevet. Ce dernier tombe avec fracas sur le sol. Charlie sursaute violemment. Ses épaules se crispent, son souffle s'accélère.

Elle recule d'un pas, la paume plaquée sur la poitrine, puis finit par s'accroupir à même la moquette.

J'accours aussi vite.

— C'est rien. C'est juste un cadre. Tout va bien, je suis là.

Elle hoche la tête sans parler. Ses lèvres tremblent un peu. Je lui prends la main pour la guider jusqu'au lit. Les jambes rendues flageolantes par cette peur constante qui la paralyse au moindre bruit fort, elle se laisse tomber sur le matelas. Je pose mon front contre le sien, lui caresse la joue du bout des doigts, le temps que sa respiration se calme.

— Personne ne te fera de mal ici. Je te le promets.

Elle ferme les paupières pendant que mes bras forment un écrin protecteur autour d'elle. Elle se blottit contre moi, comme si j'étais le seul à pouvoir lui offrir un refuge. Je la serre jusqu'à sentir nos souffles se synchroniser et que la tension quitte ses épaules. Là, dans cette bulle fragile de tendresse, elle finit par s'apaiser. Ses mains se nouent autour de ma nuque, et je la fais basculer doucement sur mes genoux afin de mieux voir son visage. Mes doigts se mettent à pianoter sur sa peau nue, au bas de son dos, avant de venir jouer avec la couture de son jean.

Je la sens frissonner, mais le froid et la peur ne sont plus responsables de sa chair de poule. C'est autre chose. Cette chaleur douce qui monte entre nous, cette envie de se raccrocher à quelque chose de vivant, de fort.

— On n'est plus dans la voiture de ton père, maintenant..., lui soufflé-je à l'oreille, la voix rendue rauque par le désir qu'elle m'inspire.

Elle glousse et ses lèvres se trouvent aussitôt attirées par les miennes, comme guidées par un aimant invisible. Son baiser est doux. Lent. Elle prend le temps de le savourer jusqu'à ce que la pression de mes paumes sur sa peau se fasse plus insistante. Son souffle se transforme peu à peu. D'abord saccadé, il devient haletant. Charlie tire sur mon cou pour me rapprocher d'elle pendant que mes mains cherchent le chemin le plus rapide pour retirer toutes ces couches de vêtements qui nous séparent.

Je devine que je ne suis pas le seul à être impatient. Charlie se hisse à califourchon sur moi. Je perçois une espèce d'urgence dans chacun de ses gestes. J'étouffe un rire alors qu'elle m'ôte mon horrible pull vert et rouge.

— Avoue que t'en avais envie, dans la voiture, la taquiné-je.

— Ce n'est que maintenant que tu le réalises, Parker ? raille-t-elle. Je t'assure que j'étais à deux doigts de craquer. Tu aurais dû te montrer plus persuasif.

— À deux doigts, vraiment ? répliqué-je sur un ton lascif. Je vais rectifier mon erreur tout de suite.

Pour joindre l'acte à la parole, mes mains remontent le long de ses cuisses couvertes d'un collant. Je la force à se soulever juste le temps de l'en débarrasser, puis je la laisse se réinstaller sur mes hanches, à l'endroit où mon érection dessine une large bosse dans mon jean. Mon index s'aventure sous le délicat tissu de sa culotte tandis qu'elle gémit. J'esquisse quelques cercles sur la partie la plus sensible de son anatomie et, submergée par le plaisir, elle resserre ses jambes autour de moi. Ses ongles s'accrochent à mes épaules pendant que son bassin ondule au rythme de mes gestes.

— West...

La manière dont elle prononce mon prénom, telle une supplique qui lui brûle les lèvres, me monte à la tête. Quand je l'entends m'appeler avec cette fébrilité dans la voix, j'en deviens fou. Sa langue glisse sur mon cou, puis sur mon torse, avant d'entreprendre une lente descente vers le bouton de mon pantalon. Elle en défait la fermeture Éclair et poursuit sa route jusqu'aux frontières de mon caleçon. *Putain...* Un râle de satisfaction m'échappe lorsqu'elle saisit mon sexe à pleine bouche. Le plaisir affleure aussitôt et je renverse la tête en arrière.

Malgré le feu qui me consume, je me force à juguler mon envie d'elle pour ne pas la plaquer immédiatement sur le matelas. Je sais que je ne supporterai pas bien longtemps ses caresses. J'ai besoin de l'avoir contre moi, de l'avoir tout entière. Je la laisse poursuivre sa délicieuse torture quelques minutes supplémentaires, puis je décide d'y mettre fin. Je l'arrête en saisissant son menton et je la guide avec douceur jusqu'à moi. Quand elle est à nouveau à ma portée, je reprends possession de sa bouche avec impatience. Je capture ses lèvres dans un baiser plus profond, plus féroce encore que le précédent. Je malmène sa langue avec passion pendant que ses doigts se faufilent dans mes cheveux noirs. Elle resserre sa prise sur mes mèches et j'esquisse un sourire alors qu'elle se balance d'avant en arrière sur moi de manière langoureuse.

— Weston, susurre-t-elle une nouvelle fois, pantelante.

Je n'ai pas besoin de lui répondre. Mon corps bouge avant même que les mots ne se forment dans mon esprit. J'agrippe ses hanches et l'aide à prendre place sur moi. Je ne réfléchis pas. Je m'enfonce en elle en une longue et délicieuse poussée tandis qu'un hoquet de plaisir lui échappe. Elle se fige le temps de s'habituer à la sensation, puis se met doucement à nous imposer son propre rythme.

Ce que j'aime la voir prendre les commandes...

Nos corps se cherchent, se frôlent, s'accordent à la perfection. J'éprouve le besoin viscéral de la posséder par tous les moyens possibles. De sa bouche à l'intégralité de son être. J'ai envie d'en goûter chaque parcelle, de les faire miennes. Et si elles m'appartiennent déjà, alors je veux les reconquérir à nouveau. Je veux gagner le droit d'y marquer mon territoire en y plantant mes dents ou en suçotant la peau fine.

Charlie se redresse sur ses genoux et se penche en avant, à la recherche de la position qui lui procurera le plus de plaisir. Elle s'accroche à la tête de lit afin de garder l'équilibre lorsqu'un grésillement retentit derrière moi. La guirlande lumineuse sur laquelle sont fixées les deux chaussettes Mr. & Mrs ne résiste pas aux secousses du sommier. Elle se détache et un enchaînement catastrophique s'ensuit. Dans sa chute, elle entraîne une autre décoration qui roule jusqu'au petit train. Celui-ci déraille dans un bruit mécanique et ses roues s'emmêlent avec le fil électrique du sapin qui cesse de clignoter.

Nous nous arrêtons une demi-seconde, stupéfaits. Juste le temps de regarder le conifère, qui s'écrase sur le sol, et d'éclater de rire, à bout de souffle.

— Je crois que l'esprit de Noël a une dent contre nous, se moque Charlie, hilare.

— Tant pis pour lui. Je suis trop occupé pour m'en soucier, répliqué-je en capturant ses lèvres avant qu'elle n'ajoute autre chose.

Je me réapproprie sa bouche dans un baiser sauvage, presque bestial. Nos rires s'étouffent peu à peu, mais nos gestes, eux, ne ralentissent pas. Au contraire. La maladresse laisse place à quelque chose de plus instinctif. Comme si chaque minute de cette journée pourrie trouvait enfin son exutoire.

Le monde peut bien s'écrouler autour de nous – et vu l'état de la chambre, c'est déjà en cours –, je m'en fous. Il n'y a plus que Charlie et son corps contre le mien.

Incapable de masquer l'effet qu'elle me fait, je m'entends grogner pendant qu'elle émet de petits soupirs qui sonnent comme la plus douce des mélodies à mes oreilles. Ses mains posées sur mon torse, elle rejette la tête en arrière, et je peux voir le plaisir affluer dans ses veines. Sa bouche s'entrouvre, ses muscles se crispent délicieusement autour de mon sexe alors qu'elle crie mon prénom. Son dos se cambre sous l'orgasme qui la submerge, et j'explose à mon tour.

Elle se laisse retomber contre moi, le nez niché contre mon cou, le temps de reprendre son souffle, puis elle finit par glisser sur le matelas. Je me retourne vers elle, en appui sur mes coudes, pour la contempler. Ses cheveux sont éparpillés sur l'oreiller, ses joues roses, son sourire fatigué, mais comblé.

Nos regards se croisent et pendant un instant, il n'y a plus que le silence. Enfin... si on ignore la musique entêtante du train qui s'est activée après son déraillement. Je caresse doucement sa poitrine pour sentir sous mes doigts les battements acharnés de son cœur. Le sien et le mien s'accordent à l'unisson.

La tête posée sur l'oreiller, je laisse mon regard vagabonder sur le champ de bataille qu'est devenue notre chambre : le petit sapin couché sur le flanc, les boules éparpillées sur le sol, les guirlandes emmêlées. Mon sourire s'agrandit.

— Je crois qu'on n'est pas faits pour Noël, soufflé-je, amusé.

Charlie rigole avant d'attraper ma main pour la porter à ses lèvres.

— Peut-être... mais au moins, je suis sûre que tu n'oublieras jamais notre premier Noël ensemble.

Je resserre mes doigts autour des siens et je ris. *Non, celui-ci marquera les esprits.*

4

Charlie

Le soleil s'infiltre doucement entre les rideaux rouges. Des éclats dorés sont projetés sur la moquette beige du motel. Je m'étire paresseusement dans le lit, encore enroulée dans les draps, et tourne la tête vers Weston. Il dort à poings fermés, les cheveux en bataille, une main possessive posée sur ma hanche. Une vague de tendresse me submerge à le voir si serein. Je l'observe un instant avant de filer me rafraîchir dans la salle de bains. Lorsque je reviens, il est déjà réveillé.

Quelques minutes plus tard, nous descendons main dans la main dans le salon de l'auberge. À la lumière du jour, l'endroit n'a plus rien d'effrayant. Les murs paraissent moins ternes, le plancher grince toujours, mais le vieux bois donne un côté plutôt charmant à l'hôtel. Je m'en veux presque d'avoir paniqué, hier soir. La pendule sur le buffet carillonne joyeusement tandis que Cathy, fidèle au poste, nous accueille.

– Bien dormi, les amoureux ? nous lance-t-elle avec son éternel sourire.

Je jette un coup d'œil à Weston, qui peine à masquer un rictus amusé. Nous échangeons un regard complice en repensant à l'état dans lequel nous avons laissé la chambre.

Nous avons bien essayé de tout remettre en ordre, mais je crois que le souvenir de cette nuit restera longtemps gravé dans nos mémoires.

— Très bien, merci. Le lit était très confortable.

— Et la déco était sublime, ajoute Weston, faussement innocent. C'était magnifique.

Je pouffe de rire. Cathy nous adresse un clin d'œil avant de retourner derrière son comptoir. Nous nous installons à table devant l'assiette fumante de pancakes et une cafetière pleine qui nous attendent déjà. Le parfum du sirop d'érable me donne l'eau à la bouche.

Je remplis nos tasses pendant que Weston, fidèle à lui-même, s'intéresse à la figurine qui trône toujours sur la cheminée. Il plisse les paupières pour essayer de mieux la voir.

— Elle t'intrigue, cette poupée ?

La voix grave qui retentit derrière nous me fait sursauter. Je me retourne pour découvrir un homme robuste d'une trentaine d'années, avec une barbe poivre et sel et des yeux rieurs. Le fameux Joe, j'imagine. Il s'avance vers la cheminée d'un pas lent.

— J'ai toujours répété à ma femme que j'avais l'impression qu'elle me fixait la nuit, poursuit-il, un sourire en coin.

— Et ça ne vous dérange pas de garder une telle horreur dans votre hôtel ? se moque Weston.

Je lui envoie un discret coup de pied sous la table pour le forcer à se taire, et il se mord les lèvres pour ne pas se marrer de plus belle.

Joe éclate de rire en attrapant la figurine. Il la fait tourner entre ses doigts, puis nous la tend.

— Un client l'a oubliée un 24 décembre. Ça doit bien faire dix ans qu'elle traîne là, à prendre la poussière. On l'a posée dans ce coin depuis, raconte-t-il en haussant les épaules. Il paraît qu'elle vient d'Europe de l'Est et qu'elle porte bonheur.

— Mouais... Laissez-moi en douter, murmure Weston avec un sourire.

Un éclat de rire m'échappe. Je désigne la poupée d'un geste du menton.

— Mes parents ont exactement la même. Enfin... avaient. Elle s'est *accidentellement* brisée hier après-midi. Depuis, on a la poisse.

Joe arque un sourcil, amusé.

— Accidentellement, hein ?

Weston lève les mains en signe d'innocence.

— Je plaide non coupable. Ce n'est pas ma faute si ce machin est si fragile.

— Dans ce cas, vous n'avez qu'à la prendre. Ma femme l'a en horreur, ça ne lui manquera pas. Cadeau de la maison.

West échange un regard avec moi, l'air de me demander mon avis, et je hausse les épaules.

— Je suppose qu'on ne refuse pas un porte-bonheur, acquiescé-je.

— Même quand il est aussi moche, ajoute West.

Joe esquisse un sourire avant de changer de sujet, comme s'il se rappelait soudain la raison de notre présence dans son motel.

— D'après ma mère, vous vous êtes perdus ?

— Disons qu'on a un peu tourné en rond... On a passé des heures à chercher notre chemin dans la brume, hier soir. Et quand la jauge a viré au rouge, on s'est dit qu'il valait mieux jouer la sécurité et s'arrêter pour la nuit.

Joe sort une vieille carte pliée de sa poche arrière qu'il étale sur la table voisine. Weston lui montre le village dans lequel séjourne ma famille, et l'aubergiste tapote la feuille du bout de son stylo.

— Facile. Vous reprenez cette route-là, vous longez la rivière, et au deuxième croisement, vous remontez par ici. Il y en a pour trente-cinq minutes, grand max.

West lève les yeux au ciel.

— Génial ! Je ne comprends pas comment on a fait pour mettre deux heures, hier.

Je les coupe en repensant à la mission que nous a donnée mon père.

— D'ailleurs, vous savez où on pourrait acheter un vrai sapin de Noël, par hasard ? lui demandé-je. On galère à en trouver un.

Joe part dans un fou rire qui fait vibrer son épaisse barbe.

— Il y en a plein juste derrière l'hôtel. On en vend toute la semaine. C'est mon voisin qui gère le stand. C'est à cinquante mètres, à peine. Vous êtes passés devant hier soir, non ?

Je regarde Weston, interloquée. Il écarquille les yeux, puis laisse tomber sa tête contre la table dans un gémissement.

— Putain, on était si proches durant tout ce temps ?

Joe nous indique le chemin, et après un petit déjeuner copieux, nous réglons notre nuit. La traversée du village se fait sous un ciel d'un bleu céruléen magnifique, de quoi nous narguer une fois de plus. La brume d'hier a laissé place à une vue dégagée, et il nous est désormais impossible d'ignorer l'évidence. Il y avait des rangées entières de sapins alignés derrière l'auberge avec un panneau peint à la main.

« **Sapins frais – Vente directe.** »

Je retiens un éclat de rire pendant que Weston maugrée.

— Sérieusement... à cinquante mètres près, souffle-t-il, dépité.

Nous récupérons la voiture de mon père et, une fois installés à bord, nous prenons la direction du magasin voisin.

— Allez, viens. On achète ce foutu sapin et on rentre, soupire-t-il.

Et c'est exactement ce que nous faisons. Il y en a une bonne trentaine. Weston choisit le plus droit, le plus grand, celui qui a le plus de chance de plaire à un Croft, d'après lui. Il le charge dans le coffre non sans une certaine fierté, et après un bref arrêt à la station-service du coin, nous repartons.

Au bout de vingt minutes de trajet, la forêt autour de nous commence enfin à s'éclaircir et un grésillement familier s'échappe des enceintes de la voiture. Weston lève aussitôt la main d'un air triomphant.

— Retour à la civilisation ! s'écrie-t-il, victorieux, avant de monter le son.

Lui qui n'écoute jamais les informations se met à apprécier la voix nasillarde d'un journaliste local. Ce dernier relaye les nouvelles du jour avec un enthousiasme démesuré pour une heure aussi matinale.

— *... et dans notre rubrique insolite, retour sur l'affaire désormais virale surnommée « les sauveurs de loutres ». Abel Ryder, le joueur de hockey, a été placé en garde à vue cette nuit après avoir tenté, avec l'aide de deux complices, de libérer plusieurs loutres du zoo de Chicago. Les trois jeunes hommes affirment avoir agi pour le bien-être de ces mammifères, mais leur plan a rapidement échoué lorsque...*

Je ne peux m'empêcher d'éclater de rire. Je me tourne vers Weston.

— Sérieusement, voler des loutres ? À choisir, j'aurais opté pour un animal plus mignon.

— Mais, c'est super mignon !

Il me jette un regard faussement outré, pourtant ses lèvres ont du mal à camoufler son sourire.

— C'est dingue tout ce que les hockeyeurs sont prêts à faire pour atteindre leur but, commenté-je, taquine. C'est un truc courant, chez vous ?

Il lève un sourcil, amusé.

— Absolument. Sauver une loutre, c'est un peu comme traverser la moitié du Colorado pour un fichu sapin.

Je secoue la tête en riant. La route défile sous nos yeux, bordée de paysages familiers que je redécouvre sans le voile opaque du brouillard. L'ambiance est légère, rythmée par les chansons de Noël qui se succèdent à la radio, et lorsque les premières maisons apparaissent à l'horizon, je sens une pointe de soulagement me gagner.

— On est presque arrivés, m'informe Weston.

— Prêt à affronter mon père ? On ne leur a toujours pas annoncé la grande nouvelle.

Il grimace.

— Si je survis à cette semaine, je mérite une médaille.

Quand nous retrouvons enfin la villa de location, l'ambiance y est étrangement calme. Il n'y a personne dans le salon. Weston en profite pour poser la nouvelle poupée exactement là où sa jumelle maléfique trônait jusqu'à ce qu'il la décapite. Ni vu ni connu. Pendant ce temps, j'appelle mes parents d'une voix suffisamment forte pour signaler notre retour.

Deux minutes plus tard, ma mère fait irruption dans la pièce, suivie de près par tante Benedict. Leurs visages s'illuminent en découvrant le sapin que Weston vient de placer fièrement au centre du salon.

— Oh, il est parfait ! s'exclame maman en joignant les mains, ravie. Vous avez fait du très bon boulot, tous les deux.

Tante Benedict, fidèle à son esprit critique légendaire, s'approche pour inspecter l'arbre sous toutes ses coutures.

— Eh bien... je dois reconnaître que je m'attendais à pire de votre part. Il est presque droit !

Weston esquisse un sourire de circonstance, mais je devine à son regard qu'une réplique bien sentie lui brûle les lèvres. Je pose discrètement la main sur son bras pour désamorcer la situation, puis balaie la pièce du regard.

— Où est Papa ? demandé-je, étonnée de ne pas le voir surgir à grandes enjambées.

Ma mère lève les yeux au ciel avec un sourire affectueux.

— Tu connais ton père, il est toujours en train de bricoler quelque chose. Il ne sait pas rester en place plus de cinq minutes. La dernière fois que je l'ai aperçu, il râlait dans le garage.

Je rigole, loin d'être surprise, et file déposer nos manteaux à l'entrée. J'ai à peine le temps de revenir dans la pièce que maman a déjà ressorti le large carton qu'elle avait apporté hier.

— Et maintenant... la touche finale ! déclare-t-elle fièrement. Ce beau sapin a besoin d'être décoré !

Je laisse échapper un rire nerveux en voyant la quantité de guirlandes et de boules qu'il nous faut encore installer. Weston me lance un regard désespéré, l'air de me dire qu'on aurait dû rester à l'hôtel, et je ne peux que partager ses pensées. Je souffle un bon coup avant de me mettre au travail. Weston, sous les directives de tante Benedict, essaie tant bien que mal de suspendre l'étoile au sommet du sapin sans que celui-ci vacille. Les éclats de rires résonnent dans le salon.

De mon côté, je m'affaire à trier les décorations aux côtés de ma mère. La boule au ventre, je profite de chaque occasion pour me rapprocher d'elle. Ce n'est pas évident, chez les Croft, les gestes tendres et les confidences n'ont rien de naturel. On n'est pas très branchés effusions d'émotions. Mais aujourd'hui, plus que jamais, j'aimerais briser cette habitude.

— Et comment se passe ta colocation à Seattle avec Manille ? me demande-t-elle.

Alors que je déroule une guirlande dorée, je sens mon cœur battre un peu plus fort. C'est le moment ou jamais. Je jette un coup d'œil à ma mère, occupée à démêler une série de lumières clignotantes, puis je prends mon courage à deux mains.

— Maman... je n'ai pas été tout à fait honnête avec vous, lancé-je d'une voix trop aiguë.

Elle lâche un simple « hmm ? », concentrée sur un nœud capricieux.

Je triture la laine d'une chaussette de Noël pendant que je cherche mes mots.

— En vérité... je n'habite plus avec la copine de Bill, soufflé-je, comme si l'avouer à voix haute allait provoquer je ne sais quel cataclysme.

Ma mère laisse tomber la guirlande et, sans un bruit, elle la ramasse. Son immobilité me fait craindre le pire, alors je m'empresse d'ajouter quelque chose dans le seul but de la forcer à réagir.

— Je... je vis avec Weston depuis quelques semaines.

Elle m'adresse un sourire à la fois tendre et amusé.

— C'est un gentil garçon.

— Tu crois que Papa va nous détester quand il l'apprendra ?

Elle hausse les épaules avec cette sérénité qui la caractérise.

— Ton père t'aime, non ? Alors, il survivra.

Je laisse échapper un soupir à mi-chemin entre le soulagement et la lamentation. Je ne suis pas certaine que Weston soit du même avis quand il faudra faire face à Christopher Croft...

Nous poursuivons l'installation des décorations dans une ambiance festive – ou presque. Weston garde son calme pendant que tante Benedict critique l'alignement des petits cerfs sur l'étagère. Moi, je tente de ne pas trop penser à la future révélation que je vais devoir faire au chef de famille... jusqu'à ce que la porte du salon s'ouvre à la volée.

— J'ai enfin réussi ! tonne la voix de mon père.

Il pénètre dans la pièce d'un pas triomphant avec un sachet en main.

— J'ai réussi à réparer ce satané truc !

Il nous adresse un sourire radieux, puis son regard se pose sur Weston. Son enthousiasme s'évapore aussitôt.

— Où est ton pull, fiston ?

Je sens Weston se raidir à côté de moi. Il déglutit avant de répondre avec le plus grand sérieux :

— Il est... euh... resté dans la voiture.

Je lève les yeux au ciel. Bon sang, il aurait pu trouver mieux comme excuse. Mon père arque un sourcil, mais avant qu'il ne lui demande d'aller le chercher, je me précipite à la rescousse de mon petit ami.

— Dis-moi, Papa, qu'est-ce que t'as réparé, au juste ?

Il bombe le torse, ravi qu'on lui donne l'occasion d'exhiber son chef-d'œuvre. Il plonge la main dans son sachet et en sort fièrement... la poupée. Celle-là même que Weston a décapitée la veille.

Merde.

Je sens le sang quitter mon visage. Weston, lui, devient aussi blanc que la neige dehors qui tient encore au bord de la route. Nous nous figeons tous les deux, telles des statues de glace.

— En voulant préparer votre lit hier soir, on est tombés sur ça, explique mon père avec un sourire en coin. Cette petite merveille était planquée sous vos draps ! Le cou était un peu tordu, mais rien que je ne puisse arranger. Vous avez une explication ?

Mon cœur frappe fort contre ma cage thoracique tandis que je lance un regard paniqué à Weston. Lui me renvoie l'expression de quelqu'un qui envisage sérieusement de s'enfuir par la fenêtre. Je ravale ma salive et, dans un éclair de lucidité, je désigne la cheminée derrière lui.

— Mais... Papa, de quoi tu parles ? Elle est déjà là !

Ce dernier se retourne vers l'endroit que mon index pointe et ses sourcils se froncent aussitôt en découvrant l'autre figurine, fièrement installée à sa place habituelle.

— Quoi ? Mais... Comment... ?

Il observe successivement les deux poupées, totalement décontenancé. Même tante Benedict finit par s'approcher, intriguée par le mystère du double maléfique.

— Quand je vous disais qu'elle était hantée, commente Weston, l'air de rien.

Il pivote vers moi tout en s'efforçant de ne pas se marrer. Je croise les bras et tente de garder mon sérieux, malgré la situation ubuesque. À bien y réfléchir, je crois que le moment est mal choisi pour avouer notre secret à mon père. Je devrais peut-être attendre un mois ou deux avant de lui annoncer que j'ai emménagé avec Weston. Voire un an. *Oui, un an, ça me paraît plus judicieux.*

Je lance un coup d'œil à mon petit ami, qui m'adresse un regard complice pendant que Papa Croft continue de se demander s'il devient fou. Je soupire, puis je récupère une guirlande qui traîne sur le sol, l'air de rien. Ces fêtes de fin d'année promettent d'être longues... et mémorables. Reste à espérer qu'on en sorte tous indemnes.

Bienvenue chez les Croft.

Joyeux Noël !

Cold outside, Warm with you

Nouvelle dans l'univers de
Imbalance de Aria Topez

1

Jace

Il existe deux types de froids dans le monde.

Il y a celui qui vous mord la peau, vous brûle le bout du nez et transforme votre souffle en nuage. Ce froid-là, on ne rêve que de le fuir.

Et puis, il y a l'autre : celui qui vous réveille, qui aiguise tout, rend les couleurs plus vives, comme si le monde venait d'être lavé à grande eau, offert neuf rien que pour vous. C'est ce froid-là qui règne aujourd'hui. Mes poumons picotent, mes doigts se raidissent sous les gants, et mes chaussettes ont rendu les armes depuis longtemps.

C'est absurde : je tiens à peine sur mes skis. Mais parfois, l'illusion suffit.

Dans mon cas, la foi domine la maîtrise.

Il est près de dix-sept heures lorsque la lumière décline, traînant derrière elle les derniers filaments dorés sur la neige tassée des pistes. Elle traverse l'air pur et glacé, faisant luire la moindre cristallisation. Chaque inspiration me donne l'impression de purifier mes poumons jusqu'au fond des alvéoles. À cette heure, la montagne respire plus lentement ; une brise traverse brusquement les sapins, fait bouger quelques flocons résiduels dans la pâleur du ciel. Les voix des autres skieurs s'éloignent peu à peu, laissant place uniquement au crissement d'une luge ou au choc sourd d'un snowboard sur la poudreuse.

— Jace, si tu tombes encore une fois, je te prends en vidéo pour te rappeler à vie à quel point t'es à chier ! hurle Corey derrière moi.

Je me retourne juste à temps pour le voir dévaler la pente, traçant des courbes parfaites dans la neige, comme s'il était né avec des skis aux pieds. Stacy le suit quelques longueurs derrière. Son visage est fermé, elle est exaspérée jusqu'au bout des moufles.

— Rappelle-moi pourquoi on te côtoie, déjà ? questionne-t-elle en nous rejoignant.

— Parce que je suis le rayon de soleil du groupe ! fanfaronne-t-il, agitant ses bâtons en l'air. Et parce que Jace et son essence tragique ont besoin de mon soutien moral.

Pearl pouffe à mes côtés. Elle me lance ce petit sourire timide qui continue de me désarmer, *même* après tout ce temps.

Elle a formé deux tresses qui retombent sur chacune de ses épaules, son blond a légèrement perdu de son éclat depuis quelques mois. Ça ne la rend pas moins belle pour autant.

Mettez-lui un sac poubelle en guise de tenue, et mon opinion ne changera toujours pas.

C'est lorsque je revois des photos d'elle il y a un an que je réalise son changement. Son visage a un éclat qui la rend plus solaire, ses joues sont plus rondes, et elle n'est plus aussi maigre qu'avant.

Désormais, je ne peux plus vraiment m'empêcher d'observer les courbes affriolantes que forment ses hanches.

— Il n'est pas si nul, lance-t-elle en tentant de me défendre.

Je secoue la tête.

— Ne mens pas pour moi.

Pearl grimace et retrousse son nez parsemé de taches de rousseur. Quelques mèches bouclées s'échappent de son bonnet bleu et tombent sur son front.

— OK, disons que tu n'es pas un champion.

— C'était un test, t'es censée être de mon côté, essayé-je de feindre l'indignation.

Elle hausse ses épaules, les yeux pétillants de malice.

— Mais tu serais mignon avec un plâtre, ne t'inquiète pas.

Corey éclate de rire, alors je lui adresse un doigt d'honneur qui ne fait qu'accentuer son hilarité.

— On peut faire une dernière piste avant que les remontées mécaniques ferment pour la journée ? Si je dois encore descendre une verte avec Jace, je rentre tout de suite ! rouspète Stace.

En réponse, il s'offusque ironiquement pour moi, une main sur le cœur.

— T'es vraiment cruelle.

— C'est toi qui nous as convaincus ce matin de nous lever à sept heures pour la neige « poudreuse fraîche » ! maugrée-t-elle en mimant des guillemets avec ses moufles. J'exige au moins une descente où je n'ai pas envie de balancer quelqu'un dans une congère.

— L'amour, marmonne Pearl d'un ton moqueur dans ma direction.

Je lève les yeux au ciel.

— Rappelle-moi, pourquoi on a accepté de venir ?

— Parce qu'on s'ennuierait sans eux, murmure-t-elle juste assez bas pour que je sois le seul à l'entendre.

Elle a raison. Je ne l'avouerai jamais à voix haute, mais Corey et Stacy sont le cœur du groupe, toujours prêts à nous sortir de nos coquilles, à transformer le silence en un endroit reposant au lieu d'un malaise. Même quand ils se disputent, ce qui arrive environ toutes les heures...

— Bon, alors je t'accompagne sur une piste rouge, annonce Corey, déjà en train de se diriger vers la remontée. Mais si je me casse une jambe à cause de la fatigue, c'est toi qui me ramènes, Stace.

— Je rêve..., grogne-t-elle en le rejoignant.

Elle rétorque sans méchanceté, évidemment. Stacy est éperdument amoureuse, c'est flagrant dans la façon dont elle attend toujours qu'il la rejoigne, ou la manie qu'elle a de vérifier son casque à chaque instant avant de partir sur les pistes.

Je déchausse mes skis avec Pearl, puis m'assieds dans la neige, les yeux posés sur le coucher du soleil. Je sens la chaleur de son corps à travers les différentes épaisseurs de nos vêtements, paradoxalement accentuée par la morsure du froid qui gagne mes joues. Autour de nous, le paysage s'étire. Les branches lourdes d'aiguilles sont givrées, une buée s'échappe à intervalles réguliers de la bouche de Pearl, et j'aperçois les traces encore fraîches de nos skis qui zigzaguent maladroitement jusqu'ici.

— T'as froid ? demandé-je à mi-voix, redoutant de rompre la tranquillité du moment.

Elle prend un moment pour répondre, observant le duo au loin, leurs silhouettes se découpant sur la neige. Ses doigts, gantés de laine grise dessinent distraitement de petits cercles dans la neige tassée. Puis elle finit par secouer la tête sans me regarder.

— Pas vraiment. Enfin... juste assez pour me sentir vivante, murmure-t-elle.

Je souris.

Cette façon qu'elle a de trouver du beau même dans l'inconfort, de colorer la moindre gêne d'une nuance de gratitude, me désarme systématiquement.

J'entoure ses épaules de mon bras et la rapproche de moi, incapable de résister à ce réflexe protecteur, ou possessif, je ne sais plus vraiment. Le parfum familier de son bonnet, un mélange de lessive bon marché et d'un reste de shampoing fleuri, s'infiltre dans mes narines. Instinctivement, je souris, mes lèvres finalement collées contre son crâne.

Plus bas, Stacy a fini par rattraper Corey et s'est jetée sur lui dans une demi-bousculade, feignant de le corriger sur sa technique. Ils roulent ensemble dans la neige, hilares, jusqu'à ce que Corey proteste avec mauvaise foi.

Le soleil, désormais à moitié englouti par les cimes, nimbe leurs silhouettes d'une couleur mordorée. Je me penche légèrement pour mieux voir Pearl. Elle a les joues rougies par l'effort et le froid, ses yeux bleu foncé se figent dans les miens avant de se fermer. Ils s'assombrissent davantage en période d'hiver.

Sa bouche entrouverte laisse échapper un léger soupir de contentement et je me demande, comme à chaque fois que je la regarde ainsi, ce qu'elle peut bien penser derrière cette douceur apparente.

— On devrait peut-être rejoindre les autres avant que Corey décide d'escalader un sapin, proposé-je.

Pearl sourit sans ouvrir les yeux, calant sa tête contre mon genou.

— On pourrait rester là toute la nuit que ça ne me dérangerait pas. Juste... respirer. T'écouter râler contre le froid, ou regarder le ciel changer de couleur.

Je caresse doucement le revers de sa tresse, repoussant une mèche sous son bonnet.

— Si je râle, c'est pour la forme. Tu sais comment je suis...

— Je sais, oui..., murmure-t-elle. T'es la personne la moins désabusée que je connaisse, sous tes airs de type blasé.

Un éclat de rire m'échappe.

— Répète-le à Corey, il est persuadé que j'incarne la tragédie à moi tout seul.

— C'est pour ça qu'il t'adore, lâche-t-elle, les yeux mi-clos. Parce que t'es tout le contraire.

Au loin, les voix de Stacy et Corey s'élèvent de nouveau, bientôt suivies par le son régulier de leurs pas sur la neige. Ils finissent par nous rejoindre, les joues rougies, encore essoufflés à force de rire, visiblement ravis de leur petite bataille sur les pistes.

— On rentre ? suggère Stacy en s'étirant.

Elle jette un coup d'œil vers la vallée où les premières lumières commencent à s'allumer.

— À condition que tu t'occupes du chocolat chaud ce soir, ordonne Corey.

— Seulement si tu promets de ne pas vider tout le pot de marshmallows, rétorque-t-elle, faussement sévère.

Pearl se relève à contrecœur, frottant ses paumes pour en déloger les dernières particules de neige. Je me lève à mon tour, rattrape mes skis et ceux de Lovner, puis nous entreprenons la descente vers la petite station.

La fin de l'après-midi a teinté le paysage de mauve et de bleu glacier, la buée de nos respirations se mêle à la brume. On parle peu, je ne fais attention qu'à ce qui m'entoure : le crissement de la poudreuse sous les chaussures, le reflet des lampadaires sur les vitrines des boutiques.

Arrivés à la pension, la chaleur nous enveloppe. Le hall sent le bois ciré et le pain d'épices. Pearl, déjà grelottante, ôte ses gants, puis les pose sur le radiateur où ils finissent de sécher.

La chambre que nous partageons, modeste, porte encore les traces de notre désordre : les vêtements superposés sur une chaise, des chaussures abandonnées en vrac près de l'entrée, nos sacs entrouverts d'où dépassent des chaussettes et des livres, *surtout des livres.*

— Je prends la douche en premier, décide Pearl, déjà en train de fouiller dans sa valise pour en extirper un pull blanc Abercrombie.

Je me laisse tomber sur le lit, tout en écoutant à travers la porte entrouverte le débit de l'eau. Mes muscles lâchent prise. Je parviens également à percevoir les éclats de voix étouffés de Corey qui chante sous la douche de la chambre voisine.

Ce type ne se tait jamais.

J'en profite pour consulter mon BlackBerry : quelques notifications sans importance, et un message de ma mère :

[Fais-nous signe quand tu repasses à la maison !]

Rien de Stan.

Une brève inquiétude me serre la poitrine, vite noyée par la fatigue.

Pearl ressort un quart d'heure plus tard, les cheveux encore humides, le teint rosé, un sourire de contentement flottant sur les lèvres. Elle réduit la distance entre nous, s'accroupit pour fouiller dans son sac et en ôte un jean MissMe, qu'elle enfile.

— À ton tour, docteur Anderson, me glisse-t-elle avec cette façon espiègle qui la caractérise.

Je lui adresse un clin d'œil, puis file sous la douche, profitant de la brûlure salvatrice de l'eau chaude sur ma peau glacée.

Je prends mon temps, savoure simplement le luxe de cette pause qui commence à se faire rare cette année. La douche est certainement le seul moment où je m'autorise à oublier pour quelques minutes le poids des échéances. C'est-à-dire la routine lourde des révisions, principalement. Je culpabilise quand je ne fais rien ou que je m'octroie un moment de répit, puisque mes études de médecine m'obligent constamment à bosser mes cours.

À tel point que mes rêves sont presque entièrement constitués de chimie organique ou de la communication entre les cellules.

Flippant.

Je ne suis sorti qu'une seule fois depuis le début de cette année scolaire. Dean m'a invité il y a quelque temps. Je suis vite parti, car je devais réviser. J'ai pris la bonne décision, puisqu'il me semble que cette soirée a fini avec les flics.

Lorsque je ressors de cette salle de bains étroite, Pearl s'est installée devant le miroir, appliquant une touche de mascara d'une main hésitante. Stacy lui apprend de mieux en mieux.

Je prends le temps de la contempler, la délicatesse de ses gestes, la façon dont elle penche la tête pour mieux attraper la lumière, le rose pâle de ses lèvres *toujours* gercées.

Elle se retourne en entendant mes pas et lève les yeux vers moi avec douceur.

— Prêt ? demande-t-elle.

Nous sommes attendus chez Christopher et Gwen pour le dîner, et si nous voulons éviter d'arriver en retard, compte tenu des deux heures de route qui nous séparent d'eux, il faudrait songer à partir sans délai. Ce rendez-vous chez les parents de Pearl clôture à merveille la fin de cette semaine de vacances ; demain matin, nous rentrerons dans notre appartement.

Je hoche la tête, saisis mon téléphone, et glisse une chemise sur mes épaules. J'attrape la main de Pearl, la serre dans la mienne, puis nous quittons la montagne en traînant la fatigue et l'exaltation dans nos corps, ce mélange un peu grisant qui n'existe qu'après une journée entière dehors. Je suis douché, mais j'ai encore la sensation d'avoir la neige collée dans les chaussettes, les orteils engourdis et les jambes molles comme du vieux caoutchouc. Pourtant, j'accepterais de recommencer juste pour revoir Pearl éclater de rire, comme lors de la dernière descente.

Sur le parking, j'attrape d'abord une cigarette pour la coincer entre mes lèvres, mais Pearl m'attrape légèrement par la manche.

— Viens, on va finir par arriver en retard chez mes parents.

Je soupire, un sourire aux lèvres, déjà résigné. Pearl a également arrêté de fumer, elle espère de moi que je suive ses pas. Disons que je commence, puisque c'est assez ironique d'apercevoir un étudiant en médecine qui se détruit la santé.

— Tes parents survivront, ronchonné-je, en ouvrant tout de même la portière, la clope logée à nouveau dans le paquet.

Ses parents adoptifs, Chris et Gwen, sont les seuls adultes qui me donnent envie de rester après le dessert. Parfois, j'oublie que Pearl n'a pas toujours été leur fille, *qu'elle n'a pas toujours été à moi non plus.*

Elle se glisse côté passager et replie ses jambes contre elle alors que je l'observe d'une manière désespérée afin de lui rappeler :

— La ceinture.

Elle fait mine de lever les yeux au ciel, faussement insolente.

— Oui, papa, rétorque-t-elle, tout en obtempérant.

Le chauffage souffle à peine lorsque je tourne la clé. Le CD est déjà en route afin d'expulser sa musique dans les enceintes de l'habitacle. J'en saute quelques-unes, puis choisis le morceau qui la fait *toujours* fondre.

Wonderwall d'Oasis envahit le véhicule.

La sensation qu'on ressent en écoutant cette musique est toujours la même. On a l'impression que c'est comme un vieux pull qu'on ressort chaque hiver. Pearl pince les lèvres pour cacher son sourire, ses yeux s'embrument doucement. Impossible de ne pas sourire à mon tour.

— Encore ? proteste-t-elle du bout des lèvres, tout en feignant la lassitude.

Je hausse les épaules :

— C'est la tradition. Le soleil se couche, t'as le droit à *Wonderwall.*

Elle pousse un petit soupir, mais elle chantonne déjà les paroles à voix basse avant même la fin du premier couplet. Je quitte le parking et constate que la route s'étire sous un ciel maintenant charbonneux.

On ne parle pas tout de suite. Le silence avec elle est toujours apaisant. Je ne perçois que le ronron des pneus sur la neige fondue, le souffle chaud du chauffage, et le bourdonnement du morceau. Pearl murmure les paroles, mais s'arrête toujours au refrain, par pudeur, quand elle remarque que je l'écoute.

Après un moment, elle se tourne sur son siège et brise le silence :

— Tu t'es amusé, aujourd'hui ? me questionne-t-elle doucement.

Je fais mine d'hésiter, les yeux sur la route.

— Je ne suis pas tombé d'une falaise, donc ouais. On peut appeler ça un succès.

Elle rit, et ce son emplit la voiture.

— Tu n'étais pas loin, pourtant.

— Merci pour la confiance.

J'esquisse un geste d'indifférence, alors que mes lèvres s'incurvent graduellement.

— Je t'aurais sauvé, de toute façon.

— Tu m'aurais filmé avec ton appareil photo, puis montré la vidéo à Corey.

— Je suis multi-tâches, appuie-t-elle, faussement fière.

Je secoue la tête, amusé.

— T'es cruelle.

Elle détourne le regard, son doigt dessinant des étoiles sur la vitre embuée. Ça ne me surprend plus, elle fait régulièrement ce dessin lorsqu'elle en a l'occasion.

— Tu adores ça, murmure-t-elle.

Je ne réponds pas. Elle le sait déjà.

Le morceau se termine, mais Pearl semble déterminée à briser le silence. Je trouve ça étonnant ; avant, elle osait à peine laisser échapper une phrase entière de ses lèvres. Désormais, c'est à se demander si on peut l'arrêter.

— J'ai vraiment aimé sortir autre part avec Corey et Stacy, déclare-t-elle, la voix plus posée.

— Génial, t'as pu conclure que Corey est un idiot, c'est un début.

— Stacy l'empêche de mourir bêtement, rigole-t-elle en secouant la tête.

— Personne ne survivrait à Corey tout seul, affirmé-je.

Elle bouscule ma main sur le levier de vitesse, une moue rieuse sur les lèvres.

— J'aime bien la personne que tu deviens avec eux. Tu ris plus, tu sais.

Sa remarque me prend au dépourvu et me laisse silencieux un instant. Je n'ai aucune idée de ce que je suis censé faire de ça, alors j'appuie simplement un peu plus sur l'accélérateur, le paysage filant de part et d'autre du pare-brise.

Pearl reste longtemps tournée vers la fenêtre, suivant du regard la lumière des réverbères.

Elle finit par briser la tranquillité, la voix douce, avec cette façon qu'elle a de toujours choisir le bon moment pour changer de sujet.

— Tu stresses pour tes examens ?

Je laisse échapper un petit ricanement, entre nervosité et lassitude.

Foutus midterms[2]. J'ai pu en passer quelques-uns avant les vacances de Noël. Mais il me reste deux matières à valider la semaine prochaine.

La médecine est carrément un choix suicidaire.

— Toujours. J'ai une pile de fiches qui pourrait servir d'annuaire tellement elle est épaisse.

Elle esquisse un sourire, les yeux pétillants de malice.

— Tu veux que je t'interroge ?

— Pas besoin de me faire humilier avant le dîner, protesté-je, moqueur. Puis je me concentre sur la route pour éviter la mort.

— Peut-être après, alors, insiste-t-elle, la bouche ourlée d'une expression amusée.

Je hoche la tête, simplement pour lui faire plaisir.

— Ouais. Après.

Un certain mutisme s'empare d'elle à nouveau. Son crâne bascule contre l'appuie-tête, et je m'attarde sur la courbe de ses cils qui s'éventent sur sa joue, la façon dont sa bouche s'entrouvre. Je connais ce mouvement, elle cherche le courage de formuler une question importante.

---

[2] Les *midterms* sont les examens effectués à mi-semestre pour évaluer les connaissances acquises avant les examens finaux.

— Tu penses parfois à... l'année prochaine ? Enfin... le futur. Je veux dire... plus tard, souffle-t-elle soudain.

Je relève un sourcil, surpris par la question.

— L'année prochaine ?

Elle hoche la tête, se faisant toute petite dans son siège, presque timide.

— Oui. Je veux dire... si on sera toujours... ensemble, tu vois ?

Sa voix se brise sur la fin de la phrase, les joues piquées de rose, une vulnérabilité si rare chez elle qu'elle me serre le cœur. J'y lis la même angoisse que la mienne, ce vertige de l'après, ce doute qu'on partage en silence simplement parce qu'on craint la perte de l'autre.

Je glisse ma main sur la sienne et la presse doucement à travers la console. Sa peau est toujours aussi douce, ça ne changera donc *jamais*.

— Désolé, Lovner, mais t'es coincée avec moi. Il va falloir t'y faire.

Elle rit, ses paupières cillent, presque gênée par sa propre émotion.

— Promis ?

Je plante mes yeux dans les siens, la voix soudain plus caverneuse et assurée.

— Je ne promets jamais ce que je ne peux pas tenir.

Un sourire lumineux vient éclairer son visage, balayant pour un instant toutes les incertitudes. Le dernier rayon du soleil s'éteint enfin derrière la ligne des arbres, et autour de nous, le monde se fait plus sombre.

Pearl se tait, se perd un instant à faire tourner sa bague autour de son doigt, la mine absorbée, puis relève la tête, l'air soudain songeur :

— Dis... tu as des nouvelles de Stan ?

La question tombe *malheureusement* sans prévenir.

Stanley...

Je prends quelques secondes à répondre, les mains crispées sur le volant. Le prénom de Stan me serre la poitrine, comme une vieille cicatrice qu'on viendrait de réveiller.

Je finis par chasser la gêne d'un raclement de gorge.

— Non. Rien du tout. Plus de signe de vie.

La surprise éclaire le visage de Pearl, je sens qu'elle s'incline vers moi.

— Vraiment ? Aucun message ? s'inquiète-t-elle.

— Non, pas depuis le... Nouvel An, je dirais. Il m'a souhaité une bonne année. Puis, il a... il a juste disparu. Comme ça.

Les yeux de Pearl se rétrécissent, ses dents mordillant sa lippe. Une mine soucieuse germe sur ses traits, et je bascule à nouveau mon attention sur la route glissante.

— Tu crois qu'il va bien ?

Je mime l'indifférence d'un simple geste, tentant de masquer l'inquiétude qui me ronge.

Mais en toute honnêteté, *je ne pense pas.*

— Probablement. Il doit prendre du temps pour lui.

Un sourire triste naît sur ses lèvres, mais il ne parvient pas à dissiper l'ombre dans son regard.

— C'était son anniversaire il y a quelques jours, tu sais. Je lui ai envoyé un message.

Je darde sur elle un regard étonné, presque amusé.

— Ah ouais ?

Ses iris détournent leur attention vers sa main posée sur ses cuisses, comme si le simple fait de l'avouer l'embarrassait.

— L'an dernier, il m'avait offert un vinyle d'Avril Lavigne... Tu t'en souviens ? L'album *Under My Skin*, mon préféré.

J'acquiesce, amusé par le souvenir.

— Ouais. T'avais le sourire jusqu'aux oreilles, j'ai cru qu'il t'avait offert un diamant.

Un rire léger lui échappe.

— C'était mignon, voilà tout.

Je souris, l'air taquin.

— Et cette année, tu lui as rendu la pareille ?

Elle soupire et joue avec sa bague qui ne fait que tomber.

— J'ai trouvé un des premiers CD de 50Cent. Je me suis dit que ça lui ferait plaisir…

Un rire s'évade de la barrière de mes lèvres.

— Parfait. C'est son mec, à ce stade.

Cependant, Pearl ne rétorque pas immédiatement. J'observe d'un œil ses mains qui remettent en place une mèche bouclée derrière son oreille, elle semble nerveuse.

— Il ne m'a jamais répondu.

L'habitacle paraît d'un coup plus petit, plus lourd. Je la zieute furtivement et perçois la façon qu'elle a de mordiller sa lèvre, comme si elle tentait de gommer l'amertume de sa propre déception.

— Je suis certain qu'il l'a vu, tu sais. Stan… je sais que quand il est blessé, il se coupe de tout. Il se terre. Peut-être qu'il est dans une mauvaise passe ?

Elle acquiesce, le regard rivé à ses genoux. Je n'espère pas.

Stanley a toujours été de ceux qui endossent, sans un mot, les fardeaux des autres. Ses épaules vacillantes portent sincèrement le poids des différends de son entourage. Alors, si Stan flanche, c'est tout ce qui nous tient debout qui menace de s'effondrer.

J'ai tenté de joindre Dean au sujet de Stan, même si le fil de notre relation s'est effiloché depuis un moment déjà. Mais il se dérobe, m'esquive derrière des silences obstinés. Je n'obtiens de lui qu'une rengaine de vieux textos ressassés, laconiques, qui ne répondent à rien et n'apaisent rien également :

[Oui, je vais BIEN !!!]

Même lorsque la question s'adresse explicitement à Stan, cet idiot de Dean joue le rôle du porte-parole non sollicité, et se précipite afin de répondre à sa place. Et pour être tout à fait honnête, mon intuition ne me trahit jamais. Si Dean esquive lui aussi, c'est qu'il se trame quelque chose. Quelque chose de trop inquiétant et troublant pour qu'il ose seulement y mettre des mots.

— D'ailleurs, tu crois qu'il fréquente vraiment Avery ?

Avery, l'ex de Nate. Je me plonge dans mes souvenirs et repense à cette soirée où je me suis rendu il y a quelque temps. Je n'étais absolument pas à ma place.

Bien que j'aime Stan, tout son univers n'est plus fait pour moi.

— Oui, ça en avait tout l'air. Tu te souviens de cette fête où j'étais allé ? Dean m'a confié qu'Avery avait dormi dans le lit de Stan, cette nuit-là. Et Stan est incapable de mentir à son sujet, je crois bien. Il a voulu jouer les gars détachés, mais il ne m'a pas regardé une seule fois dans les yeux.

Pearl plisse les sourcils, surprise :

— Je ne savais pas qu'ils étaient *si* proches.

Je hausse une épaule, fataliste.

Moi non plus.

Mais s'il y en a un qui mérite de connaître enfin l'amour, le vrai, le durable, celui qui ne s'évapore pas au premier courant d'air, c'est bien lui. Stan a toujours relégué ses propres besoins en arrière-plan, s'effaçant sans bruit pour que les autres puissent respirer un peu mieux.

Depuis que je le connais, je ne l'ai jamais entendu évoquer, même du bout des lèvres, l'ombre d'une histoire, le prénom d'une fille, ou ne serait-ce qu'un fragment de confidence sur une prétendue copine.

Même s'il changeait de nana comme de chemise à mon âge, d'après Dean...

— Avec Stan, on ne sait jamais. Il garde tout, fait semblant que rien ne l'atteint.

Le silence se réinstalle, tissé de non-dits, tandis que la prochaine chanson s'élève. C'est *Nobody's Home* d'Avril Lavigne, mais Pearl, d'un geste presque abrupt, appuie aussitôt sur le bouton pour la faire disparaître.

Certaines musiques appartiennent à des périodes très précises. Celle-là ne s'harmonise pas à celle que nous vivons en ce moment même, j'imagine.

Après un long moment, Pearl reprend :

— Je ne connaissais pas vraiment Avery. Elle traînait dans les parages, c'est tout. L'ex de mon demi-frère. Jolie, vraiment très jolie, c'est vrai, mais... on n'a jamais tellement parlé.

J'esquisse un sourire un peu las.

— Tu ne rates rien. Elle est chiante, selon Dean. Et compliquée. Apparemment c'est une peste. Ah, et une *fille à papa*, pour rester poli.

J'entends son léger ricanement, secouant la tête, les yeux tout de même pleins d'une douceur inquiète.

— Les gens ne sont pas « chiants et compliqués » par hasard, tu sais ? Tu crois qu'elle lui a fait du mal ?

J'hésite, puis laisse tomber dans un souffle :

— Je crois que Stan accepte qu'on lui fasse du mal parce qu'il ne pense pas mériter autre chose.

— Il est plus tendre qu'il veut le faire croire, mmh ?

J'opine du chef, la gorge serrée.

— Ouais. Bien plus qu'on ne l'imagine.

— Il te manque ?

Je relâche un souffle long, presque triste.

— Ouais. Tout le temps.

Elle se contente alors de glisser à nouveau sa main dans la mienne, serrant fort, sans chercher à poser plus de questions.

Lovner appuie doucement sa tête contre la vitre, ses yeux accrochés à l'obscurité qui engloutit le paysage.

— J'ai toujours cru que Stan était le genre de personne qu'on ne peut pas manquer. Il débarque, il fait du bruit, il prend toute la place... Le voir silencieux, c'est bizarre, remarque-t-elle.

J'acquiesce, mes doigts tapotant distraitement le volant au rythme de la musique, *Fade Into You* de Mazzy Star.

— Je sais. Pour Stan, le silence, c'est... louche. Ça veut dire qu'il se passe quelque chose.

— Peut-être qu'il t'en veut ?

Je me permets de pouffer face à son hypothèse. Il a atteint ses vingt-six ans récemment. Il n'est pas vraiment du genre à bouder pour un rien.

— Hein ? Mais non. Simplement, c'est pas dans ses habitudes de couper tout le monde comme ça. D'habitude, il m'aurait au moins envoyé une photo pourrie sur *MySpace*.

— Tu penses qu'il s'est passé un truc avant qu'il disparaisse ? Quelque chose dont on n'est pas au courant ?

— Pas à ma connaissance. Tout allait... enfin, aussi bien que ça peut aller avec Stan.

Un sourire triste relève à peine le coin de ses lèvres.

— T'as jamais eu envie de savoir ce qui se passait dans sa tête ?

— Franchement, non merci. C'est une zone réservée aux professionnels de la santé mentale.

— Il avait l'air assez indestructible. Comme si rien ne pouvait vraiment l'atteindre.

Je pense à toutes ces fois où Stan a fait semblant de n'en avoir rien à foutre, ces disputes effacées d'un revers de la main, chaque mauvais événement dédramatisé à grands coups d'ironie. Mais je me rappelle surtout cette façon qu'il avait de dissimuler ce qui lui tenait à cœur. Comme s'il fallait détourner l'attention pour mieux protéger ce qui l'émouvait.

Je laisse filer la vérité, plus doucement que je ne le voudrais.

— Être solide, parfois, c'est juste prétendre que rien ne te touche, pour que personne n'ait envie de chercher où ça fait mal.

Pearl acquiesce d'un léger mouvement de tête. *Forcément.*

— Oui… C'est comme une armure.

— Le problème avec Stan, c'est qu'il ne dit jamais quand ça déborde. Il préfère disparaître que d'avouer qu'il ne va pas bien.

— Tu n'as jamais eu envie de passer chez lui, juste pour vérifier ?

Un sourire tordu me traverse.

— Euh… faire un check de survie avec comme seules compétences un semestre en première année de médecine ? Franchement, ouais.

Un rire clair jaillit d'elle, tandis qu'elle se penche vers moi :

— Tu débarques, puis tu frappes à la porte : « Hey, je viens voir si tu respires encore et si tu manges autre chose que des chips. »

— Il me claquerait la porte au nez.

— Peut-être, mais il s'en souviendra. Il va dire qu'il n'en a rien à faire, mais je suis sûre qu'il n'oublie jamais les petits gestes.

Elle a raison. Stan retient tout, même les détails qu'on pense anodins : tes musiques préférées, comment tu prends ton café, la fois où tu t'es effondré devant tout le monde. Il est juste passé maître dans l'art de faire croire que rien ne compte.

Pearl soupire, observant les étoiles qui parsèment le ciel charbonneux.

— C'est nul, de ne pas savoir. Tu n'es même pas fâché, tu ne sais juste pas si tu as le droit de t'inquiéter. Tu continues de penser à lui, sans trop savoir pourquoi.

— Ouais. Parfois, j'ai envie de m'énerver, de lui dire de décrocher son putain de téléphone. Et juste après, je me dis : *et si c'était grave, si c'est justement parce qu'il ne veut pas qu'on le voie comme ça ?*

Sa main serre la mienne, son pouce caresse distraitement mes phalanges.

— Il reviendra, tu sais, Jace.

J'acquiesce, mais le mot sonne creux, même pour moi.

— Si tu pouvais lui parler, là, tout de suite... tu lui dirais quoi ?

Je réfléchis, longtemps. La route, la musique, cette douleur familière dans la poitrine ; tout s'entremêle.

— Je lui dirais..., commencé-je, la gorge nouée, puis j'ose enfin. Je lui dirais qu'il n'est pas seul, même quand il fait tout pour qu'on le croie. Que des gens pensent à lui, qu'il manque à tout le monde. Qu'il me manque, à moi.

Un sourire naît sur le visage de Pearl, à la fois maussade et fier.

— C'est tout ce qu'il voudrait entendre.

Je secoue la tête, fataliste.

— Pour Stan, ce n'est jamais assez. Il a besoin qu'on le bouscule, *littéralement*, parfois. Il est têtu comme une mule.

— Je pense que son groupe s'en charge très bien, me taquine-t-elle.

Je souris à mon tour, m'efforçant de faire passer la légèreté avant l'inquiétude.

Il s'en charge sûrement très bien, oui.

— Je vais finir par débarquer chez lui et dévorer toutes ses provisions. Ça, au moins, il ne le raterait pas.

Pearl se recale dans son siège, apaisée, tandis qu'on tourne dans la rue de ses parents.

— T'es un vrai ami, Jace.

Je lève les yeux au ciel, feignant l'exaspération.

— Ne lance pas de rumeurs, ça va me poursuivre.

Elle lève les yeux au ciel, un soupir de mécontentement s'infiltre dans mes oreilles.

— Pfff.

2

Après quelques minutes, la voiture ralentit à l'angle du quartier, les phares effleurant les talus de neige entassée et la silhouette familière de la boîte aux lettres cabossée qui trône devant la maison de Chris et Gwen. Une lumière dorée s'échappe par les fenêtres du salon, déformée par la buée sur les vitres, et vient s'écraser sur la neige qui recouvre encore la pelouse. La nuit est tombée franchement ; tout paraît déjà englouti sous la chape épaisse de l'hiver.

Pearl, emmitouflée dans son manteau crème, descend la première. Elle fait claquer la portière derrière elle, puis s'arrête une seconde pour regarder la maison dans laquelle elle n'a pas posé un pied depuis Noël. Je la rejoins, referme la voiture à clé, et elle glisse aussitôt sa main dans la mienne.

Nous nous dirigeons vers la porte d'entrée. Pearl hésite un instant devant la marche verglacée, puis esquisse un sourire légèrement embarrassé en croisant son reflet dans la vitre, avant de glisser une mèche de cheveux derrière son oreille. Mon regard se pose alors sur la couronne de branches de sapin ornée de rubans fanés qui décore la porte. Probablement une décoration de Noël qu'ils n'ont pas eu la motivation de retirer. Des effluves mêlés de cannelle, d'oignons doucement caramélisés et de pain chaud commencent déjà à caresser mes narines, ça ne fait qu'accroître ma faim.

À peine a-t-elle levé la main pour frapper que la porte s'ouvre d'un coup sec sur Gwen, enveloppée d'un pull ample gris. Son visage s'illumine lorsqu'elle nous remarque, et son sourire éclate, ses bras tendus dans notre direction.

— Vous voilà ! J'avais parié sur un retard, mais vous m'avez fait perdre, râle Gwen en attirant promptement Pearl contre elle.

Celle-ci se blottit un instant dans ses bras, la joue nichée contre son épaule, puis recule à regret.

— On a survécu à Corey et Stacy, c'est un exploit, annonce-t-elle, la voix vibrante.

Gwen éclate d'un rire clair, déviant son attention vers moi.

— Jace, tu as l'air frigorifié ! Tu veux un chocolat chaud ou tu préfères directement passer à table ? Ici, on nourrit d'abord et on pose les questions ensuite.

Chris surgit du fond du couloir, torchon sur l'épaule, et le sourire large. Il s'avance, me claque la main, puis tire Pearl contre lui avec une tendresse bourrue.

— Le futur médecin, me désigne-t-il. Alors, t'as bien tenu sur la neige ?

— À peine, j'avoue, réponds-je, sans pouvoir m'empêcher de sourire.

Il secoue la tête, désespéré, avant de s'effacer pour nous laisser entrer.

La pièce sent le bois ciré et l'orange confite. Nos vestes atterrissent sur le porte-manteau déjà débordant, tandis que nos chaussures rejoignent pêle-mêle celles de la maison. Pearl prend le temps de caresser la tête de Rocky, le chien, une grosse boule de poils qui respire paisiblement dans son panier, puis on s'avance vers la cuisine où la lumière est plus vive, la chaleur presque étouffante après l'air piquant de dehors.

La table est déjà dressée, nappée d'un vieux tissu brodé, recouverte de verres dépareillés et d'assiettes épaisses qui portent encore la marque des années. Au centre, un plat fumant de gratin exhibe une croûte dorée ; un saladier déborde de feuilles vertes mêlées de noix et de morceaux de tomates.

Gwen nous fait asseoir avec autorité :

— Pas question que vous mettiez la main à la pâte ce soir, c'est interdit aux invités qui ont affronté le froid.

Elle tourne autour de nous, remplit les verres d'eau et de jus, puis s'arrête devant sa fille adoptive. Elle s'accoude à la table, l'œil pétillant.

— Où est Daisy ? s'enquiert ma petite amie.

Sa nouvelle petite sœur. Gwen a accouché il y a deux mois, maintenant.

— Elle dort dans notre chambre, comme les trois quarts de son temps. Tu la verras demain ! Vaut mieux ne pas réveiller le diable.

Les joues de Pearl rebondissent après un rire.

— Alors, raconte-moi tout. C'était comment, la montagne ? Et ne me dis pas juste « bien », je veux des détails ! poursuit-elle.

Pearl sourit et croise les bras sur la table. Son regard cherche le mien, complice.

— On a failli perdre Jace dans une congère, Corey n'a fait que chanter du Britney Spears sur le télésiège, et Stacy l'a presque assommé.

Chris pouffe discrètement de rire, ajoutant le sel sur la table.

— Si Stacy ne l'a pas encore tué, c'est que ce garçon est increvable.

Sa femme hoche la tête de manière théâtrale.

— Il n'y a rien de plus fort que la bêtise, mon cher.

Je souris, me laissant porter par leurs échanges et la lumière jaune qui lisse tous les visages. Gwen s'assied à son tour, sert le gratin à la louche. La croûte craque sous la cuillère et libère une odeur qui me donne l'eau à la bouche. Le repas commence dans une ambiance animée. Chris raconte ses déboires du jour au supermarché : il a acheté par erreur du café décaféiné, ce qui provoque l'indignation de Gwen et les moqueries de Pearl. Je me surprends à raconter un bout de la descente la plus chaotique, celle où j'ai raté un virage et failli m'emmêler dans les skis d'un enfant.

Non, je me suis bien emmêlé dans les skis d'un enfant.

Pour ma défense, il n'avait rien à faire ici.

La conversation virevolte, saute d'un sujet à l'autre sans jamais totalement se perdre. Gwen interroge Pearl sur ses cours de psychologie, s'intéresse à ses lectures du moment. Elle raconte comment elle est tombée sur une édition tout annotée de *L'Attrape-cœurs* à la bibliothèque, comme si quelqu'un avait eu besoin d'y écrire sa vie entière dans les marges. Gwen s'attendrit, Chris renchérit sur le fait que les livres n'existent que pour être partagés, et je hoche la tête, repensant à tous ces livres que Pearl m'a fait lire de force depuis l'été dernier.

Cette fille ne fait que lire depuis que nous avons emménagé ensemble. J'ai dû lui laisser ma table de chevet pour ranger ses derniers bouquins qui traînaient.

Chris me prend à part :

— Alors, ce premier semestre ? Tu survis, ou on doit déjà t'offrir un stéthoscope pour te consoler ?

— J'ai eu l'impression de ne faire que bosser... Mais ça me plaît. Même quand je me plains.

— C'est le début de la vocation, tu verras, s'amuse Chris avant de vider son verre d'eau d'un trait.

Gwen prend le relais, la voix douce :

— Tu as toujours voulu ça ? Être médecin ou travailler dans cette branche ?

Je réfléchis et cherche comment expliquer ce besoin de servir à quelque chose. Cette nécessité de comprendre, de réparer.

— Je crois, oui. C'est surtout la curiosité qui m'a mené là. J'aime bien comprendre comment les choses fonctionnent, comment les gens s'attachent à la vie, ce qu'il faut parfois pour les convaincre de rester.

Et sauver les gens.

Surtout ça.

— Tu sais, parfois, je me dis que tu ressembles à Pearl plus que tu ne le crois. Elle aussi, elle passe sa vie à vouloir sauver les autres, même quand elle pense ne servir à rien.

Pearl rosit, esquisse une grimace, mais ne proteste pas. Elle ne peut pas, Gwen a entièrement raison. Seulement, elle a tout de même appris à se faire passer en priorité depuis quelque temps. Je suis fier d'elle sur ce point.

— Mmmh, souffle-t-elle, timide, en baissant les yeux vers son assiette.

Le repas s'égrène au rythme des souvenirs et des anecdotes, tantôt amusantes, tantôt légèrement gênantes. Chris raconte ce dernier Noël où Pearl, déterminée à tout préparer seule, a malencontreusement remplacé le sucre par du sel dans tous les desserts. C'est typique : elle a toujours eu un don pour saboter les plats les plus simples.

Preuve en est que, dans notre appartement, c'est Stacy et moi qui prenons en charge la cuisine. On ne confie rien à ces deux blonds ; dans leurs mains, la cuisine vire rapidement au désastre.

— Tu sais, débute Gwen en me regardant droit dans les yeux, tu fais partie de la maison, Jace. Même quand tu fais comme si tu n'en étais pas convaincu. Ici, tu peux poser tes valises, elles seront toujours les bienvenues.

J'opine de la tête, légèrement embarrassé, mais reconnaissant. Ce couple est bien la meilleure chose qui a pu arriver à Pearl. Chris acquiesce, solennel, puis ajoute d'un ton bourru :

— Il faut juste prévenir si tu ramènes tout le service de ski avec toi.

Je laisse mes lèvres s'incurver, et Pearl serre ma main sous la table, un sourire discret sur les lèvres.

La soirée s'étire. On débarrasse à quatre, mais nous sommes incités par Gwen à ne rien faire, alors Pearl et moi nous réfugions dans le salon où nous nous asseyons côte à côte sur le vieux canapé qui grince. Le chat saute sur les genoux de Pearl.

Chris finit par nous rejoindre, s'effondre sur le fauteuil préféré de Gwen et commence à parler de l'actualité, ou de choses qui ne m'intéressent pas complètement. Alors, mon cerveau se concentre instantanément sur la pression et l'anxiété de mes fichus examens. Ma main vient jouer avec les mèches bouclées de Pearl, le regard perdu dans sa crinière.

Après quelques longues minutes, le feu illumine la cheminée. Je jette un œil à ma petite amie, que je surprends en train de bâiller, ses cernes témoignent de sa fatigue. Le ski assomme, sincèrement. Je suis prêt à dormir une éternité.

Quand Gwen se lève pour proposer des couvertures et du thé à emporter, on comprend que la soirée touche à sa fin. Pearl et moi préférons rejoindre l'étage pour retrouver sa chambre, riant à moitié d'une plaisanterie de Chris sur « si vous allez vous doucher, laissez-moi un peu d'eau chaude pour demain matin ».

La maison devient presque silencieuse, les pas au rez-de-chaussée doivent être absorbés par l'épaisseur de la moquette, le radiateur dans la chambre tousse quelque part sous la fenêtre, et l'on perçoit encore, au loin, le bruit mat de la vaisselle que Gwen termine d'essuyer en cuisine.

La chambre de Pearl est plus petite que dans mon souvenir, je ne suis venu que deux ou trois fois ici. La couette jaune pâle est constellée de minuscules tournesols, les étagères débordent de vieux livres défraîchis et de photos de notre groupe. Un tableau de liège au-dessus du bureau croule sous les cartes postales et les tickets de concerts oubliés.

Elle s'effondre sur le lit après avoir enfilé son pyjama, dans un soupir heureux.

— J'oublie toujours à quel point cette pièce est minuscule, souffle-t-elle.

Je ris en balançant mon sac sur le bureau, extirpant un survêtement et un pull pour dormir.

— C'est mignon. Très... toi.

Elle retrousse le nez, amusée.

— C'est une manière élégante de dire « bizarre ».

Je m'allonge à côté d'elle, le matelas gémit sous notre poids, puis je sors mon dossier : une épaisse pile de fiches, de notes au brouillon et de schémas maladroits.

— Désolé. Mes exams m'y obligent.

Pearl, s'inclinant vers moi, laisse échapper une plainte dramatique.

— Déjà ? On vient seulement de se poser...

Je lève la pile en guise de réponse.

— Examen lundi matin. J'ai promis à ma mère de ne pas me rater.

Elle se redresse, croise les jambes et prend soudain l'air sérieux.

— Très bien. Je t'interroge, alors !

Je brasse les fiches, les gestes devenus automatiques à force de nuits blanches.

— Tu veux poser les questions ou utiliser une autre technique d'apprentissage ?

Elle attrape une feuille au hasard, un sourire aux lèvres, motivée.

— Je pose ! Première question. Voyons... quelle est la différence entre le système nerveux sympathique et... hum... parasympathique ?

Je hausse un sourcil, faussement pédant.

— Sympathique : c'est la réponse « fight or flight », ça excite tout. Parasympathique : c'est la détente, le repos, la digestion. Effets opposés sur la plupart des organes.

Elle opine, faussement impressionnée.

— On applaudit. Question suivante. Comment appelle-t-on un rythme cardiaque trop lent ?

— Bradycardie.

— Exact ! Bonus : c'est quoi, trop lent ?

— Moins de soixante battements par minute chez l'adulte.

Elle mime des applaudissements exagérés.

— Mesdames et messieurs, il est déterminé, ce soir.

Je souris, cabotin.

— Je pourrais faire ça toute la nuit, tu sais.

— Je t'en prie, épargne-moi ça.

Lovner attrape une autre carte et utilise soudainement une voix de présentatrice télé.

— OK, monsieur le génie... À quoi sert le néphron ?

Je me penche, sérieux.

— C'est l'unité structurale et fonctionnelle du rein. Ça filtre le sang, réabsorbe ce qu'il faut, élimine le reste.

Ses sourcils se plissent, puis elle vérifie la fiche plusieurs fois. Sûrement étonnée de mes réponses à chaque question.

— Oui, bon... Comment tu retiens tout ça ?

— La peur. Surtout la peur.

Elle explose de rire en manquant de laisser tomber la pile.

— Allez, suivant... Quelle partie du cerveau contrôle l'équilibre ?

— Cervelet.

— Mmh... Et l'hypothalamus ?

— L'homéostasie. Ça régule les hormones, la température, la faim, la soif... Bref, tout ce qui compte.

— Donc, c'est la maman du cerveau.

Je laisse échapper un rire.

— C'est une manière de voir les choses...

Elle me lance un regard malin.

— C'est quoi le pH sanguin normal ?

— Entre 7,35 et 7,45.

Un faux air de blessure germe sur son visage, trahissant son amusement.

— Tu triches, c'est pas humain de tout retenir.

Je souris, mi-flatté, mi-fatigué.

— Je t'ai déjà dit que tu faisais une super partenaire de révisions ?

Pearl me donne un petit coup sur le bras avec une fiche.

— La flatterie ne te sauvera pas. Prochaine question : cite-moi les quatre cavités du cœur. Et si tu te trompes, tu finis serveur dans un café pour étudiants.

Je lui lance l'oreiller dans la tête.

— Je ferais un serveur de merde, je corrigerais la commande de tout le monde.

— Je me contenterai des nouilles instantanées, c'est plus sûr, me taquine-t-elle.

— Oreillette droite, ventricule droit, oreillette gauche, ventricule gauche, réponds-je finalement.

Elle continue de faire défiler les fiches, quelquefois en posant la question avec sérieux. Ou alors, elle écorche un mot en trébuchant sur une prononciation, ce qui m'oblige à intervenir, et nous fait éclater de rire à chaque fois. À chaque erreur, elle s'incline avec une théâtralité exagérée, je peine à contenir mon fou rire. La fatigue n'aide pas.

Au bout d'un moment, lasse ou simplement vaincue, elle laisse tomber la pile au pied du lit dans un soupir dramatique, puis glisse contre ma poitrine.

— Oh... Pourquoi t'as choisi médecine ? C'est suicidaire cette chose.

Je cligne des yeux, pris au dépourvu.

— C'est pas dans le programme, ça.

Elle sourit, mordant sa muqueuse intérieure. Son menton sur mon torse afin de planter son regard dans le mien.

— Ça devrait. Je veux savoir, vraiment.

Je fixe le plafond, les mains emmêlées dans les cheveux de Pearl.

— J'aime sauver les gens. J'aime le défi. Et j'ai envie de jouer un rôle qui compte. Être utile, je suppose.

Lovner se contente de m'analyser de ce regard doux et lourd qui devine tout ce que je ne formule pas.

— Tu l'es déjà, tu sais, murmure-t-elle.

Je toussote, un peu gêné.

— Mauvaise influence... Je devrais réviser.

Elle ricane, peu impressionnée.

— Je te laisse trente secondes, après je reviens à la charge.

Nous reprenons doucement. La pile diminue, tout comme nos rires, émoussés par la fatigue. Par instants, elle improvise des réponses absurdes : « La fonction principale du foie ? Répandre l'amour et la joie ? », et parfois, ce sont de vraies erreurs, mais qui finissent tout de même en hilarité.

Pearl se pelotonne contre moi, ses jambes nichées sur mon bassin, son épaule pressée contre la mienne. Le parfum léger de son shampoing à la guimauve flotte autour de moi. Ça reste ma fragrance préférée.

À un moment, je réalise que je n'apprends plus rien. Mon esprit s'est détaché des fiches, absorbé par la fatigue et Pearl : je voudrais figer l'instant, le conserver intact, juste nous deux, dans sa chambre tranquille et douce.

Mes réponses deviennent plus lentes, mes paupières plus lourdes. C'est elle qui s'en rend compte la première. Elle repose les feuilles sans un mot, se rapproche encore, et vient caler sa tête sous mon cou.

— T'as bien travaillé, Jace.

— Dis-le à mes profs.

Elle rit doucement en traçant de petits cercles sur mon avant-bras.

— Tu vas réussir. J'ai confiance en toi.

Je reporte mon attention sur elle, qui est légèrement illuminée par l'éclairage de la lampe de chevet, et je sens mon cœur se serrer sous le poids de ce qu'elle représente.

— Tu m'as toujours fait confiance.

— Toujours.

Nous restons désormais muets, simplement à respirer au même rythme. Les fiches sont tombées dans l'oubli, quelque part au pied du lit, et je m'autorise à fermer les yeux. Je n'écoute plus que le doux bruit de son cœur contre le mien, nos battements se sont mis d'accord pour se synchroniser.

Et peut-être pour la première fois de la semaine, le poids de tout le reste devient un peu moins lourd : les cours, les examens, le manque des autres. Tout recule un peu.

Et je me laisse glisser, enfin, dans les bras de Morphée.

Sous les flocons, l'espoir

Nouvelle dans l'univers de
D'âmes et d'Écailles de Adeline Dias

1

Amalia

Il neige dehors, j'aperçois quelques flocons en passant devant la baie vitrée qui donne sur l'extérieur. C'est beau à observer, néanmoins, je ne souhaite pas m'attarder. Si la situation avait été différente, j'aurais aimé sortir dans la cour de l'usine pour rejoindre ceux qui sont en train de jouer dans la poudreuse.

Mais je n'ai pas le cœur à ça. Pas envie de les entendre rire, de me forcer à afficher un sourire de façade. Hadrien n'a même pas pu passer le réveillon avec nous. La malédiction a frappé à nouveau. Une Déchirure s'est invitée à la fête pour nous le retirer et le transformer en dragon dans le sang et les larmes. On ne sait jamais à l'avance quand elle doit se manifester, mais ce que l'on n'ignore pas, c'est que troquer sa peau et ses os contre ceux d'une gigantesque créature est un supplice.

Ce n'est pas moi qui subis ce changement physique, pourtant, j'ai mal en voyant souffrir l'homme que j'aime sans pouvoir rien faire pour l'aider.

Je suis impuissante. Je voudrais pouvoir le libérer. Je donnerais tout ce que j'ai pour ça, cependant, tout ce que j'ai ne suffirait probablement pas. Aujourd'hui, ce constat m'est encore plus douloureux que tout autre jour. Parce que pour

Hadrien et moi, tout va changer, à l'avenir. Ni lui ni moi ne le souhaitions ou ne l'envisagions.

C'est arrivé comme un miracle, et je n'ai pas pu l'annoncer à mon âme sœur parce que la malédiction m'a devancée.

Je sors du loft dans lequel nous vivons, Hadrien et moi, depuis l'année dernière. J'ai juste pris le temps de venir me doucher et mettre des vêtements propres.

Je veux retourner à ses côtés, être la première personne qu'il verra quand il reprendra forme humaine. C'est là qu'est ma place. Si on m'avait dit, il y a presque dix ans, que quelqu'un occuperait autant de place dans mon existence, j'en aurais ri à gorge déployée. L'indépendance était comme inscrite dans mon ADN : mes parents ne voyaient pas d'un bon œil mes voyages, mon besoin de découvrir le monde et de quitter mon Espagne natale, pourtant, je ne leur ai pas laissé le choix. Je suis partie avec mes bagages et leur désapprobation.

Je n'ai rien regretté. Je passais de petit boulot en petit boulot pour payer mes loyers, vivotait entre les soirées, les amis, les amants... J'adorais cette valse incessante, mais rien ne m'avait préparée à aimer quelqu'un aussi fort que lui.

Un jour, Hadrien est entré dans mon existence pour ne plus en ressortir. C'était en décembre, et les routes étaient verglacées. Il était tôt, beaucoup trop tôt à mon goût, et j'avais eu du mal à venir travailler avec ma vieille voiture, qui me rendait malgré tout bien service. Je gagnais ma vie en faisant des ménages dans des entreprises avant l'arrivée des employés. Je ne pensais pas que le businessman que j'avais réveillé avec un café alors qu'il dormait affalé sur son clavier allait bouleverser mon quotidien. J'aurais été stupide de ne pas deviner que c'était un homme avec un statut social élevé : il avait un grand bureau et une vue imprenable sur la ville.

Mais ce matin-là, c'était juste un inconnu dont la faiblesse m'intriguait.

En toute honnêteté, j'avais besoin d'une dose de caféine, moi aussi, et peut-être d'un peu de compagnie pendant que je nettoyais. Je ne sais pas ce qui lui a plu chez moi, j'ignore même les raisons qui ont fait que nous en sommes venus à nous revoir, néanmoins, ce dont j'ai la certitude depuis les premiers instants, c'est que je suis tombée follement amoureuse, et la façon dont il me traite depuis ne trompe pas. Avec lui, je me sens bien, à une place que j'ai cherchée toute ma vie. Je suis belle, précieuse.

Déjà, à nos débuts, nous nous comprenions sans parler, d'un simple coup d'œil. Nous étions deux moitiés d'une âme qui s'étaient enfin trouvées. C'était comme si nous nous connaissions depuis toujours. Et pourtant, il me cachait tant de secrets... La route pour parvenir à gagner sa confiance n'a pas été facile. Il a fallu des années avant qu'il ne m'avoue pourquoi il ne me donnait parfois aucune nouvelle pendant plusieurs jours. Et lorsque j'ai su, j'ai accepté ses raisons. C'est à ce moment-là que je suis entrée dans le quotidien des Montardent. Maintenant que je suis l'une des leurs, je mesure à quel point le silence est d'or. C'est la seule façon de protéger les membres de la famille de la curiosité, et surtout de la peur qu'ils pourraient susciter.

Si on venait à apprendre que des êtres humains se transforment en dragons, que leur ferait-on ? Est-ce qu'on les abattrait sans sommation ? Ou les transformerait-on en armes ? Les emprisonnerait-on pour les étudier comme des rats de laboratoire ? Quand je pense à la possibilité que la malédiction soit rendue publique, je n'arrive pas à imaginer un avenir radieux. Depuis que je connais le secret des Montardent, je porte un peu de ce poids qui pèse sur chacun d'eux : la crainte d'être découverts, et surtout, l'idée qu'il n'y a pour l'instant aucune solution pour apaiser leurs souffrances.

Je descends lentement les marches d'accès à la salle nous permettant de surveiller les cellules. C'est dans ces dernières que nous enfermons les membres de la famille qui subissent une Déchirure. Ce mot, je le hais. Parce qu'il décrit exactement ce qu'il se passe durant les premières minutes de la transformation d'Hadrien en dragon. Sa peau cède, les fibres musculaires s'arrachent tandis que les os craquent dans une odeur de sang ; des cris de douleur glacent les témoins de ce supplice. Et tout ce que je peux faire, c'est venir me planter dans cette maudite pièce, à observer la cellule où il est retenu en attendant qu'il me revienne. Je reste en spectatrice de son supplice, à m'infliger cette vision d'horreur. Je refuse de détourner les yeux quand lui le porte dans sa chair. Et je prie pour qu'un jour, on détruise ces fichues cellules dans lesquelles on les emprisonne. Je rêve que l'on puisse enfin retrouver tous les descendants de l'homme qui les a damnés, et qu'on les extermine. C'est notre seul espoir.

Je passe à côté du sapin qui a été installé dans un coin, indifférente à ses lumières clignotantes et ses boules de toutes les couleurs. Avril a insisté pour l'y mettre, arguant qu'Hadrien et son cousin s'enferment tellement souvent dans la salle de surveillance que ça ne leur ferait pas de mal d'avoir un peu de décoration. Personnellement, je ne trouve pas que cela rende cette pièce plus agréable. D'autant plus que l'odeur – pourtant légère – du conifère me donne la nausée. Je m'arrête près de la baie vitrée devant laquelle se tient Adam, le cousin d'Hadrien. C'est lui qui m'a convaincue de prendre du temps pour moi en m'assurant qu'il continuerait de veiller, et qu'au moindre changement, il me préviendrait tout de suite. D'ailleurs, il juge bon de m'indiquer :

— Il n'a pas bougé depuis tout à l'heure.

En effet, devant nous dans sa cellule, allongé sur le sol de terre battue, imposant au point de faire paraître sa prison toute petite, il y a un dragon. Ses écailles, d'un rouge sinistre et profond semblable à celui d'un flot de sang, luisent dans la lumière. L'animal entrouvre un œil à l'iris sombre pour me regarder. Un grondement lui échappe, comme pour me signifier qu'il sait que je suis là. Je me mords la lèvre et prie en silence afin que cette Déchirure cesse. Moi qui ne crois en rien, j'implore la moindre entité supérieure qui voudra m'écouter pour qu'Hadrien reprenne sa forme humaine et que je retrouve l'homme que j'aime.

Quand les premiers signes de la Déchirure se sont manifestés, j'avais quelque chose d'important à lui dire. Un secret qui pèse encore lourd sur ma poitrine. J'avais espéré lui en parler le soir du réveillon, mais la malédiction ne m'en a pas laissé l'occasion. J'ignore comment Hadrien va accepter la nouvelle que je dois lui annoncer, mais cette transformation m'a donné l'impression d'avoir un sursis. Ressentir du soulagement alors que mon mari est devenu dragon dans le sang et la douleur, je le vis presque comme une trahison qui m'amène un goût amer en bouche.

Plongée dans mes pensées, je sursaute presque quand Adam me pose une main sur l'épaule avec sollicitude.

— On est là, si tu as besoin.

J'apprécie qu'il ne me demande pas comment je vais. Il sait ce que j'éprouve. Adam est le chef de famille des Montardent. Avec lui, les explications ne sont pas nécessaires, d'autant plus qu'il considère Hadrien comme son frère. Ils sont proches, malgré leurs différences. Leur lien est unique, tissé dans une responsabilité commune et des années côte à côte. Quand on affronte le même mal et qu'on partage tant de secrets depuis l'enfance, voir l'autre souffrir, c'est être atteint dans sa propre chair.

— Il va bientôt revenir… Et il va s'en vouloir à mort d'avoir loupé le réveillon et Noël. Il t'avait prévu un super cadeau.

— Mon cadeau, ça aurait été de pouvoir passer cette fête avec lui.

Adam acquiesce d'un bref signe de tête, m'attirant doucement contre son torse. Je ne refuse pas l'étreinte. Dans ces moments-là, il est un soutien précieux. Inestimable. Parce qu'Hadrien irait en enfer pour lui s'il le fallait, et qu'il lui témoigne une confiance aveugle, je veux croire que je peux compter sur cet homme, même si parfois, je n'arrive pas à m'empêcher de penser qu'il fait preuve de peu de discernement. C'est peut-être pour cela que la présence d'Hadrien, pragmatique au possible, est si nécessaire pour Adam.

Les mots qu'il prononce ensuite ne font que confirmer cette idée :

— À moi aussi, il me manque, m'avoue-t-il dans un souffle. Je t'interdis de lui répéter ça, sinon il va me charrier pendant des siècles.

Cet idiot parvient à m'arracher un sourire. Quand il me relâche, je lui murmure :

— Merci.

— Je t'en prie. On fêtera deux fois plus le Nouvel An, me promet-il.

— Je compte sur vous pour ça.

Enfin, si une Déchirure ne vient pas à nouveau tout compromettre. Je déteste cette malédiction. Je la hais parce qu'elle nous vole ces instants précieux, ces fêtes où nous nous réunissons, ces moments où nous ne devrions pas craindre que l'un d'entre nous hurle sa souffrance.

La porte de la pièce s'ouvre, et nous nous tournons tous les deux vers la nouvelle venue : Avril. La tante d'Hadrien et Adam. Avec ses quelques cheveux blancs au milieu de ses mèches brunes, difficile d'imaginer qu'elle est la doyenne des Montardent. Mais les membres de la famille ne vivent pas vieux... C'est aussi une femme d'une douceur enveloppante. Un peu trop à mon goût. L'indépendante que je suis a parfois du mal à accepter trop de sollicitude et d'attentions. Comme maintenant, quand je la vois approcher avec un plateau d'où proviennent des odeurs de nourriture qui accentuent encore la nausée provoquée par le sapin. Mon estomac semble faire des saltos à cause de ce mélange de parfum conifère-café-fromage fondu.

— Je t'ai ramené quelque chose à manger, je me suis dit que tu n'avais pas dû y penser, m'explique Avril.

— Merci, c'est vrai que je n'ai pas la tête à ça.

Je me force à lui offrir un sourire, parce que j'ai conscience que c'est plus fort qu'elle : prendre soin des membres de la famille est sa raison d'exister. J'aurais préféré qu'elle s'abstienne, toutefois, je ne vais pas le lui avouer. Être désagréable avec une femme qui ne souhaite que mon bien serait stupide, je m'en voudrais de la blesser. Hadrien tient beaucoup à elle, et je comprends pourquoi : elle est là, présente à chaque moment de leur vie à tous. Elle a le don d'apaiser les tensions qui naissent parfois entre les deux cousins. Ils sont comme des frères, et de la même manière que dans une fratrie, ils peuvent se disputer, mais cela ne les empêche pas de revenir l'un vers l'autre. Avril les connaît, sait comment les accompagner, demeure l'oreille attentive dont ils ont besoin, et elle règle régulièrement les conflits entre eux.

— Adam, je t'ai fait un café, indique-t-elle quand son neveu lui prend le plateau des mains avec sollicitude. Théophile te cherchait. Il avait des papiers à te faire signer.

— Hum, je vais aller le rejoindre. Il ne débranche jamais du travail, râle l'homme en déposant son fardeau sur une table.

Je le remercie secrètement d'éloigner les effluves alimentaires de moi.

— Ce n'est pas comme si Hadrien et toi faisiez souvent des pauses, lui fais-je remarquer.

— Si tu deviens désobligeante toi aussi, alors je préfère m'enfuir, plaisante Adam en allant vers la porte. Si tu as besoin, n'hésite pas.

Il nous laisse seules, Avril et moi. Je sens le regard de cette femme, mi-curieux, mi-inquiet, qui me détaille. Elle a cette capacité de vous donner l'impression qu'elle connaît tout de vous simplement en vous observant. Pendant quelques brèves secondes, je me demande si elle a deviné ce que je cache depuis quelques jours. Comment le pourrait-elle ? M'en parlerait-elle si c'était le cas ?

Quand elle finit par ouvrir la bouche, mon rythme cardiaque manque un battement :

— Tu ne veux pas sortir t'aérer un peu ? me suggère-t-elle. Tu es bien pâle, tu sais.

Je reprends mon souffle. Si elle a découvert quoi que ce soit, elle choisit de ne pas aborder le sujet. Et ça me va bien, même si je n'ai pas plus envie de suivre son conseil que de manger. Ce n'est pas d'air dont j'ai besoin. C'est de mon âme sœur. Je veux pouvoir lui confier ce que j'ai sur le cœur, ce secret dont il doit être le premier informé.

— Non... je m'en voudrais s'il se réveillait sans moi.

Adam a réussi à me convaincre une fois, mais je ne préfère pas renouveler mon absence. Et puis, la dernière chose que je souhaite actuellement, c'est aller me mélanger au reste des Montardent, qui profitent de la neige à l'extérieur. Je n'ai pas envie de les entendre rire et plaisanter. Les flocons, les guirlandes, les boules de Noël... Je crois que je vais les détester pendant quelque temps. Cette ambiance festive ne fait que renforcer le manque de lui. Sans Hadrien, je n'ai pas goût aux réjouissances.

La vie continue, je le sais, et habitués qu'ils sont à ces Déchirures, les membres de la famille ne s'inquiètent vraiment que quand elles atteignent les personnes les plus âgées, parce qu'il arrive un moment où le retour en arrière n'est plus possible. Le dragon ne laisse plus revenir l'être humain. Et alors, c'est fini. Je frissonne et resserre mes bras autour de moi.

— Il sera bientôt de retour, essaie de m'apaiser Avril lorsqu'elle perçoit mon trouble. Ses Déchirures durent entre deux et trois jours, en général.

— J'aimerais que ça ne se produise plus du tout.

Elle se contente d'un bref hochement de tête, et semble réfléchir pendant quelques longues secondes avant d'ajouter :

— Nous donnerions tous beaucoup pour ça.

Nous nous asseyons toutes les deux dans les fauteuils devant les baies vitrées, et un silence s'installe entre nous. Il n'est pas désagréable ni pesant. C'est juste celui de l'attente face à une situation que l'on ne connaît que trop bien. Avril ne s'offusque même pas de ne pas me voir toucher à mon plateau-repas. Je finis par ramener mes jambes contre moi, plongeant dans mes pensées alors que je ne lâche pas du regard la créature tout en écailles et en crocs. Je patiente le temps qu'elle me rende celui que je rêve de serrer dans mes bras à cet instant.

Tout est prêt pour l'accueillir. Après avoir soigné son dos, nous rentrerons ensemble chez nous, et comme d'habitude, je m'occuperai de lui verser son café. Pas trop fort, pour qu'il puisse dormir après. Il le boira et mangera deux tartines de pain beurré encore chaud avec de la confiture de fraise. C'est une collation banale pour un homme qui brasse des millions, mais c'est ce qu'il préfère. Une simplicité qui fait partie de lui.

Est-ce que je lui en parlerai à ce moment-là ? Quand il sera détendu ? Ou est-ce que j'attendrai qu'il soit un peu reposé ? Ou peut-être que je pourrais le lui murmurer quand nous serons couchés dans notre lit, l'un contre l'autre. L'un de ses bras autour de mes hanches. Je veux retrouver la tiédeur de notre intimité, sentir son souffle sur ma peau, avoir à nouveau l'impression que mon cœur bat à l'unisson avec le sien.

Amalia

— Amalia...

Je sursaute quand une main chaude secoue mon épaule. Je croise alors le regard de Louise, la mère d'Hadrien, assise dans le fauteuil à mes côtés. J'ignore quand Avril et elle ont échangé leurs places. Je me suis assoupie sans bien m'en rendre compte. Je n'ai pas beaucoup dormi ces derniers jours, et j'étais déjà très fatiguée avant la Déchirure d'Hadrien.

— Je crois qu'il va bientôt revenir à lui, m'informe-t-elle.

Je hoche la tête et me redresse lentement, étirant mes muscles endoloris par ma position avant de jeter un coup d'œil dans la cellule. J'y vois le dragon qui s'agite un peu, se recroqueville, semble souffrir. Oui, ce sont les signes habituels d'une fin de Déchirure.

— Enfin...

C'est le seul mot qui me vient. Je me lève pour me rapprocher de la fenêtre et surveiller le processus... Louise se poste à côté de moi, puis doucement, sa main attrape la mienne et la serre. Elle, plus que quiconque, comprend ce que je ressens à cet instant. Parce qu'elle est comme moi : elle n'est pas née dans cette famille, elle l'a rejointe par amour. Tout comme moi, elle a découvert la malédiction, et tout comme moi, elle se sent impuissante.

Elle était présente au tout début de la Déchirure d'Hadrien, et j'ai vu combien cela l'atteignait, la heurtait. Il n'y a pas si longtemps que son mari, le père de ses enfants, a dû être mis à mort. Bloqué sous la forme d'un dragon pendant plus d'une semaine, il n'y avait plus aucun espoir pour qu'il redevienne humain. Depuis, il y a une lueur que je n'ai plus jamais retrouvée dans son regard : celle qui y brillait quand son époux était à ses côtés. Et j'ai peur de vivre ce qu'elle endure. De devoir être témoin de l'exécution d'Hadrien sans rien pouvoir y faire. Continuer à exister, à passer des Noëls, des anniversaires, des unions... tant d'occasions à fêter en subissant son absence.

Mais la fin de mon mari n'est pas pour aujourd'hui, et un peu égoïstement, je m'en réjouis. Le dragon pousse un hurlement rauque qui fait trembler les murs et les vitres. L'animal se contorsionne, cherche à échapper à la souffrance, même si c'est peine perdue. Ses deux ailes se referment autour de lui, donnant l'impression de le protéger, puis il y a un grand silence, comme si le temps se suspendait. Sous nos yeux, les écailles disparaissent pour ne laisser au sol que le corps martyrisé de l'homme que j'aime. De là où je suis, je peux voir son dos lacéré, et surtout, je perçois sa respiration. Il est vivant. Nu, meurtri, mais vivant. Je me précipite pour quitter cette pièce et le rejoindre : je veux être la première à ses côtés.

3

Hadrien

J'ai mal. Au dos, dans chacun de mes membres, à la gorge. Partout. Sensation désagréable qui témoigne que je suis vivant, que je suis revenu. J'ai survécu.

Encore une fois.

Il paraît que les épreuves nous rendent plus forts. Je me serais bien passé d'en subir pour le prouver, d'autant que je ne me sens pas puissant pour autant. Au contraire. Je voudrais me rouler en boule et pleurer. Au lieu de ça, je me force à bouger pour me mettre sur le côté lentement. Ce mouvement m'arrache un geignement rauque. Cette douleur, mêlée à l'odeur du sang, je ne la supporte plus.

Je n'en peux plus. Je rêve que cela s'arrête. D'être enfin en paix.

Non loin de moi, j'entends le bruit d'un mécanisme, puis d'une porte qui s'ouvre. Je sais qui est là à la façon dont elle foule le sol de ses pieds pour me rejoindre. Je soulève mes paupières pour essayer de la rassurer. Ma femme. Amalia. Elle s'agenouille et sa main chaude se pose sur ma joue. À ses côtés, ma mère reste en retrait. Je croise le regard de celle qui m'a mis au monde, et j'y lis une détresse qui me transperce. Je devine ce qu'elle revit en me voyant étendu par terre : la fin de mon père à qui je ressemble énormément.

— Tu es revenu, me murmure Amalia, ramenant mon attention sur elle.

Je prends appui sur l'un de mes coudes pour me redresser avec peine. Je n'aime pas l'inquiétude que je perçois en elle, dans sa façon de me parler tout bas, et ses gestes délicats, comme si j'étais fragile.

— Tu me manquais trop.

Ma voix est rauque et ma gorge me fait mal, probablement parce que je m'en suis servi afin de hurler avant de me perdre dans le dragon. C'est d'ailleurs le seul souvenir qu'il me reste entre le moment où je suppliais pour que la souffrance cesse et celui où j'ai repris connaissance, allongé sur la terre battue à l'odeur de sang. Nous ne nous rappelons pas ce qu'il se passe pendant nos Déchirures. Et c'est peut-être mieux ainsi. Qui sait ce qu'il y a dans l'esprit d'une bête monstrueuse ? Quelle haine je pourrais ressentir envers ceux que j'aime ? Et pour ces deux femmes qui font partie de ce que j'ai de plus précieux ?

— On va te mettre debout, m'indique ma mère en glissant une main sous l'une de mes épaules.

La voix de mon cousin l'interrompt alors :

— Attendez, j'arrive, ce gros bébé est trop lourd pour vous.

Il s'accroupit à côté de moi et attrape mes bras en évitant de toucher à mon dos pour ne pas me faire mal. D'une impulsion, et en me faisant forcer sur mes jambes, il m'aide à me lever. Il reste quelques secondes sans bouger, le temps que mon vertige passe. Je n'ai pas à apprendre à Adam ce qui est douloureux ou pas, ni dans quel état je suis. Il sait. Plus qu'un cousin ou un ami, il est un frère qui connaît ma souffrance dans sa propre chair. Je le remercie tout bas alors qu'il m'entraîne jusqu'aux vestiaires. Nous avons tellement l'habitude de la nudité que je n'éprouve pas vraiment de gêne à être dans le plus simple appareil devant ma mère, Amalia et Adam.

J'avance lentement, un pas après l'autre, serrant les dents. Je trébuche, si bien qu'Adam doit soutenir mon poids. Ma mère part chercher une trousse de soins, tandis qu'Amalia va vers mon casier pour y récupérer des vêtements de rechange. Quelqu'un l'a décoré avec des flocons de neige réalisés à la bombe. Probablement Avril, dans un désir de nous offrir des fêtes de fin d'année presque normales. Nous ne sommes pas des gens ordinaires... Un réveillon avec mes proches sans avoir à ouvrir une cellule de Déchirure était visiblement trop demandé au destin.

— Comment tu te sens ? me questionne Adam en me faisant asseoir sur l'un des bancs.

Étrangement, ma gorge se serre. Je ne peux pas répondre que je vais bien. L'idée même de le faire me paraît insurmontable. Donc, je me tais. Et Adam respecte mon silence. Je ne veux pas partager avec lui le malaise qui grandit en moi depuis plusieurs mois. Je ne peux pas parler de cette ombre noire qui envahit mon esprit, qui teinte tout de gris et me donne un goût de cendre dans la bouche quand je mange.

Alors, je trouve un subterfuge et aborde un autre sujet en croassant :

— On est quel jour ?

Sauf qu'il me connaît bien trop pour ne pas comprendre, pour ne pas deviner ce que je ressens. Il sait que depuis la mort de mon père, tout est plus difficile. Il voit que j'ai de plus en plus de mal à supporter le quotidien. Bien sûr, je continue de lutter, pour la famille, pour mon petit frère. Pour Amalia, aussi... mais tout me paraît un peu plus vain chaque heure qui passe.

Adam pose sa main sur mon épaule et la serre entre ses doigts en me répondant :

— Le 26 décembre. Trop tard pour Noël, mais on se rattrapera au Nouvel An.

Amalia revient vers nous et s'agenouille afin de m'aider à enfiler un boxer. Je me déteste de lui faire subir ça. Je déteste voir la femme que j'aime endurer la vision de mon corps en souffrance. Je déteste l'idée qu'elle vive comme ma mère dans l'inquiétude permanente, et par-dessus tout, je hais cette malédiction et cette envie d'en finir qui me frôle quand je cède au désespoir. Tout serait si facile pour elle si je n'étais plus là... Et tout ce que j'arrive à faire, c'est lui souffler un :

— Merci.

Ce simple mot ne suffit pas à exprimer tout ce que je ressens. Elle se relève pour me passer une main sur la joue. Ce geste fait éclore en moi une chaleur qu'elle est la seule à pouvoir me prodiguer.

— On désinfecte ton dos et on rentre à la maison, me promet-elle, comme à un enfant qu'il faut rassurer.

Je ne suis plus un gamin, néanmoins, peut-être que j'avais besoin d'entendre qu'après l'enfer, je retrouverais la douceur de ses bras. J'acquiesce d'un signe de tête tandis que ma mère donne la trousse de soins à Adam avant de venir presser mon épaule. À ses cernes et sa pâleur, je devine ce qu'elle a revécu. Elle appréhendait déjà les fêtes depuis la mort de mon père, ma Déchirure ne pouvait pas tomber plus mal. J'imagine à quel point ces derniers jours ont été rudes...

— Je vais aller rassurer Maxence, m'informe-t-elle d'une voix un peu rauque, signe de son émotion, puis elle quitte la pièce pour aller voir mon petit frère.

Ce Noël a dû être triste et angoissant pour lui. Il ne subit pas encore de Déchirure, cependant, il sait de quoi il s'agit. Il n'ignore rien de la douleur que cela peut engendrer, et surtout, il a conscience que son tour viendra et que, de la même façon que notre père, les dragons nous tueront lui et moi. Drôle de cadeau de Noël que de lui offrir un rappel de notre funeste destin à tous les deux. C'est un poids énorme pour un garçon de son âge. J'ai eu la chance d'avoir Adam à mes côtés, un complice dans les épreuves, les défis, les souffrances et les joies. Pourtant, cela ne m'empêche pas d'être à bout de souffle. Ce mal, dans ma chair comme dans mon esprit, est en train de me ronger. Alors, quel sera l'avenir de Maxence ? Est-ce que lui aussi verra son horizon devenir de plus en plus sombre ?

Derrière moi, j'entends le bruit des paquets de compresses que l'on ouvre, le bouchon du tube de crème anesthésiante et antibiotique qu'Adam pose sur le banc à côté de moi...

— Je vais nettoyer, me prévient-il avant qu'un flot de liquide antiseptique coule le long de mon dos, me faisant serrer les dents.

Je passe mes bras autour des hanches d'Amalia et l'attire contre moi, nichant mon visage contre son ventre le temps des soins. J'étouffe mon mal contre elle, inspire profondément son parfum et sa chaleur. Alors qu'Adam, en habitué, applique la pommade avec des gestes rapides, Amalia glisse ses doigts sur ma nuque, dans mes cheveux. Petit à petit, la douleur se fait moins intense. Ce n'est pas parfait, mais je pourrai bouger sans avoir l'impression que l'on me poignarde.

Amalia se détache de moi avec une infinie douceur pour aider Adam à me bander le dos et le torse dans un silence presque religieux. Est-ce qu'en étant aussi proches de moi, ils sentent à quel point ma poitrine est comprimée ? Que je n'arrive plus à respirer correctement ? Peut-être pensent-ils que c'est la souffrance qui provoque ça ? Ils n'ont pas tout à fait tort, sauf que la torture physique, celle qui traverse le corps, c'est une sensation familière que je maîtrise. Non, ce n'est pas la seule responsable de mon étouffement. Ce qui entraîne tout ça, c'est quelque chose dont je refuse de parler. Que je refuse même d'admettre devant eux.

— Voilà, tu vas pouvoir aller te reposer, m'annonce Adam en commençant à rassembler les emballages pour les jeter.

— Qu'est-ce qui s'est passé pendant ma Déchirure ?

Je me force à prononcer ces mots, alors que je n'ai qu'une envie : tout envoyer paître et que l'on me fiche la paix. Je voudrais pouvoir tout mettre en pause quelques heures, quelques jours... une éternité.

— Rien d'urgent, m'informe mon cousin.

Je ne sais pas si je suis soulagé de sa réponse ou pas. S'il y avait eu des choses à faire, mon cerveau aurait peut-être repris le dessus sur ce manque de force ou de volonté qui me paralyse. J'aurais eu quelque chose pour occuper mon esprit, une bouée à agripper pendant le naufrage. Une pensée fugitive me traverse. *Il n'y a rien à quoi se raccrocher. Tout est vain.*

— Rentrons à la maison.

À nouveau, cette paume chaude sur ma joue. Je lève les yeux pour croiser le regard d'Amalia. J'y lis son amour, sa tendresse. J'y vois la prison dans laquelle je l'ai enfermée. Même remplie de guirlandes et de boules de Noël, une geôle demeure une cage.

Rester là, assis sur ce banc, dans une odeur de sang et d'antiseptique ne fera que l'inquiéter davantage. Alors, je pose mes mains sur le bois pour trouver la force de me mettre debout. La douleur, pourtant bien moins vive qu'à mon réveil, fait trembler mes genoux.

Adam attrape l'un de mes bras pour le glisser derrière sa nuque. Il m'aide à avancer, Amalia passant devant pour ouvrir les portes. Partout, dans les couloirs, les décorations me rappellent ce que j'ai manqué avec mes proches, cette angoisse qui a remplacé la liesse. Avril a insisté pour que l'usine prenne des airs de maison du père Noël, d'autant plus que nous étions plusieurs membres de la famille à nous y réunir pour les fêtes de fin d'année. Une façon de resserrer les liens pour autre chose que la malédiction. De garder espoir, aussi.

Enfin, nous arrivons chez nous. Dans ce loft que je partage avec Amalia. Dès que nous entrons, il y a quelque chose qui m'apaise, qui me fait du bien. Au milieu de cette grande usine, c'est mon foyer. Notre cocon. Ici, un seul sapin, discret, dans l'angle de la pièce. Décoré, sans être imposant. Tout est à notre image, celle de notre couple : simple, pratique, tout en restant chaleureux. Les tons chauds, la cheminée dans le salon, les coussins sur le canapé pouvant accueillir une demi-douzaine de personnes, l'épais tapis... Dans mon antre, je suis loin de tout. Du moins, j'en ai l'impression.

Dans l'air flotte le parfum d'Amalia. Sucré et floral à la fois. Subtil, mais présent, suffisamment pour couvrir un peu l'odeur ferreuse du sang et celle, médicamenteuse, de la crème sur mes plaies. Adam m'aide à marcher jusqu'au canapé et je me laisse tomber sur le bord pour éviter d'avoir à m'adosser.

— Voilà, si vous avez besoin de quelque chose, vous m'appelez.

— Ça va aller avec du repos.

Physiquement, en tout cas. Mon cousin hoche brièvement la tête, et je sens qu'il n'est pas vraiment convaincu par ma réponse, toutefois, il n'épilogue pas et Amalia le raccompagne à la porte. Je l'entends murmurer des remerciements tout bas avant de refermer pour revenir dans le salon.

Elle pourrait s'asseoir à mes côtés, mais elle s'installe au sol devant moi, posant ses mains sur mes genoux. Amalia n'est pas une femme douce. Non, elle est une boule d'énergie, un torrent, une explosion. Et je l'aime pour ce qu'elle est. Pourtant, à chacune de mes Déchirures dont elle est témoin, à chaque moment où je suis vulnérable, elle devient cette source de réconfort et de chaleur dont j'ai besoin.

Elle se rapproche de moi, trouvant sa place entre mes cuisses, pour m'embrasser avec une infinie tendresse alors que ses paumes remontent sur mes joues, les caressant comme si j'étais l'être le plus précieux de son univers.

— Tu m'as manqué, souffle-t-elle contre mes lèvres quand notre baiser prend fin.

Sa voix tremble et ma gorge se serre. Cette femme, *ma* femme, est comme une extension de moi-même. Ce qui lui fait du mal me blesse.

— Je suis là.

À bout de forces, mais je suis là. Elle m'offre un deuxième baiser avant de demander :

— Tu veux manger avant d'aller au lit ?

Je n'ai pas vraiment faim, toutefois, j'accepte d'un bref hochement de tête. Si je n'avale rien maintenant, je sais que mon estomac me réveillera dans une ou deux heures maximum, et je dois dormir pour récupérer...

— Juste un café et des tartines.

Elle acquiesce et se relève.

— Je te fais ça vite pour que tu puisses aller te reposer.

— Merci... et j'aimerais qu'on y aille ensemble.

Parce qu'elle a l'air épuisée. Comme toujours lors de mes Déchirures, elle n'a pas dû beaucoup dormir.

— Je resterai avec toi, promet-elle avant de se diriger vers la cuisine.

Je l'entends qui s'active, met le four à chauffer et prépare le café. Des gestes de la vie de tous les jours, des sons qui font mon quotidien avec elle. Comment, au milieu de cette normalité, peut-on imaginer qu'il y a une heure à peine, j'étais dans la peau d'un dragon ?

Mon regard se porte sur la baie vitrée. Quand ma Déchirure a commencé, il ne neigeait pas encore, et là, j'aperçois les flocons qui virevoltent, poussés par le vent.

— Il neige... Les enfants doivent être heureux.

J'espère que mon petit frère a pu jouer et profiter de ça, malgré mon état. Un bruit de vaisselle provient de la cuisine. Je fronce les sourcils.

— Amalia ? Ça va ?

J'amorce le mouvement de me lever et mon dos me rappelle vite à l'ordre.

— Oui, ne t'en fais pas...

Quelques mots qui m'alertent. Le tremblement de sa voix. Est-ce que c'est juste la fatigue ? Tout comme moi, Amalia montre rarement ses faiblesses. Alors, quand elle craque, je sais qu'elle est à son point de rupture, et mon cœur se serre à cette simple idée.

4

Amalia

Les gens qui me connaissent disent de moi que je suis solide. Que je ne pleure quasiment jamais. Alors, pourquoi le simple mot « enfant » prononcé par mon époux me fait monter les larmes aux yeux ? Pourquoi j'en ai lâché l'objet que je tenais ? Parce que c'est tout le cœur de mes angoisses en ce moment.

Tandis que je jette les débris d'une tasse cassée, je suis fébrile, tremblante. Ma main vient se poser sur le discret renflement de mon ventre. Il est là, protégé, à l'abri de tout. Les médecins étaient tous d'accord : à moins d'un miracle, je ne pouvais pas être enceinte. Il faut croire que je suis douée pour défier les statistiques. Après tout, combien avais-je de chances de tomber amoureuse d'un homme maudit, dont le corps cède la place à celui d'un dragon régulièrement ? Sans doute autant que d'avoir un petit être niché au creux de moi. J'aurais bien dû deviner qu'avec les Montardent, rien n'est impossible. Et moi qui avais fait une croix sur la maternité, je me prends à aimer au-delà des mots ce bébé qui a pris vie malgré l'obstacle de ma stérilité. Garçon ou fille, il est déjà fort, et rien ne l'arrête.

Je sens ma gorge se serrer d'angoisse. Comment Hadrien va-t-il prendre cette nouvelle ? J'ai peur de lui faire du mal, parce qu'il sera responsable de l'avenir de notre enfant. Bien plus que dans n'importe quelle autre famille, les Montardent connaissent le poids de ce qu'ils transmettent. Une malédiction millénaire qui touche toutes les générations, descendant après descendant. En devenant père, Hadrien va léguer ce supplice à notre enfant. J'assisterai aux souffrances de mon petit comme de mon compagnon. Est-ce que mon cœur le supportera ? Je n'ai pas le choix. Au moment même où j'ai appris qu'il était là, en moi, j'ai su que je désirais plus que tout le voir naître et grandir. J'espère avoir la chance de profiter du spectacle d'Hadrien le tenant dans ses bras, lui donnant le biberon, lui embrassant le front. Je veux pouvoir deviner les traits de mon âme sœur dans ceux de mon bébé, y retrouver son sourire, ses mimiques...

— Amalia ?

Je sursaute, puis me tourne vers mon époux, appuyé contre le chambranle de la porte. Son visage marqué par la fatigue et la douleur reflète son inquiétude. Je n'ai plus le choix, il faut qu'il soit au courant. Je comprends que plus j'attendrai, plus dur ça sera. Les larmes montent à nouveau, et cette fois, je n'arrive pas à les contenir. Elles roulent sur mes joues. *Foutues hormones !* Voir Hadrien s'approcher de moi de sa démarche mal assurée me noue un peu plus la gorge.

— Qu'est-ce qu'il y a ? me demande-t-il en essuyant mes pleurs de ses pouces. Il s'est passé quelque chose durant ma Déchirure ?

Je pose mes mains sur ses poignets et les serre quelques instants entre mes doigts, comme pour m'ancrer à lui, puiser dans sa force pour me calmer et réussir à lui dire :

— Non. Enfin... je voulais te dire, te parler de quelque chose, et il y a eu ta Déchirure.

Les phrases semblent se précipiter pour sortir de ma bouche sans que je les contrôle. C'est, je crois, la première fois de ma vie que j'hyperventile. L'angoisse me comprime le cœur comme dans un étau. J'ai peur de la réaction de l'homme que j'aime. Je ne le crains pas lui, ni sa colère. Non, c'est l'idée de le faire souffrir qui me terrifie.

— Je suis désolée.

Ce sont les seuls mots qui parviennent à franchir mes lèvres. Comment lui annoncer que je porte son enfant ? Qu'il verra un petit être grandir et subir la même chose que lui ? Hadrien me fait relever la tête pour capter mon regard, vraiment inquiet.

— Pourquoi tu t'excuses, Amalia ? Dis-moi ce qui se passe ? Quoi qu'il arrive, on l'affrontera ensemble.

Alors qu'il vient de se réveiller d'une Déchirure, qu'il a très mal et qu'il est épuisé, il trouve le moyen d'essayer de me rassurer. J'aime cet homme, et parce que je l'aime, je dois lui dire qu'il va être père. Si les mots ne parviennent pas à sortir, je sais que quelque chose va m'aider. J'éteins rapidement le four, puis j'attrape l'une de ses mains pour l'entraîner vers le salon. Je le laisse marcher à son rythme, domptant ses douleurs comme il le peut, puis lui indique de se remettre dans le canapé. De mon côté, j'avance jusqu'au sapin que nous avons installé et décoré ensemble.

— Qu'est-ce que tu fais ? m'interroge-t-il, perplexe.

Je lui explique, mal assurée :

— J'ai... quelque chose pour toi.

Au sol, il y a quelques cadeaux, mais celui que je cherche, le plus important pour moi, je l'ai caché dans les branchages parce que je voulais le lui offrir quand nous ne serions qu'à deux. Je me saisis du petit emballage et viens le lui donner, m'asseyant à ses côtés.

Dans ses yeux règne une forme d'incompréhension alors que mon cœur, lui, baigne dans l'appréhension. Je ne peux plus reculer. Là, entre mes mains, il y a la seule chose que je me suis autorisée à acheter après avoir appris que j'étais enceinte. Je le tends à Hadrien.

Il attrape le paquet et déchire le papier. Je me concentre sur son visage. Je veux pouvoir y lire ses sentiments, qu'il n'ait aucun moyen de me cacher ce qu'il ressent. Il met quelques secondes pour déplier le minuscule body. Ce tout petit vêtement, c'est une façon de rendre tangible ce qui ne l'est pas encore, même si je ne le sens pas encore bouger en moi. C'est lui donner une existence.

Le tissu tremble. Non, ce sont les mains d'Hadrien qui tremblent.

— C'est... vrai ?

5

Hadrien

Ce tout petit, petit vêtement.

Impossible de passer à côté de sa signification. Pourtant, j'ai du mal à le formuler. À l'imaginer, même. Parce que les médecins étaient formels : Amalia est stérile. Dans mon torse, mon cœur bat si fort que je peux le sentir au niveau de mes tempes et au bout de mes doigts. Quand Amalia hoche la tête pour répondre à ma question, j'inspire brusquement. Je n'avais pas remarqué que j'avais retenu mon souffle durant de longues secondes.

Un bébé !

Amalia est enceinte. De moi. Je vais être père. Un rôle que je ne pensais pas connaître un jour.

— Je suis désolée, répète-t-elle dans un murmure tremblant.

Avec ces simples mots, je comprends qu'elle avait peur. Peur de m'annoncer ce miracle. Et ce constat me serre la gorge.

— Pourquoi ? Pourquoi tu t'excuses, Amalia ?

Je caresse sa joue avec tendresse, pour l'inciter à me parler à cœur ouvert. Elle se passe la langue sur les lèvres, inspire, puis, après quelques secondes, elle se lance :

— Parce qu'il sera... un Montardent.

Ce nom, c'est le mien, celui de ma famille. Celui des maudits que nous sommes. Il est le poids qui pèse sur mes épaules, la douleur dans mon dos. Et tout ça, toute cette souffrance, je vais la transmettre à mon enfant. Amalia sait combien la mort de mon père m'a fait mal. Parce que chez les Montardent, c'est nous qui donnons le coup de grâce. Nous nous tuons entre nous, quand la Déchirure n'est plus réversible et que le dragon ne cède plus sa place à l'homme.

Pour toutes ces raisons, je ne souhaite mon sort à personne. Et surtout pas à ce bébé qui grandit dans le ventre de ma femme. Pourtant, c'est ce que je vais lui léguer. Et je comprends qu'Amalia craignait que je vive difficilement cette situation. Que je ne supporte pas d'être le responsable de cette vie de douleur qui sera celle de mon enfant.

D'un geste, j'attire Amalia pour la serrer contre moi. Ma main se pose sur ses cheveux, tandis que j'embrasse sa tempe.

— Tu t'excuses, alors que c'est moi le maudit ?

— J'avais peur de te faire souffrir.

— Oublie ça, tu me fais le plus beau des cadeaux.

Elle glisse ses bras autour de mes hanches et se presse contre mon torse. Je sens ses larmes qui mouillent le tissu de mon tee-shirt, et ce constat me fait mal. Je n'ai jamais vu Amalia aussi fragile, alors même que ce moment devrait être source de joie. Nous ne devions pas avoir d'enfant, et la vie nous offre un miracle.

— On va avoir un bébé, c'est une bonne nouvelle...

Parce que je refuse qu'il en soit autrement. La malédiction m'a volé assez de choses, je ne la laisserai plus faire. Je vais être père, et je veux savourer cette sensation en repoussant l'angoisse qu'elle génère. Mon épouse, la femme que j'aime, porte mon enfant. Là, entre mes bras, je tiens ce qu'il y a de plus précieux. Et même si la culpabilité de transmettre cette malédiction pèse déjà sur mon âme, je suis impatient de rencontrer notre bébé pour la première fois.

— Tu n'as pas... peur ? me demande Amalia, sa voix étouffée contre mon torse.

— Bien sûr que j'ai peur.

Je la berce quelques instants en faisant abstraction de la douleur lancinante dans mon dos. Je glisse mes doigts sous son menton pour lui faire relever le visage vers moi, et de mes pouces, je viens essuyer ses joues tout en ajoutant :

— Mais il est là, notre petit guerrier. Et il s'est battu assez fort pour que l'on devienne ses parents. Je ne te mentirai pas en te disant que je suis serein, que ça ne sera pas difficile... C'est compliqué pour tous les parents, et nous, on ne fait pas les choses simplement. On va vivre une nouvelle aventure, on fera au mieux, ensemble. Je t'aime, Amalia, et je l'aime déjà, lui aussi. Rien n'est plus fort que ça.

Les pleurs d'Amalia redoublent, mais cette fois, un sourire étire ses traits. Je vois tout le soulagement que mes mots lui prodiguent. J'embrasse ses joues après les avoir essuyées à nouveau, puis j'ose un :

— Je peux toucher ?

— Bien sûr que oui, lâche-t-elle dans un petit rire que j'aime entendre.

Je me permets enfin de descendre mes mains sur son ventre, +couvre de ses paumes. Je me doute bien qu'il est encore trop tôt pour le sentir bouger. Il y a un discret renflement, et si ma femme ne m'avait pas dit qu'elle était enceinte, je n'y aurais peut-être pas prêté attention. Maintenant, je sais qu'au creux de sa chaleur, une nouvelle vie est en train de grandir.

— Tout ira bien.

Trois mots, une promesse que je lui fais. Non, un serment que je nous fais à tous les trois. Amalia attrape mes mains pour les repousser et venir se coller contre mon torse à nouveau. Je la serre étroitement, tandis que mon regard se perd vers la baie vitrée. Les flocons tombent lentement dans une danse qui n'appartient qu'à eux. À partir de cet instant, la neige me rappellera à jamais que même quand tout paraît sombre, que j'ai l'impression de ne plus avoir la force d'avancer, il y a toujours une raison de se relever et d'y croire. Ma raison à moi, ça sera lui.

6

Hadrien

Un an plus tard…

Installés dans un fauteuil au milieu de mon salon, nous ne sommes éclairés que par les lumières multicolores de la guirlande du sapin. Le bleu, le rouge, le vert… Elles attirent l'attention de Nuno. Mon tout petit. Mon fils. Il n'a que quelques mois, pourtant, c'est avec de grands yeux bien ouverts qu'il observe le monde. C'est un curieux. Il a le regard d'Amalia, et le nez et la mâchoire des Montardent. Il est le fruit de notre couple, notre miracle.

Je le positionne contre mon avant-bras, dans le creux de mon coude, alors qu'il ronchonne un peu. Si je tarde trop, il va s'agacer et se mettre à hurler. C'est avec un soupir de satisfaction qu'il prend en bouche la tétine que je lui présente. Si on m'avait dit un jour que ce petit grognement qu'émet un bébé en buvant son biberon serait l'un des sons que je préfère, je n'y aurais peut-être pas cru. Ce n'est pas toujours facile, les nuits sont courtes et parfois, je me sens impuissant face à lui, à ses pleurs, à ses douleurs. Pourtant, un seul de ses sourires ou de ses gazouillis suffit à me faire oublier les difficultés.

Bercé par le silence, je l'observe téter avec appétit. C'est un solide gaillard qui ne boude jamais un repas, il les réclame même avec un enthousiasme plutôt bruyant et exigeant. Son regard trouve quelques instants le mien, et il lève la main pour venir la poser sur ma bouche. J'embrasse sa paume, ses doigts minuscules, tout en détaillant ses traits. Chaque jour, il change, et j'ai le sentiment que tout va trop vite. Depuis sa naissance, je n'ai vécu aucune Déchirure, comme si mon corps refusait de céder et de gâcher du temps que je pourrais passer avec lui.

— Hum... vous êtes là...

Je tourne le visage vers l'escalier. Seulement vêtue d'un de mes tee-shirts, Amalia descend les marches. Elle a des petits yeux et les cheveux en bataille. De nous deux, c'est elle qui dort le moins. En me chargeant du biberon de Nuno, j'avais espéré qu'elle ne se réveillerait pas cette nuit et qu'elle pourrait se reposer un peu. Peine perdue, je crois qu'elle a un radar qui détecte quand nous ne sommes pas à ses côtés.

Elle s'approche de nous et se penche pour embrasser le front de notre garçon, avant de me voler un baiser.

— Tu aurais pu me réveiller, souffle-t-elle.

— Et je peux aussi lui donner son biberon... Regarde, il n'a pas l'air traumatisé que ce soit moi.

Je lui indique du menton notre fils qui se régale, les yeux mi-clos. Elle soupire.

— Tu dois te lever tôt demain pour le travail.

— Et toi, tu t'occupes de lui, ce n'est pas moins fatigant. Donc, tu vas aller te recoucher et essayer de te rendormir pendant qu'on termine notre en-cas entre mecs.

Je lis l'hésitation sur son visage, puis elle finit par acquiescer. Me laisser ma place de père n'est pas toujours simple pour elle. Comme une louve qui protège son petit, elle a encore du mal à le confier à quiconque, même à moi. Je ne le lui reproche pas, je sais qu'elle fait des efforts à ce sujet. La fin de sa grossesse n'a pas été facile, et l'accouchement une véritable épreuve. Mais Nuno est là, en bonne santé... et il a la meilleure maman du monde. Il y a deux ans, elle ne pensait pas pouvoir être mère ; aujourd'hui, je vois à quel point ce rôle lui va bien. Quand elle le tient dans ses bras, quand elle lui parle, quand elle prend soin de lui, elle rayonne d'un quelque chose que je ne peux pas définir. Ma femme est belle. Même à cet instant, dans mon vieux tee-shirt, les cheveux en bataille, des cernes lui mangeant la moitié du visage, je la trouve magnifique. Mais fatiguée.

— Si tu as besoin...

— Tout va bien, je vais m'en sortir.

Nous échangeons un coup d'œil, puis elle se penche pour m'offrir un nouveau baiser. Elle passe une main tendre sur la tête de notre bébé et se détourne. Je la suis du regard alors qu'elle monte les escaliers, avant de revenir sur mon petit glouton.

Là, dans la quiétude d'une nuit de décembre, je profite du moment. De ce calme seulement troublé par ses bruits, de la chaleur qu'il dégage, de son parfum qui n'appartient qu'à lui. Mon fils. Le temps semble se suspendre, et j'aimerais que l'instant dure une éternité. Rien n'est éternel, alors je me gorge du moindre détail de ses traits, de chaque sensation. Il a tellement changé en quelques mois que j'ai l'impression que demain, il ne sera déjà plus tout à fait le même.

Cette nuit, cela fait un an. Un an qu'Amalia m'a annoncé que j'allais être père. J'avais conscience que sa naissance allait modifier la face du monde pour moi et que rien ne serait plus comme avant. Je ne m'attendais néanmoins pas à ce que ce soit aussi fort. La première fois que je l'ai eu dans les bras, sous le regard fatigué par l'accouchement d'Amalia, j'ai compris que toute ma vie, il m'avait manqué quelque chose. Lui. Ce petit être sans défense, fragile, totalement dépendant de nous. Il a posé ses yeux gris de nouveau-né sur moi sans vraiment me voir, et pourtant, ce que j'ai ressenti à ce moment-là ne m'a jamais quitté. Cet amour, profond, qui guide chacune de mes décisions depuis. J'aime Amalia, cependant, ça n'a rien de comparable avec ce que j'éprouve pour Nuno... car c'est lui qui m'a donné une raison de continuer à avancer.

J'avais perdu la force de lutter. J'étais épuisé de souffrir et de combattre une malédiction qui grignotait petit à petit mon courage. J'étais témoin des Déchirures qui s'enchaînaient sur moi, sur mes proches, et la mort de mon père m'avait mis à genoux. Nous n'avions plus aucune piste depuis la découverte de la villa Courtois. Aucune solution ne se présentait à nous. Juste du sang, de la douleur, une odeur de poudre et une épée de Damoclès au-dessus de nos têtes. Mon horizon se composait de Déchirures qui se succédaient, jusqu'à la dernière, fatidique, qui me ferait basculer.

Et il n'y aurait alors qu'une issue : me tuer, laissant Amalia seule après tout ce qu'elle aurait traversé à mes côtés. Chaque effort, chaque jour supplémentaire à supporter tout ça me semblait inutile. Pourquoi persévérer ? J'avais envie de tout lâcher, d'abandonner, mais je ne pouvais pas l'admettre, pas l'exprimer, parce qu'il y avait ma femme, mon cousin, ma mère, et tout le reste de ma famille. Je n'avais pas le droit de leur faire ça. Ils luttaient tous à leur façon, leur rajouter de l'inquiétude à mon sujet était inenvisageable.

J'allais mal. Et d'un coup, alors que la naissance de Nuno aurait pu alourdir le poids que j'avais sur les épaules, elle a été la raison dont j'avais besoin pour continuer à me battre. Je ferai tout ce que je peux pour lui, pour qu'il n'ait pas à vivre une Déchirure, pour qu'il ne voie pas sa mère souffrir, et pour que lui et moi n'ayons pas à nous faire nos adieux trop tôt. Je lui ai promis de tout tenter pour le libérer de l'affliction d'être un Montardent.

Aujourd'hui, je lutte au quotidien et ne ménage pas mes efforts. J'ai trouvé une détermination nouvelle, parce qu'il est hors de question que j'abandonne. Je veux pouvoir regarder mon fils dans les yeux en le sachant libre, ou, si je n'arrive pas à défaire la malédiction, en pouvant lui affirmer que j'aurais tout mis en œuvre pour qu'il le soit.

Doucement, je me penche sur lui alors qu'il termine son biberon pour déposer un baiser sur son front, et je murmure, tout contre sa peau :

— Merci.

Il est encore trop petit pour s'en rendre compte, mais sa naissance m'a sauvé. Elle a fait revenir quelque chose en moi qui s'était éteint. Il y a un an, sous les flocons, je retrouvais l'espoir.

Un jour, je nous délivrerai de notre sort. Quel qu'en soit le prix.

Christmas Horror Show

Nouvelle dans l'univers de
The South girl de Aya Estrela

1

♫ **Cults – *Always Forever***

AMON

L'hiver est ma saison préférée. J'ai épousé Dante cet été, et je comptais l'emmener avec Goldy à Disney pour les fêtes de Noël. Malheureusement, nos plans ont dû changer pour un truc qui me fait royalement chier : la mort d'un oncle éloigné en Russie.

Pour être honnête, je ne savais même pas que j'avais encore de la famille là-bas. Apparemment, je dois me rendre dans ce pays où je n'ai jamais foutu un pied pour récupérer un héritage dont je me fous complètement. Ça fait des mois que le notaire essaie de me joindre, et à chaque fois, je l'envoie chier en le prenant pour un arnaqueur. Jusqu'au jour où, excédé par mes insultes toutes plus poétiques les unes que les autres, il a débité la raison de ses appels si vite au téléphone que je n'ai pas eu d'autre choix que de l'écouter. Résultat, j'ai à peine eu le temps de fêter Noël avec mon mari et ma fille que je dois déjà partir.

Gonflé par la situation, je fourre mes vêtements en boule dans la valise, non sans pester de façon bruyante. Un rire léger attire mon attention ; je me retourne pour croiser le regard de ma personne préférée : Dante Petrova.

— Ta patience légendaire semble être mise à rude épreuve. Tu veux de l'aide ?

Habillé d'un jean et d'un tee-shirt basique blanc, il rayonne malgré la simplicité de sa tenue. Dante n'a pas besoin d'accessoires pour briller, il dégage naturellement quelque chose qui le rend irrésistible.

— J'ai surtout envie de rester ici.

Il comble la distance entre nous, me débarrasse du pull froissé que je tiens entre mes mains, et attrape mon visage entre les siennes. Ses yeux verts me transmettent tout son amour, tout comme ses lèvres qui effleurent doucement les contours de ma mâchoire.

— Je sais, mais tu dois y aller.

— Pourquoi ? C'était qu'un inconnu, on s'en fout.

Il mordille ma joue en guise de punition.

— Tu dois juste signer des documents, ne fais pas ton grincheux.

Pour me faire taire, il m'embrasse avec cette tendresse qui le caractérise. Je résiste à l'envie de fermer la porte pour ensuite l'aimer avec ma bouche, mon corps et mon âme. À contrecœur, je m'écarte et dépose un baiser dans son cou.

— Va te reposer, je vais terminer.

Bien qu'il les cache, Dante a parfois ce qu'on appelle des douleurs fantômes. Sa jambe a été coupée au-dessus du genou, et le traumatisme a été si violent qu'il a entamé une thérapie pour accepter les changements sur son corps. Il s'est habitué à sa prothèse, mais refuse par exemple de porter des shorts malgré la chaleur de la Louisiane, ou qu'on fasse l'amour avec un soupçon de lumière.

Cette fois, son sourire est un peu moins pétillant tandis qu'il s'éloigne sans un mot. Les paupières fermées, je me maudis de ne pas savoir le réconforter autant que je le voudrais. Déterminé à boucler ce voyage aussi vite que possible, je m'attelle à finir ma valise. Pourtant, j'ai un pincement au cœur en pensant au fait que la nouvelle année approche, vu que je ne pourrai même pas la fêter avec mon mari. *Je voulais vraiment la passer avec lui.*

Le problème avec le fait de voyager quand on a un casier, c'est que justement, on a un casier. La Russie exige de fournir un extrait du casier judiciaire, dûment apostillé et traduit en russe. Elle se réserve ensuite le droit de refuser ou non la délivrance d'un visa. J'ai eu de la chance puisque ma demande a été acceptée rapidement, ce qui aurait pu prendre des mois en temps normal. *J'imagine que c'est grâce à la magie de Noël, ou à une autre connerie du genre.*

Ce qui l'est moins, c'est le fait que je sois interrogé depuis plus de deux heures dans un espace sécurisé. Ma condamnation pour meurtre semble les faire un peu stresser.

— Vous certifiez n'avoir aucun contact avec aucune organisation criminelle ?

— Quelqu'un a déjà répondu positivement à cette question ? m'agacé-je face à l'agent.

Vu la tronche qu'il tire, je ferais mieux de mettre le sarcasme de côté.

— Non, je ne fréquente pas d'individus de ce genre.

Ce n'est pas complètement vrai, mais passons. Il continue de me poser des questions débiles auxquelles je réponds avec un calme que je ne me connaissais pas. Après une heure supplémentaire, on m'annonce que le notaire en Russie a bien confirmé la raison de ma venue, et je peux enfin rejoindre la zone d'embarquement. Abel m'avait prévenu qu'avec les conflits entre les USA et la Russie, je risquais de passer un examen plus poussé.

Je m'affale sur un siège et passe un bras sur mon visage pour cacher mes yeux de la lumière. Je ne suis pas encore là-bas que j'ai déjà envie de rentrer. Une odeur familière me pousse à reporter ma micro sieste, je rouvre les paupières et fais face à l'amour de ma vie.

— Dante... qu'est-ce que tu fais là ? m'étonné-je, un peu perdu.

— Je me tape l'incruste.

Depuis le début, il veut m'accompagner, et je m'évertue à refuser. Je ne voulais pas que Goldy se sente délaissée, car il est hors de question de la trimballer dans un nouveau pays pour autre chose que des vacances.

— Mais... on avait dit que ce n'était pas une bonne idée.

Nullement blessé, Dante hausse un sourcil, un air de défi sur le visage.

— J'ai toujours voulu voir la neige en Russie, tu oserais m'en empêcher ?

Mon sourire se dessine naturellement. J'attrape sa main avant de déposer un baiser sur son alliance.

— Jamais de la vie. Et Goldy ? m'inquiété-je en la cherchant du regard.

— Elvira et Abel sont venus la récupérer tout à l'heure, ils l'emmènent avec eux à Hawaï, chez Cassie et Ace. Les autres les rejoignent aussi.

Rassuré de savoir notre fille en sécurité avec ma sœur, je me détends, secrètement heureux d'avoir mon mari à mes côtés. Si Dante a choisi de faire ainsi, alors je fais confiance à son jugement et je ne m'inquiète pas.

Un magazine entre les mains, il ne me prête plus attention, trop concentré sur une page. Je me penche au-dessus de son épaule et hausse un sourcil en voyant que ce n'est ni plus ni moins qu'un type qui prend la pose pour une marque de boxer.

— Je suis plus musclé que lui, chuchoté-je à son oreille.

Amusé, il laisse son index tracer le contour des abdos sur le papier.

— C'est Ted Greyson, le joueur de football américain des Giants. Il n'a rien à envier à Bad Bunny[3], si tu veux mon avis, continue-t-il en me jetant un coup d'œil.

— Mouais, je pense qu'il a mis une chaussette.

Moi, de mauvaise foi ? Jamais.

— Nan, on voit bien la forme là, m'indique-t-il en posant son doigt sur la queue imprimée de cet enfoiré.

— Photoshop, à coup sûr.

— Je l'ai déjà vu à un match, il a une très grosse coque.

Que je vais lui enfoncer profondément dans le cul.

— Depuis quand tu regardes des matchs de football américain ?

— Depuis que j'ai découvert l'existence de Ted Greyson.

— T'es en train de me dire que ce mec est ton style ?

Après tout, Dante n'a jamais voulu entrer dans les détails de ses anciennes relations. Comme s'il avait honte d'avoir connu plusieurs partenaires, son passé est devenu un sujet tabou. Je ne lui ai jamais demandé s'il préférait les blonds, ou bien les playboys à la peau noire comme ce foutu Ted de mes couilles.

— Tu es jaloux ?

— À cent pour cent, admets-je sous son rire cristallin.

— Tu n'as aucune raison de l'être puisque c'est *toi*, mon genre.

Son baiser est rassurant et léger, car en public.

---

[3] En mars 2025, Bad Bunny, rappeur et chanteur, a tourné une pub de caleçons pour Calvin Klein qui a dépassé les trente millions de vues sur les réseaux sociaux. L'autrice vous invite à la regarder et à comprendre par vous-même le point commun entre Bad Bunny et Ted Greyson.

Nous ne nous cachons pas, mais je sais qu'il n'est pas le plus à l'aise devant des inconnus.

— Si je devais porter une coque, elle serait bien plus grosse que la sienne.

— Évidemment, ricane-t-il avec une pointe d'ironie.

Pour faire passer le temps, on grignote, on feuillette son magazine, on se taquine avec discrétion.

Vient enfin le moment où les haut-parleurs nous annoncent qu'il faut aller à la porte d'embarquement. Dante boite légèrement, ce que je remarque. Je l'invite à s'appuyer sur moi, mais il refuse, comme à chaque fois. Nous passons la passerelle, puis nous nous installons dans nos sièges.

— J'ai fait en sorte d'être à côté de toi, m'informe-t-il.

Notre vol va durer presque dix heures. Quand nous arriverons, le décalage horaire va être compliqué. Moscou a huit heures d'avance sur les États-Unis. Puisqu'il est quatorze heures, nous allons arriver aux alentours de minuit, soit huit heures du matin à Moscou. Elvira a passé un long moment à tenter de m'expliquer tout ça, pour finalement abandonner et me le noter sur un papier.

— Merci, murmuré-je en serrant sa main dans la mienne.

— Pourquoi ?

— D'être là quand j'en ai besoin, sans que j'aie à le demander.

Touché, il me vole un baiser, puis retourne à la lecture de la carrière de Ted Machin Chose. *Je connais une célébrité qui va bientôt manquer au monde...*

♫ Dante est sur le point de me tuer. Après un vol interminable, des repas dégueulasses dans l'avion, un chauffeur de taxi qui parlait un russe à peine compréhensible, nous voilà dans l'hôtel que j'ai réservé. Le regard furieux de mon mari sur mon profil me fait déglutir tandis que nous découvrons notre chambre.

— Je te jure que...

Sa main sur ma bouche me réduit au silence.

— Amon Petrova, si tu ne te tais pas, je te mets à genoux et je m'occupe de le faire pour toi.

C'est rare, mais parfois, mon prince a ce côté dominant que j'adore malgré moi. Je mordille sa paume pour tenter de lui arracher un sourire, mais j'échoue lamentablement. Il recule, ferme la porte derrière nous et toise la pièce avec dégoût.

— Comment t'as pu réserver un truc pareil ?

Mon russe n'est visiblement pas très bon. Je n'ai pas vraiment regardé les photos, j'ai opté pour un endroit tranquille à l'écart de la ville. Vu le miroir au plafond, le lit rond avec des draps en satin bordeaux et les godes en guise de déco sur les meubles, on est dans un truc un peu différent de ce que j'avais prévu.

— Le site n'était absolument pas clair !

Dante attrape ce qui ressemble à un énorme tentacule d'au moins un mètre de hauteur et continue de me foudroyer du regard.

— Espèce d'infidèle détraqué, souffle-t-il.

— Bordel, je ne sais même pas à quoi sert ce truc ! me défends-je en me saisissant d'une espèce de tige en métal.

— Ça, c'est pour l'insérer dans ta queue.

Comme si le métal me brûlait les doigts, je balance l'objet dans un coin de la pièce. Une main sur la nuque, je soupire tandis que Dante croise les bras contre sa poitrine.

— Je te promets que je n'avais pas prévu de venir ici avec quelqu'un, ni que cette chambre serait un baisodrome.

L'infidélité n'a jamais été mon truc. En plus, mon mari est aussi bien mon premier amour que ma première vraie relation. L'idée de vénérer un autre homme que lui me paraît complètement absurde. Cependant, je comprends que la situation porte à confusion.

— Tu m'as assuré parler parfaitement le russe, me rappelle-t-il d'un ton cinglant.

— J'ai peut-être un peu exagéré, avoué-je en haussant les épaules.

Excédé, Dante attrape un nouveau jouet qui n'est autre que... *Bordel, je vais mourir.*

— Tu crois ?! continue-t-il en agitant un faux cul.

Littéralement, des fesses en silicone me font coucou à quelques centimètres de mon visage. Je pousse son bras sans brutalité, le débarrasse du masturbateur un peu trop réaliste, et glisse une main dans ses cheveux en rapprochant mon corps du sien. Son souffle se coupe, sa colère retombe un peu, bien qu'elle flotte toujours dans ses yeux.

— Je suis désolé, et je vais me faire pardonner. Je sais que t'es fatigué, mais y a un marché d'hiver pas trop loin, ça te dit d'y aller ?

J'ai repéré un panneau sur la route, et je pense que manger quelques spécialités autour d'une bonne vodka pour se réchauffer lui fera oublier ma petite boulette.

— Non, ça pue le plan foireux.

Son ventre choisit ce moment pour nous faire part de son appétit. Les joues de mon prince rougissent et je ris doucement.

— Bon, j'imagine que dans tous les cas, j'ai besoin de toi pour me nourrir, cède-t-il, de mauvaise foi.

— Promis, je vais remplir ton estomac de bonnes choses.

Après une douche rapide pour se rafraîchir, nous sommes fin prêts pour notre *date*. Je n'ai pas eu beaucoup d'occasions de l'emmener en rendez-vous rien que tous les deux. Goldy réclame énormément d'attention, et mon prince aime bien rester à la maison. Même si j'adore ça aussi, je suis content de pouvoir passer du temps rien qu'avec lui.

Dante n'ayant désormais plus confiance en mon russe, il s'occupe lui-même de demander au standardiste de l'hôtel – qui parle anglais – de nous commander un taxi. Depuis l'extérieur, je les surveille du coin de l'œil tout en fumant une clope. L'air est glacial ici ; quant au paysage, je n'en ai pas assez vu pour juger.

Lorsque mon mari me rejoint, ce dernier a le visage tout rouge.

— Ça va ? T'as attrapé froid ? m'inquiété-je en touchant son front.

— Le type de l'accueil pense que je suis un escort boy, m'explique-t-il d'une voix blanche.

Un sourcil haussé, je tourne la tête vers l'homme en question, le regard fermé. Ce dernier, dont le sourire s'efface en constatant l'absence du mien, s'affaisse sur lui-même.

Dante a l'air bien plus jeune que moi, c'est un truc que j'ai remarqué depuis que nous avons emménagé en Louisiane. Parfois, les gens s'attardent sur ses traits juvéniles et s'étonnent de la dureté des miens. *Je crois que je fais vieux.*

— Prends-le comme un compliment, finis-je par chuchoter en l'attirant contre moi.

Ma réponse ne le satisfait pas, il recule et secoue la tête.

— C'est insultant.

— Il te trouve simplement trop beau pour moi.

Je ne lui laisse pas le temps de répondre, car le taxi se gare déjà, et attrape sa main avant de confirmer au chauffeur que c'est bien pour nous. Dante s'installe sans discuter et je donne quelques instructions au conducteur qui comprend l'anglais. Je n'ai pas d'adresse exacte, mais il semble malgré tout voir de quoi je parle.

— Ça ne te fait pas bizarre d'être ici ? demande mon époux, qui paraît avoir retrouvé le sourire.

— Pour être honnête, je m'en fous un peu. Mon père ne parlait jamais de la Russie. En fait, il ne parlait pas du tout.

Sa méthode de communication favorite était la violence. J'encaissais si bien qu'il avait fini par ignorer mon existence.

— Tu crois qu'on aura le temps de faire de la luge ?

Son innocence est vraiment ce que j'aime le plus chez lui. Dante a conservé son enfant intérieur, et puisqu'il a beaucoup souffert, je l'aide à guérir en cédant à chacune de ses envies.

— On le trouvera, promets-je en caressant sa main de mon pouce.

Notre déménagement en Louisiane lui a fait du bien. Ses amis lui manquent, mais ils viennent squatter mon salon dès qu'ils en ont l'occasion. Nous travaillons tous les deux dans une sorte de centre de réinsertion pour ce qu'on aime appeler « les âmes perdues ». Dante s'occupe d'être un soutien psychologique pour celles et ceux qui en ont besoin. Quant à moi, je gère la sécurité de cet endroit nommé « Le Sanctuaire ».

Une vingtaine de minutes plus tard, je paye le chauffeur et fais face à ce qui est censé être un marché de Noël. Mon mari me fixe avec une incompréhension mêlée à de l'anxiété. Visiblement, c'est une sorte de fête foraine horrifique. Je m'approche des quelques écriteaux et grimace lorsque je réalise que je ne comprends absolument rien.

— On fait un tour ? proposé-je en lui tendant la main.

— Je pense que le notaire des Petrova va bientôt avoir un nouveau dossier familial à traiter.

Il passe à côté de moi pour entrer dans la foire, l'air bougon. Je passe un bras sur ses épaules, lui colle un baiser sur la tempe, et m'excuse encore une fois. Ce voyage est pourri, rien ne va, mais j'espère arranger ça ce soir.

Comme on peut en trouver aux États-Unis, il y a des attractions et des stands de bouffe, sauf qu'ici, on se croirait dans une dimension parallèle.

Des femmes déguisées en sorcières se démarquent avec leurs pulls de Noël clignotants. Des types avec de fausses scies électriques courent après les visiteurs, tout en hurlant « Merry Christmas ». Les barbes à papa sont rouge sang, des guirlandes en forme d'étoiles sont suspendues aux stands, et bien que l'ambiance générale soit un peu flippante, la musique de Noël qui envahit l'atmosphère rend le tout plutôt fun.

— Je déteste cet endroit, me souffle-t-il en s'empiffrant d'un assortiment de pirojkis[4] et petits pains.

Oui, même en stress total, il ne perd pas son appétit.

— Tu dis ça parce que tu as peur, le taquiné-je.

— Pas du tout !

— OK, alors tu ne verras aucun inconvénient à aller là-bas ? suggéré-je en désignant la tente d'une voyante.

Je ne crois absolument pas en ces conneries, mais lui, oui. Bien moins confiant, Dante déglutit. Le froid est si vif que lorsqu'il expire, de la fumée blanchâtre sort de ses lèvres, et moi, je suis hypnotisé. *Le moindre de ses gestes me captive.*

— De toute façon, on ne va rien comprendre, bougonne-t-il, l'air de rien.

---

[4] Sortes de chaussons cuits au four ou frits typiques de la Russie remplis de viande hachée, de fromage, d'œufs durs, de riz, de champignons ou de légumes (pommes de terre, oignons, chou fermenté) finement coupés. Les pirojkis peuvent aussi être sucrés, fourrés aux fruits (abricots, pommes, prunes) ou aux baies.

— Heureusement que t'as une super appli de traduction dans ton téléphone. Et je suis sûr de capter un ou deux mots de ce qu'elle va dire, assuré-je malgré mes précédents échecs.

Peu convaincu, il acquiesce néanmoins et accepte. La tente est d'un violet sombre, et quand on y entre, ça pue le cliché. Mon rire agace Dante, qui me marche sur le pied tandis que je me moque de la déco. Des breloques faussement anciennes ici et là, des malles en bois foncé, des étoffes noires, bordeaux. Une table ronde, une foutue boule de cristal qui brille plus que mon avenir, et une bonne femme avec la panoplie complète de madame Irma.

— *Dobro pojalovat'!*

Armé de son téléphone, mon mari brandit fièrement la traduction sous mon nez.

— Elle nous a dit bienvenue !

— Je parle anglais, nous informe-t-elle d'un ton glacial.

Le tissu translucide qui recouvre le bas de son visage ne cache pas les rides autour de ses paupières. Ses mains osseuses sortent de sous la table, son index pointé dans ma direction.

— Assis.

— Elle a pété un câble ? marmonné-je pendant que Dante me fait obéir.

Nous finissons sur nos fesses autour de cette petite table, face à la fausse sorcière qui caresse sa boule comme je le fais avec les miennes.

— On ne doit pas vous poser de questions ? interroge mon prince en chuchotant.

— Non. Silence.

Il me regarde, puis écarquille les yeux en pointant un truc dans ma direction.

— Ton épaule…

Je tourne la tête, avant de me figer. Une araignée aussi grosse que ma main vient d'élire domicile sur moi, sans payer de loyer ou quoi que ce soit.

— Enlève cette chose, grommelé-je, paralysé.

Elle ne bouge pas, mais je suis déjà en train de m'imaginer crever bêtement, mordu par cette bestiole effrayante.

— Désolé, mais je ne m'approche pas de ce truc !

— On est mariés pour le meilleur et pour le pire, lui rappelé-je.

La voyante, qui jusque-là ne semblait pas en avoir grand-chose à foutre de nous, se rappelle enfin de notre présence.

— Olga… gentille.

— Cette horreur à un nom. Magnifique, cinglé-je.

Irma de Wish tend ses doigts aux ongles crochus vers mon épaule, laissant son animal remonter le long de son bras.

— Vous avoir droit une question, déclare-t-elle dans un anglais approximatif.

Dante m'interroge du regard, je hausse les épaules et le laisse choisir. Il prend quelques secondes pour réfléchir, puis finit par demander :

— Qui est l'enfoiré qui vole mes nains de jardin ?

Oups, je suis le coupable. Pour ma défense, ces trucs sont absolument horribles, et combinés aux autres lubies de mon adorable mari, mes yeux pleurent chaque matin devant ma baie vitrée.

La voyante reprend son astiquage de boule, puis relève la tête vers moi tandis que je mime le mot « argent ».

— Voisin jaloux, répond-elle. Vingt mille roubles.

La paume tendue vers nous, elle attend. Dante l'observe et fronce les sourcils.

— Je suis sûr que c'est écrit cinq mille à l'entrée.

Conscient que la vieille folle a compris à mon air honteux que je suis le responsable de la disparition d'une vingtaine de nains – *pas humains, cela va de soi* –, je sors l'argent sans demander mon reste et traîne Dante dehors.

— Quelle arnaqueuse, tu t'es fait avoir comme un débutant ! Allez, rentrons avant que tu ne gaspilles bêtement tout notre fric.

Bah voyons, je fais presque deux mètres de haut et j'ai la gueule d'un ex-taulard. *J'ai surtout peur que mon adorable mari me broie les couilles.*

2

♫ **Alex Warren – *Ordinary***

DANTE

Si j'ai décidé d'accompagner Amon pour son voyage, c'est parce que je sais à quel point il tient à ce qu'on fête la nouvelle année ensemble. Il ne l'exprime pas à voix haute, mais pour lui aussi, chaque moment entre nous est précieux. Après une nuit difficile dans notre chambre de la luxure où je me suis senti observé par une multitude de jouets aux formes insolites, la galère continue.

J'adore mon mari, mais je songe sérieusement à mettre fin à ses jours, ici et maintenant. Son regard peu confiant dans le mien, il fourre ses mains dans les poches de sa doudoune et renifle sans aucune grâce. Le bout de son nez rougi par le froid, il n'a plus rien du type effrayant qu'il incarne au quotidien.

– Je te jure que j'avais compris « petit chalet de montagne », bougonne-t-il face à mon air fermé.

Ce matin, nous avons été voir le notaire qui s'occupe de la succession de Vasir Petrova, un oncle éloigné de l'ours qui me sert d'époux. L'anglais du professionnel était si aléatoire que la moitié de la conversation s'est passée dans un russe que même mon application de traduction avait du mal à comprendre.

En bref, nous voilà devant une vieille ferme délabrée, isolée au milieu d'une forêt ultra flippante.

— Y'a des guirlandes de Noël, c'est sympa.

S'il ouvre encore une fois la bouche, je pense que je le jette au fond du puits à quelques mètres.

— Il y a une bâche en guise de toit !

— Avec un peu de ciment…

— Tu ne vois pas les squelettes d'animaux disposés de façon super bizarre ?! Je vais chercher un exorciste, décidé-je en sortant mon téléphone.

Amon se marre en me volant mon portable, puis colle ses lèvres sur les miennes pour me faire taire.

— Allez, on jette un œil pour la forme et je rappelle le notaire pour lui confirmer de mettre cet endroit en vente.

— Je pense que c'est hanté, déclaré-je sérieusement.

Malgré mon manque d'envie de participer à cette exploration digne des débuts d'un mauvais film d'horreur, je le suis à l'intérieur. Le bâtiment rectangulaire est fait de vieilles pierres, le sol est un mélange de poussière, de foin et d'autres choses que je refuse d'identifier. Comme il n'y a pas d'électricité, Amon nous éclaire grâce à la lampe torche de son téléphone.

— Oh, la machette a l'air encore en bon état, observe-t-il comme si c'était génial.

— Si tu touches à cette chose, je te découpe avec !

— Je trouve ça hyper excitant que tu me menaces tout en te collant à moi.

Pour ma défense, je ne vois pas grand-chose, et je crois que des rats vivent ici.

— T'es sûr que ton oncle n'était pas un sociopathe qui faisait des expériences sur les humains ? demandé-je en m'attardant sur des espèces de conserves avec du formol.

Dois-je me réjouir de voir des décorations de lutin de Noël au milieu de cette horreur ? *J'hésite.*

— Si c'est le cas, je ne serais pas étonné. Les Petrova ont un ADN particulier, souffle-t-il d'un ton amusé. Oh ! regarde, un sapin de Noël !

♫ Tel un enfant, il s'y précipite et oublie que je ne peux pas encore suivre son rythme. Même si je me suis habitué à la prothèse qui me sert de jambe, ma mobilité n'est pas encore parfaite. Amon remarque ma difficulté, s'arrête et me fixe en plaçant la lumière sous son menton. *Ce qui lui donne une tronche effrayante.*

— Désolé, je voulais te montrer au moins un aspect positif de notre virée. Ce voyage craint, soupire-t-il en m'arrachant un rire.

Je déplace son portable et glisse une main sur son cou dont la peau chaude réchauffe mes doigts gelés.

— Au moins, je ne m'ennuie pas, avec toi.

— Tu veux toujours faire de la luge ? Je crois qu'on peut utiliser ce truc, propose-t-il en désignant un objet au sol.

— Mais pourquoi il y a une planche de surf dans cette ferme flippante ?!

Cet endroit est terrifiant. Je crois que les mauvais esprits sont en train d'aspirer mon âme, et j'ai des hallucinations complètement débiles.

— On s'en fout, allez, viens.

Sa main dans la mienne, il me confie la charge de diriger la lumière et saisit la planche avant de nous faire sortir. Face à nous, une étendue de neige à perte de vue. Dos à la bâtisse, j'admets que la vue ressemble enfin à ce que je m'étais imaginé.

Les arbres sont recouverts de flocons qui cristallisent, le paysage est blanc, le soleil fait étinceler la poudreuse et donne un air presque irréel à ce spectacle de la nature.

— Viens par-là, mon prince.

Assis sur sa planche au sommet d'une pente qui me semble mortelle vu la densité de la forêt, Amon m'indique la place devant lui.

— T'essaies de m'assassiner de façon pas du tout subtile ?

Il s'amuse à hausser les sourcils comme un gamin, avant de me répondre quelque chose qui n'a rien de rassurant.

— Je l'ai déjà fait avec Elvira. Bon, elle s'est pété le coude, mais t'inquiète, j'ai la technique, maintenant.

Super, sa sœur était le cobaye, je suis le test final.

Son air de chien battu a raison de mon cœur trop tendre. Je le rejoins et m'assieds devant lui, les genoux serrés entre eux pour que mes pieds ne dépassent pas de la planche.

— On va mourir, j'aurais dû appeler l'exorciste, paniqué-je en sentant Amon bouger.

— Ça aurait changé quoi ?

— Nos âmes vont rester coincées dans ce trou paumé, et on finira dans un mauvais scénario de *Christmas horror show* !

— T'as trop d'imagination, mon amour. On y va !

Sans me laisser plus de temps pour savourer ce surnom ou me préparer mentalement à cette expérience plus que bancale, il donne une impulsion avec ses jambes et nous propulse.

Un cri de frayeur quitte mes lèvres tandis qu'il rit à gorge déployée. Dans cette forêt où règne le silence, nous le perturbons comme deux enfants qui se divertissent. Ma peur se transforme en amusement, puis en joie réelle.

À l'aide de ses mains, Amon nous fait éviter des obstacles à cause desquels je vois ma vie défiler sous mes yeux. La vitesse, le froid, les flocons de neige, la chaleur rassurante du corps de l'homme de ma vie derrière moi, tout fait que ce moment est le plus magique que j'aie vécu jusqu'à présent.

— Oh merde ! s'écrie Amon en enroulant son bras autour de ma taille.

L'arbre en face de nous est énorme, et à sa droite, un énorme caillou lui tient compagnie. Mon roi nous fait quitter la planche en pleine descente, nous roulons l'un sur l'autre sans savoir si nous n'allons pas nous fracasser contre un rocher.

J'ignore comment il trouve la force de le faire, mais Amon arrête notre chute en me gardant contre lui, avant de se tourner sur le sol pour utiliser ses pieds comme frein. Immobiles, le souffle court, ses yeux gris dans les miens brillent d'inquiétude.

Puis j'éclate de rire. Si fort, si naturellement qu'il finit par me suivre lui aussi. Le bout de son nez caresse le mien, il se tient toujours au-dessus de moi tandis que ses lèvres effleurent ma bouche.

— Ta jambe, ça va ?

D'une main, je tâtonne ma prothèse et constate que celle-ci est toujours en place.

— Tout va bien.

— Désolé, je fais vraiment des trucs de con, parfois.

— J'aime que tu me traites comme ça, ne fais pas de moi un être plus fragile que je ne le suis déjà.

— Tu n'as rien de fragile, au contraire. Je ne connais personne d'aussi fort que toi.

Le baiser qu'il me vole est vorace, profond, passionné. Pourtant, il recule, se redresse, et m'aide à faire de même.

— J'ai prévu une surprise pour ce soir.

Nous allons fêter la nouvelle année en tant que couple marié, et bien que je sois heureux à cette idée, j'ai un peu peur de ce qu'il prépare. Comme s'il devinait mes doutes, il ricane et m'offre une œillade.

— Je suis passé par une agence, ils parlent encore mieux l'anglais que moi.

Attendri, je me colle contre lui et soupire de bien-être quand ses bras m'entourent.

— Merci de m'avoir emmené faire de la luge.

— Je réaliserai tous tes caprices, me taquine-t-il avec tendresse.

Amon ne sait pas qu'il est dans chacun d'eux. Avoir d'autres enfants, repeindre la cuisine, s'offrir un tour du monde... *L'avoir épousé m'a rendu ma capacité à rêver.*

Assis dans un charmant restaurant de Moscou, je souris à mon mari qui essaie d'avoir de bonnes manières face au serveur. Amon est un ours la plupart du temps, mais ce soir, il fait de son mieux pour que tout soit parfait. Pas de fête foraine flippante ou de ferme abandonnée digne d'un film d'horreur. L'ambiance est romantique tant la salle est composée de couples de tous âges.

Je crois que c'est la première fois depuis qu'on a débuté notre relation qu'on s'offre un vrai rencard. Amon est un peu gauche, maladroit, mais plein de bonnes intentions. Il a opté pour une chemise noire sur un pantalon de costume, ce qui le rend encore plus magnétique qu'en temps normal.

— Tu es vraiment beau, pensé-je à voix haute.

Amon n'a pas l'habitude des compliments, à tel point que le mien le fait grimacer. Il est si impressionnant au quotidien que le voir démuni face à ma vérité me fait sourire.

— Goûte ça, m'ignore-t-il en me faisant tester son plat.

Mon rire le fait râler à voix basse, je m'exécute et savoure le petit pain fourré. Son regard dans le mien se fait plus sérieux tandis que je termine ma bouchée.

— Tu crois que je devrais me teindre les cheveux ?

Surpris par sa question qui sort un peu de nulle part, j'étouffe un nouveau rire tandis qu'il argumente sa demande.

— J'ai des cheveux blancs.

Mon mari approche de la trentaine, et je crois qu'il flippe un peu.

— Je trouve ça sexy, admets-je simplement.

— J'ai l'air vieux.

Son air grognon m'attendrit, je me penche pour attraper sa main.

— Non, t'as l'air super chaud.

L'étincelle de fierté dans ses yeux me fait marrer. Il ne lui faut pas grand-chose pour être rassuré, et tant que mon regard sur lui ne change pas, il se fiche des effets du temps qui passe.

— Est-ce que ça veut dire que je vais enfin pouvoir te toucher ?

Oui, j'étais un peu fâché par les derniers événements, au point de mettre un coussin entre nous cette nuit.

Quand on voit Amon au premier abord, on ne se douterait pas qu'il est très tactile. S'il le pouvait, ses mains seraient greffées à mon corps. Si au début, je trouvais ça amusant, j'ai fini par comprendre que quelque part au fond de lui, mon roi est effrayé à l'idée que je lui échappe.

— Je suis sûr que le miroir au plafond t'a donné des idées.

— Je pourrais te faire un exposé de deux heures que je serais toujours au prologue de ce que ce truc m'inspire.

Nos rires discrets résonnent, nous mangeons, nous nous taquinons et nous parlons de l'avenir. Notre mariage n'a que quelques mois, pourtant, je n'ai aucun doute sur le fait que nous passerons le reste de notre vie ensemble. Je nous imagine faire face à des difficultés, comme tous les couples, mais je nous vois inévitablement heureux.

— Et tu préfères adopter ou prendre une mère porteuse ? demande-t-il avec naturel.

Amon n'a aucun sujet tabou. Il est ouvert sur tout, sans jugement, et j'adore ça chez lui.

— J'aimerais qu'on adopte encore une fois.

L'un comme l'autre, nous avons grandi dans la violence familiale et sommes trop conscients que des tas d'enfants ne demandent qu'à être aimés.

— Une fille ou un garçon ?

Son sourire pourrait être responsable du réchauffement climatique à lui tout seul. Ce naturel avec lequel il me l'offre, lui qui est si grincheux avec le reste du monde, me rend un peu possessif.

— Pourquoi pas les deux ?

— C'est une idée qui me plaît, chuchote-t-il en embrassant mes phalanges.

Nous terminons notre repas, puis quittons le restaurant pour marcher dans les rues enneigées de Moscou. Il est bientôt minuit, nous décidons de nous rendre à la Place Rouge, qui est, paraît-il, un lieu incontournable pour fêter le Nouvel An.

Des stands de nourriture occupent les lieux, ainsi qu'une patinoire et des animations diverses. Comme un enfant, je veux tout tester sous le regard bienveillant de celui qui cède au moindre de mes caprices.

Nous finissons par nous arrêter devant l'énorme sapin de Noël, les yeux plongés dans le regard de l'autre pendant qu'un décompte résonne à travers les haut-parleurs. Amon et moi le récitons en anglais, et quand sonne minuit, nos lèvres se percutent tandis que le ciel est illuminé d'un feu d'artifice. Si j'ai le droit de formuler un vœu, alors je n'en ai qu'un :

Faites que nos cœurs restent à jamais prisonniers de l'autre.

La tête enfoncée dans les coussins, mon corps s'arc-boute tandis que mes muscles se contractent de plaisir. Les lèvres de mon mari sillonnent mes abdos, sa langue en trace le contour pendant qu'une de ses mains soulève ma jambe valide sur son épaule.

— Détends-toi, mon amour, souffle-t-il d'un timbre grave.

Lorsqu'il effleure mon moignon, je me crispe un peu, ce qu'il ressent immédiatement. J'ai conscience que les changements de mon corps n'affectent pas son désir, et en même temps, j'ai peur qu'il réalise à quel point cette partie de moi est laide.

— Excuse-moi, murmure-t-il avant d'embrasser mon aine.

Parfois, je me dis qu'il mérite mieux. Quelqu'un de moins abîmé qui serait capable de le regarder dans les yeux en faisant l'amour.

— Dante ?

Je tente un sourire qui ne le trompe pas. Avec douceur, son corps nu remonte sur le mien, il soutient son poids à l'aide de ses bras, ses doigts dans mes cheveux. Toutes les lumières sont éteintes, seule la lune nous permet de deviner le visage de l'autre.

— Dis-moi ce que je dois faire...

Amon est toujours patient avec moi, peu importe l'intensité de ce qu'il ressent. À force, il est désemparé, lui qui s'est donné pour mission de sauver les gens qui l'entourent.

La date du 1er janvier est propice aux nouvelles résolutions, et même si je dois encore faire un gros travail sur moi-même, je veux m'offrir à mon époux, sans barrière faite de complexes qui me gâchent la vie.

— Allume la lampe de chevet.

Pendant plusieurs secondes, il reste figé, puis s'exécute lentement. Il prend son temps, comme s'il me laissait la possibilité de me rétracter, ce que je ne fais pas.

Son regard dans le mien, je peux enfin discerner la surprise qui éclaire son visage.

— Tu es sûr ?

— Oui, il n'y a qu'avec toi que je peux être moi.

Incomplet et abîmé. Le cœur trop mou, mais à l'abri grâce au sien.

Ses lèvres prennent possession des miennes avec ardeur. Amon n'est pas tendre quand il aime, il est comme un conquérant. Chaque centimètre de ma peau frissonne de plaisir, flatté par ses caresses.

Mon érection entre ses doigts, il m'impose un rythme lent pour me torturer un peu. Et plus sa bouche descend sur mon corps, plus ma chaleur corporelle augmente. Mon palpitant bat tous les records, et lorsque la langue de mon mari taquine mon gland, je me consume de l'intérieur.

Peu importe notre état d'excitation mutuel, Amon prend toujours le temps de me faire passer avant lui. J'agrippe ses cheveux et l'encourage à me prendre entièrement. De sa main libre, il se saisit d'un des nombreux flacons de lubrifiant sur la table de chevet.

Mon souffle s'accélère quand il me prépare avec autant d'amour que d'impatience. Ses gestes sont moins contrôlés, en témoigne mon envie de jouir qui menace d'envahir sa bouche.

— Amon, je vais...

Rien du tout, puisqu'il s'est arrêté avant que je ne vienne.

— J'adore quand tu me regardes comme ça, lance-t-il en enroulant son bras autour de mon corps.

D'un geste maîtrisé, il inverse nos positions. Je me retrouve à califourchon sur lui et l'observe s'installer les bras derrière la tête, comme s'il était le roi du monde. Son sourire insolent m'énerve autant qu'il me fout à terre, tout comme le petit coup de reins qu'il m'envoie.

— Ton mari attend que tu le baises.

Si certains sont rebutés par les mots crus au lit, ce n'est absolument pas mon cas. J'ai beau reprendre Amon sur son langage, c'est aussi un truc que j'adore chez lui. Il n'a aucun filtre et exprime toujours ses sentiments de façon abrupte.

Je prends appui sur lui pour accéder à sa requête. Mon bassin glisse sur son sexe, jusqu'à le prendre entièrement. Comme toujours, je m'accorde quelques secondes pour l'embrasser avec tendresse avant de me redresser.

De ses mains sur mes hanches, il m'aide à me stabiliser quand je me penche en arrière et me tiens à ses cuisses. Nos regards se rencontrent dans le miroir et mes yeux se perdent sur mon corps qui ondule sur le sien.

Nos râles de plaisir brisent le silence ambiant, nos respirations saccadées se mêlent et me donnent l'impression que nous sommes dans une bulle où personne ne peut entrer. Malheureusement, en appui sur une seule jambe, je fatigue très vite. Amon le sent, toujours à l'écoute de mon corps, même dans ce genre de situation où l'excitation peut flouter les priorités.

Il me retourne sur le dos et prend appui sur ses genoux en soulevant mes hanches vers son bassin. Cette fois, il me pénètre sans douceur et m'arrache un cri de plaisir. Son corps luisant de sueur pourrait à lui seul me faire jouir. Sa main saisit ma queue et la soulage, tout en augmentant l'intensité de ses coups de reins.

Il ne m'en faut pas plus pour atteindre l'extase.

Mon plaisir déferle avec tant de violence que l'intégralité de mes muscles se crispe, me bloquant dans un moment de luxure dont je ne veux pas m'échapper. Mes membres finissent par trembler tandis que mon mari retombe lourdement sur moi.

— Faut qu'on installe un miroir au plafond à la maison.

Mon rire fait vibrer son torse, il se redresse sur un coude, ses yeux gris dans le vert des miens.

— Bonne année, mon prince.

— À toi aussi, mon roi.

Et à toutes les autres que nous fêterons ainsi.

3

♫ **SoMo – *You Can Buy Everything***

AMON

Nous sommes rentrés en Louisiane trois jours après le Nouvel An. J'ai signé les papiers de vente et réglé tout ce qui était en lien avec cet oncle que je n'ai jamais connu. Maintenant, je dois me coltiner la bande de potes décérébrés de mon mari.

— On a ramené des cadeaux ! s'exclame Kelen sur le pas de ma porte d'entrée.

Mon regard dans celui du blondinet, je m'écarte pour laisser entrer ma gosse, puis ferme la porte et retourne dans le salon sous le rire de Dante. Il s'occupe d'aller accueillir ses amis qui se plaignent de mon manque de manières, auxquelles je réponds par un doigt d'honneur qui me coûte un dollar. *Goldy n'a pas perdu ses bonnes habitudes.*

— T'as passé de bonnes vacances ? demandé-je à ma fille, qui me ruine chaque jour que Dieu fait.

— Tonton Abel m'a offert des actions dans son entreprise !

Son projet d'être riche à sa majorité ultime est toujours de mise.

L'intéressé investit ma maison, suivi de son équipe de bras cassés. Elvira, accompagnée de Cassie, critique le bleu pas assez royal de ma cuisine, ce qui me vaut un regard sombre de mon époux, le fou de la déco.

— Je t'avais dit que le bleu tempête était mieux !

Bien que cette chieuse me les brise, je prends ma sœur dans mes bras et la serre contre moi avant de déposer un baiser sur le sommet de son crâne.

— Merci d'avoir pris soin de Goldy, t'es la meilleure.

— Elle m'a demandé comment on fait les bébés, je lui ai dit de te poser la question.

— Je retire ce que j'ai dit.

Elle se marre et me laisse saluer Cassie, que je prends également dans mes bras sous le regard polaire d'Iceman.

— Salut, *kid*. Ton mec a toujours pas compris que mon truc, c'est la queue ?

— Laisse tomber, il pense que je suis tellement belle que je peux rendre un homme gay hétéro, soupire-t-elle en s'écartant.

Ce type est complètement cinglé, mais il paraît que l'amour rend fou.

— Et moi ? demande Kelen en se plaçant en face de moi. J'ai pas le droit à un câlin ?

— Si tu me touches, j'te cogne.

Adonis le tire en arrière et m'offre une poignée de main que j'accepte. Le blondinet l'imite, non sans râler que tout le monde adore ses câlins. Leurs copines ne sont pas présentes, ce qui me ravit parce que je suis le connard qui se tape la préparation du repas. *Moins d'invités, moins de boulot.*

Puisqu'ils ont tous des emplois du temps qui ne leur permettent pas de se retrouver pour les fêtes, ils ont décidé de se voir à une date ultérieure pour partager un repas. *J'ai donc passé la matinée à fourrer une dinde.*

Tout le monde aide Dante à mettre la table. Il dirige son groupe d'amis comme si on était dans un camp militaire.

Abel me rejoint dans la cuisine et m'aide à sortir les plats du four. J'en ai bien trop fait, mais je sais que Dante rêve de ce genre de moments familiaux. Des tas de plats différents, de la bonne musique et ses proches.

— Comment elle va ? questionné-je en parlant de ma sœur.

— Beaucoup mieux. Elle est sobre, elle bosse, elle fait la paix avec le passé.

Bien qu'Elvira soit forte et résiliente, je sais qu'avoir Hockeyboy à ses côtés l'a aidée.

— Tant mieux, n'oublie pas ce qui pourrait t'arriver si tu lui brises le cœur.

Un corps démembré dans une poubelle est si vite arrivé.

— Elle me broiera les couilles avant que t'aies le temps de la venger, se marre-t-il en coulant un regard d'amoureux transi dans sa direction.

Abel a raison, Elvira est suffisamment débrouillarde. En plus, elle a un permis de port d'armes, alors une balle et l'histoire est réglée.

Ace se joint à nous, sûrement blasé de se faire engueuler, car il confond les différentes fourchettes et ne les dispose pas de la bonne manière.

— Je viens faire semblant d'aider, nous informe-t-il en s'appuyant contre le plan de travail.

Pendant que son pote et moi nous attelons à préparer les corbeilles de pains et autres présentations, ce connard aux cheveux blancs nous mate, et il ose même ajouter :

— Vous ne pouvez pas vous magner ? J'ai la dalle.

— T'as qu'à nous filer un coup de main, rétorque Abel, nullement sidéré face à cet énergumène.

— Non, j'ai trop faim, ça m'empêche de bouger.

Il y a encore quelques mois, je ne pouvais pas le blairer. Antipathique, agressif, renfermé et connard à souhait, j'imagine que je ne le trouvais pas assez bien pour Cassie. Cependant, je dois admettre qu'il est moins détestable.

— Vu ton gabarit, tu manges bien à la cantine, ajouté-je en lui tapant la main quand il essaie de tremper son doigt dans ma sauce.

La cheddar, pas celle du chef.

— Je fais croire à Cassie que je suis obligé de déjeuner avec mes collègues le midi, murmure-t-il en veillant à ce qu'elle n'entende rien.

Intrigué que ce mec soit craintif devant ce que la Schtroumpfette pourrait lui faire, je me penche et l'invite à se confesser. Abel m'imite, et nous voilà comme trois commères à nous échanger des potins.

— Elle cuisine super mal. J'en peux plus de bouffer son quinoa, et c'est pas un sous-entendu ! précise-t-il à son meilleur ami dont le sourire narquois s'estompe.

— Je te comprends, Elvira a réussi à faire cramer un gâteau de l'intérieur. Je cherche encore à comprendre comment elle a réussi cet exploit.

— C'est moi qui vole les nains de jardin de Dante.

Leurs regards respectifs se croisent tandis qu'il lâche un « Ooooooooooh » foutrement exagéré.

— Arrêtez de me juger ! Vous n'êtes pas mieux, les infidèles de la bouffe !

— Abel ne nous a rien confié, tout le monde sait que la sorcière est une catastrophe de la cuisine.

Seul contre nous deux, le célèbre milliardaire à la tête d'un empire de l'armement perd son aura confiante.

— OK ! Il se peut que j'aie fait semblant de ne pas réussir à avoir de billets pour le concert privé d'Eminem !

Cette fois, ce sont Ace et moi qui poussons une onomatopée pleine de jugement.

— Oh, ça va ! J'aime être le seul mec qu'elle regarde. Comme si vous étiez différents !

Peu importe l'âge qu'a ce rappeur que ma sœur adore, elle sera sa groupie à vie. Étant moi-même jaloux de tout ce qui s'approche de Dante, je peux le comprendre.

— Si l'un de nous parle, nous tombons tous, déclaré-je avec fermeté.

On devrait appeler ça « le pacte des hommes incapables ».

Ils hochent la tête à tour de rôle, et nous emportons les plats que nous disposons sur la table. Les filles sont déjà installées, Kelen et Adonis se font réprimander, car le chemin de table n'est pas centré et est trop à gauche d'un centimètre.

— Amon ! m'interpelle mon mari.

Immédiatement, je me demande quelle connerie j'ai pu faire. J'ai rangé mes caleçons qui traînaient dans la salle de bains, nettoyé la boue que j'ai foutue dans l'entrée en rentrant, et j'ai même allumé son foutu père Noël lumineux dans le jardin.

— Pourquoi tu n'as pas mis ton tablier de cuisine ?

— Oh bordel, tu ne vas pas recommencer ? rétorqué-je, excédé.

Il m'en a offert un, et je refuse de le porter.

— C'est un cadeau !

— Il est rose avec un tutu !

Personne ne se retient de rire. Je n'ai aucun soutien, et lorsque je suis à deux doigts de remplir le pot à gros mots de ma gosse, Dante soupire avec un sourire en se tournant vers ses amis.

— Je vous avais dit que même moi je n'y arriverais pas.

— J'ai gagné le pari ! s'exclame fièrement Elvira. Filez-moi le fric ! ordonne-t-elle aux deux idiots.

Adonis et Kelen coulent un regard dans ma direction avant de s'exécuter et de maigrir d'environ deux cents dollars chacun.

— Vous avez parié sur moi ?

— Ouais, et tu nous as fait perdre ! s'indigne Blondinet.

— Je pensais que tu ferais n'importe quoi pour ton adorable mari, ajoute le second.

— Moi, je pense que vous allez bientôt mourir.

Dante me laisse volontairement la place en bout de table, seulement je la refuse et lui tire la chaise. Je suis le plus vieux, certes, mais ce moment est à lui. Son regard reconnaissant dans le mien, il s'installe et je fais de même à sa droite, en face de notre fille. Un verre de vin sans alcool en main, il le lève et sourit avec tendresse tandis que nous l'imitons.

— Avec un peu de retard, joyeux Noël et bonne année !

Si j'ai le droit à un seul et unique vœu dans mon existence, je fais celui de la passer avec lui, et un peu avec eux.

♫ Enfin allongés dans notre lit, je profite d'être un peu seul avec mon mari. Nos proches dorment à la maison, et les cloisons fines ne nous épargnent pas des débats intellectuels entre Adonis, Kelen, Abel et Ace. Oui, Cassie et Elvira ont largué leurs mecs pour dormir ensemble.

— Vous croyez que pour se faire tatouer la queue, faut bander ? demande le blondinet.

Sa voix est reconnaissable, et sa question fait pouffer de rire Dante. Je délaisse cette conversation à laquelle je pourrais affirmer que oui, il faut avoir une érection. Je préfère me concentrer sur l'amour de ma vie entre mes bras.

— Tu as passé une bonne soirée ?

Son regard pétille de bonheur, et rien que pour ça, je suis prêt à repasser cinq heures en cuisine pour ses morfals de potes.

— Oui, merci d'avoir rendu ça parfait.

Je pense qu'il n'y a rien que je ne ferais pas pour lui. *Hormis enfiler un tablier rose décoré d'un tutu.*

— T'as vu le cadeau des garçons ? s'émerveille-t-il pendant que je grimace discrètement.

Le duo des cons lui a offert des nains de jardin pour compenser ceux qui ont mystérieusement disparu.

— Tu crois qu'on peut mettre un contrat sur la tête du voisin qui vole mes bébés ?

J'ai un peu la flemme de me coller une balle.

— Je pense surtout qu'on devrait parler de la peinture de notre cuisine.

Quitte à choisir, autant aller là où je m'en sors sans trop de dégâts. Au pire, ce ne sera que la troisième fois en moins d'un an que je la repeins.

— On va aller au magasin de bricolage dès demain !

Mon rire résonne tandis que mes doigts effleurent sa clavicule. L'odeur de son shampoing flotte dans l'atmosphère, et ce moment que nous partageons, aussi simple soit-il, devient sûrement l'un de mes préférés.

La porte de notre chambre s'ouvre sur notre fille dont les yeux sont à moitié clos.

— Je peux dormir avec vous ?

Depuis que je connais Goldy, soit plus de deux ans, nous n'avons jamais été séparés. J'imagine que même si elle a apprécié ses vacances, une petite anxiété s'est formée en elle. Dante et moi nous écartons, j'ouvre la couette et l'invite à se glisser entre nous. Un sourire de princesse aux lèvres, elle nous rejoint et se love contre mon flanc, la main de Dante prisonnière de ses doigts.

— La prochaine fois, on voyagera tous les trois, chuchote-t-elle en bâillant.

J'embrasse ses cheveux sous le regard attendri de mon époux.

— Oui, c'est promis.

— Papa, demain tu m'expliqueras comment on fait les bébés… ?

Je me fige, mon mari aussi, et au bout de quelques secondes, nous soufflons de soulagement en réalisant qu'elle s'est endormie.

— Tu t'en charges, décrété-je à voix basse.

— Dans tes rêves ! refuse Dante sur le même ton.

— Si tu le fais, je m'occupe du linge.

— Tu ne sais même pas allumer la machine à laver.

Merde, c'est vrai.

— Qu'est-ce que tu veux ?

Je suis sûr qu'il a une idée, je le connais trop bien.

— Que tu acceptes de prendre des cours de salsa avec moi.

— T'as pété un câble ?

— Non. C'est à prendre ou à laisser.

Impassible, notre fille entre nous, il ne me laisse aucune marge de manœuvre. Soit je fais un AVC en expliquant le concept de sexualité à ma fille, soit je vais me ridiculiser à me dandiner sur la piste.

— Tu sais très bien que je déteste danser, grommelé-je sous son sourire narquois.

— J'ajoute un miroir au plafond dans le deal.

— On s'inscrit dès demain.

Je lui vole un baiser, en dépose un dans les cheveux de notre princesse endormie, et ricane en écoutant le nouveau débat des crétins à côté.

— Allez Ace, dis-nous ce que tu fais des culottes de Cassie !

Quelques secondes passent pendant lesquelles mes paupières s'alourdissent de fatigue.

— Bon, je vous le dis une fois et vous arrêtez de me faire chier avec ça !

Allez, crache le morceau, Iceman. Je bâille à m'en décrocher la mâchoire, Dante ne lutte plus contre Morphée, et moi, j'essaie de combattre encore un peu pour avoir la réponse à cette question qu'on se pose tous.

— En fait, je les...

L'HIVER SOUS LES FLAMMES

Nouvelle dans l'univers de
Furyo Love de Emily Kind

1

Ryōma

Lorsque je me réveille après une nuit passée à arpenter les rues de Shinjuku, elle est la première chose que je vois en ouvrant les yeux. Comme si ces derniers étaient aussitôt aimantés par sa seule présence. Assise sur une espèce de mini méridienne qu'elle a dégotée chez un vieux brocanteur du quartier, Juno paraît méditer. Son profil dessiné par la lumière naturelle de l'extérieur, que souligne le drap noir dont elle s'est enveloppée, sa joue sur ses genoux repliés et entourés de ses bras pour la protéger du froid, elle observe la neige tomber. Quelque chose cloche. Cette attitude songeuse, pour ne pas dire léthargique, ne lui ressemble pas du tout.

Juno est un électron libre. Toujours occupée, ensevelie sous mille et un projets différents. Je n'ai qu'à penser à son obsession pour les collectes de fringues qu'elle organise au profit des Toyokos[5]. Je songe aussi à sa décision d'apprendre la cuisine japonaise, elle qui sait à peine réchauffer des bols de nouilles instantanées. Ou encore la manière qu'elle a d'embarquer Denji, l'un de mes capitaines, dans la majorité

---

[5] On désigne ainsi les ados SDF qui se regroupent sur la place Toyoko, à Tokyo.

de ses plans fumeux, et lui qui ne sait pas lui dire non... Les preuves sont légion.

Alors, la voir ainsi, amorphe depuis maintenant une bonne semaine, a tendance à me rendre de plus en plus nerveux. Inquiet, aussi. Peut-être qu'habiter le silence avec moi a fini par lui peser. Peut-être que ma vie bancale a fini par lui peser. Peut-être que moi, j'ai fini par...

Stop.

Continuer à débiter ces conneries reviendrait à nous trahir. Vu les épreuves que l'on a traversées tous les deux, ça ne serait pas juste. Ni pour elle ni même pour moi.

Je finis par me redresser sur un coude en laissant s'échapper une grimace lorsque l'énorme ecchymose qui s'étale sur mon flanc gauche, résultat d'un accrochage avec des mecs d'un autre clan cette nuit, me titille les côtes. Toutefois, je chasse rapidement la douleur, habitué à ses effets depuis le temps... La tempe contre mon poing fermé, je profite du fait qu'elle ne m'a pas encore capté pour la contempler. La faim au creux du ventre. Le palais desséché par la soif d'elle. Ses cheveux blonds, méchés de bleu à la suite d'un pari avec Naoya, répandus sur ses épaules menues tel un rideau de soie liquide, sa silhouette gracile dissimulée sous le tissu sombre... Comme toujours, dès que le fil de mes réflexions s'attarde sur elle ou n'importe quel détail qui la concerne, l'impression d'avoir été catapulté en orbite me serre la poitrine, au point que respirer devient une épreuve. Un coup au cœur si puissant qu'il est impossible qu'il soit uniquement dicté par les sentiments que Juno m'inspire. C'est bien plus ambigu. Explosif. Brûlant. Comme si un puits de lave en fusion avait creusé un abysse sans fond au cœur de mon âme.

Incapable de la laisser dériver encore longtemps loin de moi, je force sur ma voix pour qu'elle m'entende. Qu'elle revienne dans notre silence. J'ai beau haïr d'instinct cette voix au timbre écrasé, je dois parfois en user pour l'attirer de nouveau lorsqu'elle franchit la barrière que ma surdité a dressée autour de moi.

— Tu n'es pas avec moi.

Aussitôt je devine ses épaules se tendre. Malgré la mince distance qui nous sépare, je repère sans peine le frémissement qui s'empare de la surface de sa peau. Parce que le même se répand sur la mienne pour s'infiltrer dessous. *L'effet Juno Sainclair*. La voilà qui pivote enfin de mon côté pour suspendre ses yeux verts à mes billes noires. Un sourire illumine son visage, insolent comme toujours ; toutefois, la lueur chagrine que je perçois, elle, me fout en l'air.

Je déchiffre les mots qu'elle articule distinctement à mon attention de façon que je puisse lire sur ses lèvres.

— Je suis toujours avec toi, *senpai*[6].

À ses mots, une flèche de colère fuse d'entre mes tempes pour se planter au creux de mon abdomen. Si loin sous mon épiderme qu'elle commence à chanter dans mes veines. Je me redresse afin de m'asseoir en tailleur sur le futon sans lâcher Juno du regard.

Mes mains s'agitent, parlant pour moi, désormais.

— *Pas vraiment, non.*

La surprise craquelle l'émotion qui cristallise ses iris si clairs. Avant que Juno ne mute soudain sur un mode plus... plus *elle*, plus *nous*. Un genou planté dans le tatami, une paume à plat dessus, elle me fixe d'un œil trouble. Muet, je la contemple pendant qu'elle réfléchit à l'attitude à adopter, et m'abstiens de bouger – de me jeter sur elle serait plus juste – lorsque, enroulée dans le drap noir, la voilà qui rampe avec

---

[6] Fait référence à quelqu'un qui est à un niveau supérieur, que ce soit à l'école, au travail ou dans une structure sociale.

lenteur pour me rejoindre. Une fois devant moi, Juno repousse le tissu qu'elle balance au loin et s'installe à califourchon sur mes cuisses. Nue. Débridée, sans pudeur... À cent pour cent Juno. Ses yeux chutent sur ma bouche, remontent, se suspendent aux miens, avant de tomber de nouveau sur mes lèvres tandis que ses mains se glissent dans l'échancrure de mon yukata[7] débraillé. Avec cette douceur que je n'ai jamais connue ailleurs que dans ses bras, elle fait couler le tissu d'une de mes épaules, puis en extrait mon bras droit pour le libérer.

— *Mahal ko*..., grondé-je en rejetant la tête en arrière, sous le joug du shoot de désir que ses gestes impulsent dans mes tripes. Ne me laisse pas seul dans le silence.

Sans prononcer une parole, à moins que je ne l'entende pas, elle mord ma clavicule, ma gorge, puis l'espace sous mon oreille. Ma mâchoire. Mon menton... Mû par une impulsion que je ne suis pas certain de pouvoir – ou juste désirer – contrôler, je l'attrape par la taille et la soulève pour enfouir mon visage contre son ventre. L'odeur de sa peau, les notes de son parfum mêlé au mien, la douceur de ses fesses contre mes paumes... Chaque infini détail est... une infinie torture. Un délice avec lequel elle me met au supplice pour m'éloigner de ce qui la ronge. Sauf que je ne me laisse pas si facilement berner.

Si vite que je devine son couinement à sa manière de s'accrocher à mes épaules, son souffle chaud dans mon cou, je la bascule sur le dos. Calé entre ses jambes, je glisse un bras sous le pli d'un de ses genoux afin de peser plus lourdement sur son corps souple.

— *Mahal ko*... ne me force pas à appeler Naoya à la rescousse pour te tirer les vers du nez.

---

[7] Kimono léger porté l'été par les hommes et les femmes.

Mentionner le capitaine des T-KO avec lequel elle cultive une animosité réciproque et volontaire a l'effet escompté. Ses pupilles s'élargissent, sa bouche forme un O adorablement offusqué. Ses paumes à plat sur mes pectoraux, elle m'oblige à reculer un peu pour avoir la place de signer. Ses mains expulsent alors ce qu'elle me cache si mal depuis des jours.

— *Nous sommes en hiver...*

— Et ?

Le temps d'une minuscule seconde, son regard dérive dehors. La neige continue de tomber, nous isolant à l'intérieur de cette bulle dans laquelle nous avons pris l'habitude de nous retrancher tous les deux. Seuls, mais ensemble.

— Bah, tu sais...

Son attitude gênée, presque timide, charrie un tas d'émotions qui ne me ressemblent pas – ou plus – sous mon crâne. La peur, l'impatience, la... Et puis, enfin, elle se lance, une flamme combative dansant à la surface de l'eau émeraude de ses yeux.

— C'est la première fois que je suis loin de chez moi à cette période de l'année. Ici, tout est différent. Il n'y a rien de ce que j'ai l'habitude de faire durant les fêtes avec mes parents et mon frère. Ce n'est pas l'hiver que je connais. Du coup, je me sens... déstabilisée.

Sa paume vole sur ma joue en une caresse qui, au lieu de m'apaiser, allume un brasier infernal entre mes os.

— Je mens. Je ne suis pas déstabilisée, je suis triste, la voilà la vérité. Je suis juste... triste. Ma famille me manque, ma maison me manque.

Je réalise, à mesure qu'elle libère le poids sur sa poitrine, combien j'ai été idiot de ne pas y avoir pensé. La faute peut-être à cette absence de tendresse, de chaleur, que j'ai subie toute mon enfance. Cependant, m'en rendre compte n'a rien d'une excuse. Juno, elle, n'a jamais cillé. Elle ne s'est jamais dérobée pour m'entourer, me soutenir dans mes choix de vie sacrément discutables. Elle n'a jamais hésité à me le donner, cet amour. *Son* amour.

— Mais ça va passer.

Je ne veux pas que ça passe, comme elle dit. Je la veux à fleur de peau pour être à fleur d'elle, exubérante et si loin, si différente de celui que les écueils de ma foutue vie ont fait de moi. Attendre que les choses passent revient à ce qu'elle s'éteigne un peu. Puis un peu plus, et encore un peu plus à chaque fois qu'elle devra laisser passer.

Passer, c'est pour les autres.

Passer, c'est mettre en sourdine le cœur qui bat dans sa poitrine, et permettre au mien de s'effondrer.

Ce que je désire, moi, c'est Juno. Qu'elle existe entièrement dans sa démesure pour, moi aussi, exister.

— Emmène-la voir les illuminations de Ginza. Ou se promener main dans la main dans Ebisu. Il paraît que les filles adorent ce genre de trucs.

Merci pour ta sollicitude et ta participation, Naoya. Cette pensée tout ce qu'il y a de plus ironique, je n'ai pas le temps de la partager avec lui. Pourquoi ? Parce qu'au même moment, un mec du gang des Shadow Rasors se précipite sur moi pour essayer de me coller une droite. Je l'autorise à me toucher une fois, histoire de lui donner confiance. Pas longtemps, cela dit... Alors que la pluie se met à tomber, j'évite désormais ses poings avec une facilité qui le déconcerte, et pivote en exécutant un coup de pied retourné qui l'envoie valser sur le sol crasseux de la casse où nous avons échoué cette nuit. Lorsqu'il se redresse sur les genoux, je profite du fait qu'il crache ses poumons pour lui balancer ma botte en pleine gueule, les nerfs bouffés par l'impatience. Sonné, il vole sur plusieurs mètres.

Et encore un de moins.

Un sourire écorne mes lèvres en une ombre tissée d'obscurité. Cet interlude est carrément le bienvenu. J'avais besoin de décompresser et, il n'y a pas à dire, se défouler sur ces gars-là au milieu de ceux que je considère comme mes frères arrive à point nommé. S'éclater de cette manière est sûrement discutable, et alors ? Il y a quelque chose d'assez poétique dans le fait de se battre pendant les fêtes. Après tout, n'est-on pas censés prôner le partage pendant cette période ? Eh bien, c'est exactement ce que nous nous appliquons à mettre en œuvre. Des deux côtés, nous distribuons les coups en partageant un destin commun. Celui de la rue.

Je me tourne vers Denji, qui claque des doigts juste devant moi dans le but d'attirer mon attention. Il s'interrompt, le temps de démolir un membre du gang adverse venu rôder sur notre territoire, puis se met à signer comme si nous n'étions pas au milieu d'une mêlée générale. Ces mecs, mes capitaines, sont plus fêlés les uns que les autres. Autant que moi, chacun à sa manière.

— *Fais pas ça, banchō*[8]..., déclare-t-il en agitant les mains tandis qu'il esquive un type armé d'une barre de fer. *Elle va te pourrir si tu lui sors ce genre de violons. N'écoute pas Naoya, il n'y connaît rien.*

— *Moi, je crois qu'au contraire, il la connaît très bien,* intervient Ichigo après avoir repoussé ses longs cheveux collés à ses tempes à cause de la neige. *Il sait pertinemment que non, ça ne lui plairait pas du tout.*

---

[8] Chef, leader.

Un rire s'expulse du buste de Naoya avant qu'il n'explose un Shadow à l'aide du poing américain dont il ne se sépare jamais. Si je ne l'entends pas, le sarcasme qui suinte de ses traits en révèle autant que si mon audition n'était pas défaillante.

— J'avoue ! articule-t-il à mon attention pour que je lise sur ses lèvres. Note que je ne suis pas du tout désolé d'avoir été démasqué. Je ne comprendrai jamais pourquoi tu t'es autant attaché à cette fille.

Un rictus en coin détend mon visage figé par la violence tandis que je termine l'un des mecs encore debout dans le camp d'en face. L'adrénaline déferle, fait pomper mon cœur tellement fort que mon pouls cogne de plein fouet sous mon épiderme. La sensation est si addictive que je jurerais que mes idées s'éclaircissent enfin. Haletant, je laisse le soin à nos gars de nettoyer le terrain des derniers rats avant qu'ils ne rentrent se planquer dans leur trou.

Mes trois capitaines ont raison, Juno détesterait que je l'emmène flâner sous les illuminations, qu'importe si elles sont réputées dans tout le pays. C'est bien trop impersonnel, si loin du monde dans lequel je l'ai entraînée, de mes failles, qu'elle aurait la sensation de s'éloigner de moi. Ou pire, que je me fous d'elle.

La neige se mélange à la pluie pour se changer en averse. Si puissante que ma combinaison et les bandages qui ceignent mon torse ainsi que mes bras sont rapidement trempés sur ma peau transformée en un patchwork de bleus douloureux. Pourtant, je me sens incroyablement bien à observer mes hommes courir pour choper les Shadows, ou Naoya essuyer sa lèvre sanguinolente avec la manche de Denji, qui piaille pendant qu'Ichigo les regarde d'un œil indéchiffrable avant de les séparer en leur sautant dessus.

Et c'est là. Sous la pluie. Après les coups. Alors que l'odeur ferreuse du sang embaume l'air, insistante. Là que je sais exactement quoi faire pour la débarrasser de ses idées noires. Quoi faire, et surtout où l'emmener pour que cet hiver soit à notre image. Volcanique et corrosif.

Inflammable.

Au sourire qui incurve mes lèvres, Denji saisit que j'ai fini par trouver ce petit truc qui m'échappait. Ses yeux, planqués derrière une paire de lentilles d'une blancheur laiteuse, me fouillent comme s'ils cherchaient à percer les secrets de mon âme. Attentif, il attend que je me décide à parler tandis qu'Ichigo rajuste pour lui le boulon en guise de bijou à son oreille. Puis, un bras passé autour du cou de son ami, il m'examine d'un œil complice.

— Alors ?

Un seul mot franchit la barrière de mes lèvres. Un seul mot qui les enflamme tous les trois.

— *Matsuri.*

2

Juno

Après avoir franchi les portes automatiques de la librairie où je bosse à mi-temps depuis quelques mois, je lâche un profond soupir. Autant j'aime travailler ici, au cœur de ces rayonnages de livres, autant je n'ai qu'une seule hâte : rentrer. Chez moi, dans ce minuscule appartement que j'ai fini par envahir si naturellement au point d'en être la première étonnée. Chez nous, où mes affaires ont trouvé leur place à côté des siennes, où mon bordel s'entasse, où son manteau de leader des T-KO est suspendu tel le rappel constant de l'identité de l'homme que j'ai choisi.

Emmitouflée dans l'écharpe criblée de trous tricotée par ma mère, je zippe la fermeture Éclair de mon bombardier afin de me protéger du froid et des flocons qui tombent à gros bouillon sur la ville sans tenir vraiment sur les trottoirs.

Je m'en veux de ne pas avoir su tenir ma langue. Et, en même temps, je trouve rassurant de pouvoir m'ouvrir à Ryōma à propos de n'importe quel sujet. Comme j'aime l'idée qu'il devine que quelque chose me pèse avant même que je ne songe à lui en parler. Personne, y compris ma propre famille, ne sait lire entre mes lignes de cette façon.

Il n'y a que lui pour décrypter chaque parole, chaque intonation qu'il n'entend pourtant pas, chaque regard, chaque attitude. Chacun de mes éclats, chacun de mes silences.

Un frisson, qui n'a rien à voir avec les températures, se déploie soudain sous les couches de vêtements. Un frémissement qui lui est entièrement destiné. Une envie que seulement penser à lui engendre.

Putain... Cet homme m'a matrixée. Il a contaminé la moindre de mes cellules pour se l'approprier. J'adore ça, même si le réaliser me fait toujours un peu flipper.

Je n'ai pas le temps d'y réfléchir plus longtemps, le fil de mes réflexions envolé quand un sac atterrit à mes pieds. *Sur* mes pieds, devrais-je dire. Surprise, je recule d'un bond, prête à me défendre en cas de besoin. Il faut dire que les événements de ces derniers mois ont activé des réflexes dont je ne me pensais pas dotée.

— Je te préviens, mon mec m'a appris à coller des coups de boule...

Les poings serrés malgré la foule compacte, je relève la tête. Puis je me détends en reconnaissant les traits du seul homme capable de provoquer les battements de mon cœur avec une telle intensité qu'ils déchirent ma poitrine.

— Ton mec a fait quoi ? *Gomen*[9], je n'ai pu lire la suite sur tes lèvres, mais j'avoue, je suis curieux.

Je souris, narquoise, et désigne le bagage.

— Tu me rapportes mes affaires ? En aurais-tu déjà marre de moi, *senpai* ? Tu me vires de chez toi ? articulé-je en détachant chaque syllabe.

Ma moue exagérée dessine l'esquisse d'un sourire sur son visage, ce qui me fait l'effet d'une bombe. Ses longues boucles

---

9 « Désolé », en japonais.

d'oreille, des estampes rouges et noires, balaient le fil de ses épaules mises en valeur par sa veste en cuir.

– *Chez nous, tu veux dire...*, me corrige-t-il avec une douceur presque brutale. *Assez de toi ?*

Il s'approche jusqu'à ce que l'extrémité de ses bottes touche les miennes. Puis, les mains fourrées dans ses poches, il se penche pour me recouvrir.

– Je n'en ai jamais assez.

Une mèche de ses cheveux s'échappe pour glisser sur ma joue en une caresse aérienne.

– De toi, précise-t-il. Jamais.

Et moi donc...

Sa voix agit sur mes sens ; son timbre, si particulier, étouffé, pour ne pas dire écrasé, choque mon pouls. Un véritable défibrillateur qui m'électrise de part en part.

– Viens. *Hayaku*[10], Juno-chan.

Refuser, ou juste demander des explications ? Je n'y songe pas une seconde. Au lieu de ça, je le laisse m'entraîner là où il le souhaite. Je suis une faible femme face à son corps taillé pour les épreuves et son regard exigeant. Ou son sourire renversant. Une lueur amusée brasille dans ses yeux noirs tandis qu'il enlace ses doigts aux miens pour m'enjoindre à le suivre. Au bout de quelques mètres, il bifurque dans une ruelle moins bondée, puis une autre, et encore une autre. Quand j'aperçois, un peu plus loin, sa moto garée sur le parking d'un Konbini[11], je commence à comprendre où il veut en venir. *Enfin, je crois...* Forçant l'allure pour me maintenir à son niveau, je tire sur la lanière de mon sac qu'il porte sur son épaule afin de capturer son attention.

---

[10] « On y va », en japonais.
[11] Supérette souvent ouverte 7j/7 et 24h/24.

Dès que nos regards s'accrochent, je l'interroge :

— Tu m'emmènes en balade ?

Sa bouche, dont les commissures se réhaussent très légèrement, lui confère une aura mystérieuse qui me tend d'anticipation.

— *On peut dire ça...*

Le spleen qui ne me quitte plus depuis plusieurs jours se replie pour céder la place à la curiosité.

— *Tu as conscience que ce sac amène des tonnes de questions ? Questions auxquelles tu ne répondras pas, je me trompe ?*

Occupée à signer avec application, je manque d'attention et trébuche, tout juste rétablie par son bras qui s'enroule autour de ma taille pour me rabattre contre son torse. Un autre frisson naît sous la pression de sa paume, un autre chant dans mes veines gorgées des sentiments qu'il est le seul à déclencher. D'une détente phénoménale qui m'arrache un cri, Ryōma me soulève sans difficulté pour me caler sur sa hanche, puis une fois devant sa bécane, il m'assied sur la partie arrière du siège.

— *Tu vas enfin me dire ce que tu fabriques ? Je dois m'inquiéter ?*

Son front chute contre le mien. Ses yeux suspendus aux innombrables interrogations qu'il devine, Ryōma susurre d'une voix rauque :

— Je nous fabrique nos propres traditions. Je te montre ce que tu m'inspires, à quoi je suis prêt pour toi, pour nos souvenirs. Est-ce que tu me suis, *Mahal ko* ?

Je me hisse vers lui, noue mes bras à l'arrière de son cou, mes ongles éraflant sa nuque, et précipite ma bouche sur la sienne. D'abord chaotique, le baiser que nous échangeons devient vite plus profond. J'ai besoin qu'il saisisse sur mes lèvres ce que je ne parviens pas toujours à révéler avec des mots. Que Ryōma sente, à défaut d'entendre, cet amour qu'il a déjà créé.

— Ne pose plus jamais cette question. Parce que je serai toujours dans tes pas, *akachan*[12].

Avant qu'il n'ait le temps de répliquer, une autre voix interfère. Une voix qu'il capte en me voyant m'immobiliser.

— *Oi*[13] ! Vous ne comptiez pas en profiter tout seuls, hein ? Nous aussi, on veut s'amuser un peu !

J'avise alors Naoya, à califourchon sur sa propre moto, qui me mate, une expression d'impertinence pure sur son visage beaucoup trop beau pour un enfoiré tel que lui.

— *Lui, je m'en serais très volontiers passée...*, signé-je, boudeuse, en prenant soin que l'autre décoloré n'en perde pas une miette.

Il me gratifie d'un geste si obscène que mon mec se raidit ; en réponse, je brandis mon majeur, servi avec un sourire infernal. Histoire de couper court à notre manège habituel, Denji fait vrombir le moteur de sa sportive grise, ses yeux recouverts d'une pellicule si bleue qu'elle pourrait concurrencer le ciel de mon Kansas natal un jour d'été.

— *Tu lui as dit ?*

— *Dit quoi ?* demandé-je aussitôt à son banchō, abandonnant Naoya. *Dit quoi ? Dit quoi ? Dit quoi ?*

— *Héé*[14]..., râle ce dernier en secouant ses tresses blondes qui voltigent autour de son visage de madone. *Pitié, dis-lui que t'as fini par te décider à la buter, comme tu aurais dû le faire il y a un bail...*

Nouvelle grimace. Nouveau geste. Nouveau doigt d'honneur.

---

12 « Mon cœur », en japonais.
13 Interjection japonaise pour interpeller quelqu'un.
14 Interjection japonaise.

— Ça suffit, vous deux ! gronde Ryōma en attrapant le casque que lui tend un Ichigo toujours aussi impassible. Et non, je ne lui ai encore rien dit. Elle verra sur place.

Aussi docile qu'il me soit possible de l'être, je le laisse couler le casque intégral sur ma tête, non sans tirer la langue à Naoya en fronçant le nez avant que Ryōma ne claque la visière. J'adore détester ce mec. Comme j'adore qu'il me déteste aussi ouvertement. Il n'y a que dans les familles que l'on peut se le permettre. Cela étant dit, ce pourri n'a aucun filtre. En réalité, aucun d'eux n'en possède, chacun à sa façon. Denji ne cache pas le faible amical qu'il éprouve pour moi. Ichigo s'en fout dans les plus grandes largeurs, du moment que je n'interfère pas dans les affaires des T-KO. Et Naoya... Inutile d'accorder à ce petit con plus d'attention qu'il n'en mérite.

Un frisson d'excitation parcourt mon épine dorsale pour terminer sa course dans mes reins quand Ryōma relève mon col après une légère caresse du bout des doigts sur ma nuque. Il harnache ensuite le sac à dos sur la moto et s'installe aux commandes. Sachant que, dorénavant, je ne pourrai plus lui adresser la parole, je lui parle de la seule manière qui me vient à l'esprit. En me rapprochant au maximum pour mouler mon corps au sien, ses cuisses entre les miennes. Mes mains, camouflées dans les gants épais qu'il m'a aidée à enfiler, croisées sur son bas-ventre. Si la chaleur de sa peau m'échappe, je mords ma lèvre en sentant son ventre se serrer à mon contact. Une pointe de désir se plante dans mon abdomen, tellement lancinante que le delta de mes cuisses me donne l'impression de s'étirer sous la pression. Je déglutis avec difficulté, l'enferme encore plus étroitement entre mes jambes alors qu'il pivote à demi sur le siège pour me jeter un coup d'œil dont l'intensité folle me flingue. Plus doux que du velours, aussi dur que de l'acier, son regard est à son image. Absolument tout.

Sa voix malaisée retentit jusqu'à moi.

— Moi aussi, *Mahal ko*. Putain... moi aussi.

Afin d'alléger l'air délicieusement lourd, il s'amuse à me faire vriller, comme la toute première fois que je suis montée sur son engin en mettant les gaz alors qu'il cadenassait les freins. La roue arrière décolle du sol dans un tonnerre métallique qui gronde jusque sous ma peau. Plaquée contre son dos, j'explose de rire sans me soucier qu'il m'entende. Après tout, il n'en a pas besoin. Ryōma me connaît si bien qu'il devine à chaque soubresaut de mon corps ce que je ressens. D'une détente puissante, il démarre enfin pour s'insérer dans la circulation dès que les autres se positionnent autour de nous, comme s'ils protégeaient d'office leur leader.

La nostalgie et la tristesse qui grattaient mes veines se dissipent peu à peu à mesure que les kilomètres défilent, nos corps fouettés par le vent. La liberté, la joie d'être avec les autres, le bonheur de me retrouver avec lui... Tout se mélange au cœur de cet hiver pour le rendre unique, et ce, grâce à Ryōma.

Après des heures à moto, tout juste interrompues par deux pauses trop courtes, le voyage arrive enfin à son terme. Où, exactement ? Excellente question. J'ai beau lire le japonais, décrypter le nom des villes indiquées sur les panneaux qui jalonnaient l'autoroute s'est révélé mission impossible. Entre la visière du casque, la vitesse à laquelle Ryōma nous menait et ma concentration pas franchement à son top niveau, j'ai vite abandonné.

Lorsqu'il éteint le moteur devant un *ryokan*[15] à l'allure tout ce qu'il y a de plus traditionnelle, l'unique chose que je

---

15 « Auberge », en japonais.

note à propos de l'endroit où nous avons atterri est qu'il est paumé au milieu des bois. Ryōma descend avec souplesse de la bécane, tout le contraire de moi qui, dès que je l'imite, me ramasse, mes jambes prises de tremblements à cause des vibrations subies le long de la route. J'embrasse le bitume devant les gars qui s'esclaffent sans que l'idée de m'aider les effleure. Ryōma, lui, se contente d'un sourire moqueur, histoire de ne pas plomber complètement ce qu'il reste de ma dignité.

— *Kuso*[16], la souris... Tu peux recommencer, que je filme ? lance Naoya en se marrant si fort que des larmes perlent dans ses cils. Allez, ne te fais pas prier... Je suis prêt à te payer si tu le souhaites.

— Et moi, je suis prête à payer n'importe qui pour te flinguer..., maugréé-je, assise sur le sol.

Denji balance une pichenette derrière son crâne, esquive celle de Naoya qui tente de se venger, déjoué par Ichigo qui lui colle son poing dans les côtes. Ce dernier attache ensuite ses cheveux en une queue-de-cheval haute avec un clin d'œil en réponse au sourire infect que lui adresse la pourriture décolorée.

— Arrête de me draguer, Ichigo-kun... ou je vais finir par craquer et m'occuper de toi.

— Et moi, je vais craquer et accepter de te flinguer. Pour rien, précise Ichigo avec un rictus carnassier.

Pendant qu'ils continuent de se chamailler, Denji entre eux prenant un malin plaisir à mettre de l'huile sur le feu, leur boss m'aide à me remettre debout. Son bras s'attarde autour de ma taille, sa paume en étoile sur mes reins. Une seconde, une minute, une vie peut-être, je suis propulsée dans son aquarium derrière les parois duquel je ne perçois

---

16 « Merde », en japonais.

plus rien en dehors de lui. J'aime cette sensation d'irréel qui n'appartient qu'à nous deux. Peu habitué aux démonstrations, et plus encore aux démonstrations publiques, à l'instar d'une majorité de Japonais, il me surprend toujours lorsqu'il y succombe. Ces moments-là me sont d'autant plus précieux.

— Où sommes-nous ?

— Ce n'est pas le lieu qui importe, mais ce qu'il s'y déroule.

À ces mots, je tourne machinalement la tête pour fureter. Ma curiosité crève le plafond – ou le ciel, en l'occurrence. J'avoue avoir douté, et même craint qu'il choisisse de m'emmener admirer les illuminations de Tokyo. Ce n'est pas que je n'en avais pas envie, mais... Si, la vérité est que je n'en avais pas du tout envie. Ce genre de spectacle ne déclenche pas d'émotions sous ma peau. Ce que m'inspire cet homme est si intime que j'ai besoin de vibrer à l'unisson avec lui. De vibrer pour mieux respirer. De vibrer pour ressentir au plus profond de moi l'entaille que Ryōma a tracée sur mon âme.

— OK... Seulement là, je ne vois strictement rien. Je préfère te prévenir, ne compte pas sur moi pour chanter au coin du feu. Mes parents ont essayé de m'envoyer en colonie, un été ; résultat, je me suis enfuie au bout de deux heures, quand les monos ont commencé à parler de spectacle de clôture devant les parents. Un spectacle où, apparemment, j'étais censée être déguisée en grosse dinde de Thanksgiving. Et oui, si tu te poses la question, la directrice était fan de *la Famille Addams.*

Tout en signant, je termine ma tirade, haletante. Quant à mon Senpai, il m'observe en silence, ses yeux plissés, comme si déchiffrer les paroles sur mes lèvres l'avait épuisé.

— Bordel..., siffle Naoya en épongeant son front. J'ai l'impression d'être saoul à l'écouter déblatérer.

Il se mange une nouvelle claque derrière le crâne de la part de Denji, qui épingle son bras afin de l'entraîner à l'intérieur de l'auberge sans nous attendre.

— On dépose les affaires, on dort quelques heures, et ce soir, dès que la nuit sera tombée, tu auras tes réponses.

Afin de clore la discussion, Ryōma s'empare de mon menton pour incliner mon crâne en arrière et suspendre son regard au mien. Son pouce lisse ma lèvre inférieure, exerçant une pression délicieuse sur sa pulpe.

— Ça va te plaire, fais-moi confiance.

— Tout me plaît du moment que je suis avec toi. Mince, ça avait l'air beaucoup moins niais dans ma tête. Tu m'as transformée en guimauve, c'est intolérable..., l'accusé-je, faussement indignée. Par contre, je refuse tout net de partager une chambre avec celui dont prononcer le nom m'écorche la bouche. Je sais qu'il faut rester proche de ses amis, et plus encore de ses ennemis, mais il y a des limites au pire, figure-toi.

— Ni avec Naoya ni avec qui que ce soit d'autre que moi. Si tu dormais dans la même chambre que lui, je serais obligé de lui crever les yeux.

— Tu n'as pas l'impression d'en faire un peu trop ? pouffé-je avec une insouciance grisante.

— À peine..., déclare-t-il, amusé. Je joue mon rôle d'alpha.

— Tu n'as pas besoin de ça pour être l'Alpha, crois-moi sur parole, riposté-je en détachant avec soin chaque syllabe. Tu l'es naturellement.

Un rire étouffé fait trembler sa gorge. Un rire qui se niche au creux de ma poitrine et qui, j'en ai déjà pleinement conscience, ne s'en délogera jamais.

— Alors suis-moi, Juno-chan.

Toujours.

Une poignée d'heures plus tard, après une longue douche brûlante et un futon dédaigné pour partager le sien, je suis fin prête à... bah, je ne sais toujours pas. La fatigue de la route a cédé à une excitation que je peine à contenir, la faute à Ryōma qui n'a pas lâché le plus petit indice malgré mes ruses – apparemment pas infaillibles – pour lui soutirer des infos. Shootée à la curiosité, l'un de mes très vilains défauts, je piaffe d'impatience. Habillée chaudement, un bonnet sur la tête rabattu jusqu'à mes yeux et le nez caché sous le col fermé de mon bombers, j'attends que les gars montrent le bout de leur nez. J'aurais peut-être mieux fait de les attendre à l'intérieur de l'auberge, le temps que Ryōma aille les chercher, mais le spectacle des dernières traces de crépuscule fuyant les tentacules de la nuit m'a conduite sur la terrasse. On n'en voit pas des comme ça à Tokyo... Malgré l'hiver, la forêt est si luxuriante qu'elle me donne l'impression un peu démente de respirer. De nous enfermer à l'intérieur d'un cocon fantomatique.

Tout à coup, mon attention s'aiguise, en alerte. Si loin qu'elles me parviennent étouffées, il me semble percevoir des espèces de clameurs qui serpentent à travers les bois pour m'atteindre et s'enrouler autour de moi. Je plisse les yeux, mes sourcils se froncent, quand... Je recule d'un bond. Je pourrais jurer... je pourrais jurer avoir entraperçu la flamme d'un feu follet. Entre les bruits tout sauf naturels, cette maison plantée au milieu de ce *no man's land* et l'obscurité qui tombe tel un rideau de plomb, je commence à divaguer en me demandant sérieusement s'ils n'ont pas pour projet de tourner un *snuff movie*[17] artisanal avec moi dans le rôle principal.

Au moment où je vais rentrer et m'enfermer à double tour dans la chambre jusqu'à ce que le soleil se lève, la porte du *ryokan* s'ouvre sur Denji. Talonné par Ichigo et Naoya, il m'envoie un clin d'œil si exagéré que je me mets à glousser. Un gloussement à mi-chemin entre l'amusement et la panique.

— Je vous préviens tout de suite, annoncé-je, sévère. Je ne serai pas une victime consentante.

— *Nani*[18] ? Victime ?

— Perso, je me fous de ce qu'elle veut dire, mais associer Juno et victime… ce concept me plaît.

— Naoya-kun ? Ferme-la.

Les regarder se houspiller jusqu'à ce que l'un finisse par frapper les autres, en général Ichigo, réchauffe cette part de mon cœur qui se languit de ma famille. Un sourire instinctif ourle mes lèvres.

Avant de disparaître dès que la silhouette féline de Ryōma apparaît sur le seuil, l'ensemble de mes sens est à l'affût de lui et lui seul. Vêtu d'un *samue*[19] d'hiver, une paire de longues boucles accrochées à ses oreilles et les yeux soulignés d'un trait de khôl orangé, il est… *Putain !* Quitte à paraître une fois de plus d'une niaiserie absolue, je peux bien me l'avouer : il est sublime.

Il marche vers moi, dispose un châle épais sur mon blouson, puis, ses doigts emmêlés aux miens, il donne le signal du départ sans prononcer une syllabe, ce que je trouve

---

17 Court ou long métrage clandestin mettant en scène un meurtre ou tout autre acte de torture et violence.

18 « Quoi ? » en japonais.

19 Tenue traditionnelle composée d'une paire de pantalons et d'une veste.

indéniablement sexy. Il se contente d'avancer en tête pour nous enfoncer entre les arbres, et si j'avais presque peur il y a un instant, je le suis dans la forêt en toute confiance. Il ne me révèle toujours pas la moindre information, néanmoins je m'en fous. Où qu'il aille, j'irai les yeux fermés. Comme lui, d'ailleurs. Je n'en ai aucun doute.

Dans mon dos, un corps s'impose, le souffle qui l'accompagne égratignant ma nuque.

— Tu as peur ?

Je relève les yeux vers la canopée formée par les conifères, si compacte que les rayons de lune la traversent difficilement.

— Tu aimerais, rétorqué-je à Naoya sans me retourner. Mais pas avec lui.

— Attends un peu avant d'être aussi sûre de toi... Et si tu n'as pas peur pour toi...

La pique qui me démange meurt sur ma langue. Parce que nous venons d'atteindre une clairière. Si j'avais bien remarqué qu'au fil de nos pas, les clameurs devenaient de plus en plus denses, plus précises aussi, et que les lueurs s'intensifiaient, rien ne m'avait préparée à *ça*.

— Aie peur pour lui.

3

Juno

Je m'imaginais beaucoup de choses. Me recueillir dans un sanctuaire. Me baigner dans des sources chaudes. Débarquer dans une fête alternative, ou je ne sais trop quoi encore, mais là… Là, la surprise bat tous les records. Est-ce que je suis ébahie ? Stupéfaite ? Bouche bée ? Décontenancée ? Le dico des synonymes risque d'y passer tant je suis sur le cul. Sur le cul, et légèrement – c'est un euphémisme – intimidée.

Où que se pose mon regard, il trouve des dizaines de personnes qui évoluent autour, non pas d'un feu follet, mais d'un gigantesque brasier alimenté à l'aide d'un immense soufflet sur lequel pompent plusieurs hommes. À la lisière de la forêt, des masques grimaçants de démons ont été accrochés dans les branches, leurs faciès encore plus terrifiants à la lueur des lanternes qui pendent à leurs côtés. Le vent, sifflant de colère, les fait bouger et confère aux lieux une allure spectrale avec ces presque visages qui nous épient.

À la droite du foyer qui crépite, d'énormes *taiko* – des tambours japonais – ont été regroupés sur un genre d'estrade. Debout derrière eux, les musiciens, le front ceint d'un bandeau tressé blanc, créent une performance dont l'harmonie résonne profondément entre les arbres. Un tempo enivrant d'une lenteur étrange qui m'aspire. Mes jambes, mes bras, mon corps entier ondulent malgré moi, à la recherche de cette cadence qui s'infiltre sous mon crâne, comme le ferait une migraine persistante.

Je serre les doigts de Ryoma afin de capturer son attention accaparée par le feu. Au bout de quelques secondes, il daigne enfin me regarder.

— Où donc m'as-tu emmenée ? C'est ça, ta conception des fêtes ?

Penché sur moi, il laisse flotter un sourire espiègle autant qu'énigmatique sur ses lèvres fines dont l'ourlet inférieur, pour cette nuit, est serti d'un anneau d'argent. Ryōma caresse ma joue du revers de ses phalanges repliées.

— Ce festival, cette célébration, c'est ma conception de qui nous sommes tous les deux. De qui *tu* es.

Mes sourcils arqués, à moins que ce ne soit mon expression perplexe, lui extorquent un rire chaud ainsi qu'un début d'explication.

— Tu es dangereuse pour moi, *Mahal ko*. Et pourtant, tu m'attires comme jamais personne avant toi.

Sa paume sur ma joue, il recroqueville légèrement ses doigts pour accrocher ma peau. Quelque chose de précieux traverse ses yeux noirs. Une lueur, un éclair qui m'enivre.

— *Avec toi, j'ai cette sensation vissée au ventre,* signe-t-il ensuite, sa bouche désormais close. *Celle de me jeter dans le feu. Que mon cœur brûle. Cette impression que, tant que tu seras avec moi, je ne m'éteindrai plus. Qu'importe que tout s'effondre autour de nous. À force d'écouter ce feu, j'entends ta voix. Moi. Je t'entends prononcer mon prénom. Sans doute parce que ce cœur qui bat dans ma poitrine t'appelle toi. Voilà pourquoi nous sommes là cette nuit. Afin que tu te souviennes toujours pour quelle raison tu m'as choisi.*

Pourquoi tu as choisi d'habiter le silence et cette chaleur parfois réconfortante, parfois cruelle.

Soudain, les musiciens ralentissent leurs frappes, si bien qu'ils finissent par ne plus utiliser une seule baguette. D'instinct, je devine que quelque chose s'apprête à se passer. Quelque chose d'important. L'excitation, noyée dans un bain d'adrénaline démentiel, me fait presque mal, entravant ma respiration.

— *Qu'est-ce que tu vas faire ?*

Une vague de peur me submerge face à son regard plongé dans les ténèbres, seulement illuminé par une flamme de pure ferveur.

— *Je salue l'année à venir*, signe Ryōma, ses mains voletant entre nous. *Je fête le nouveau départ que je peux prendre. Grâce à toi.*

Il ponctue sa phrase en portant ma paume à sa bouche. Le contact de ses lèvres réveille ma peau. Elle l'éveille, oui, mais surtout y distille l'envie insoutenable de le sentir en moi. Il croque mes doigts avant de me lâcher et part à reculons en dénouant sa veste, en dépit du froid et de la neige.

— *Aishteru.*

Déboussolée face à ce « je t'aime » frontal auquel je ne suis pas habituée, je n'esquisse pas un geste pour l'empêcher de s'éloigner. Son torse nu, ses bras dissimulés sous ses bandages blancs, il me balance le vêtement en sautillant pour... *Putain !* Mes yeux s'écarquillent, ma bouche arrondie en un O estomaqué. Il s'échauffe, voilà ce qu'il fait.

Du coin de l'œil, j'aperçois Ichigo sauter sur l'estrade pour rejoindre les tambours et prendre place devant l'un d'entre eux. Denji et Naoya, de leur côté, enlèvent leurs propres vestes pour me les tendre et rejoindre Ryōma au milieu de la clairière. Lorsqu'il me dépasse, Naoya se retourne afin de me tirer la langue. Un reflet du feu attire mon regard sur la boule de son piercing.

— Et maintenant, est-ce que t'as peur, la souris ? braille-t-il, ses tresses indiennes tels deux serpents autour de son visage androgyne couvert de taches de son.

Machinalement, j'avance d'un pas, stoppée dans mon élan par Ryōma qui lève la main de loin pour m'en empêcher. Sans chercher à me rebeller, je reviens sur mes pas.

Le cœur battant à tout rompre.

L'âme en cendres.

Mon pouls...

Mon pouls explose dès que, après s'être rangés en deux camps, les participants se massent autour du foyer principal, à demi nus pour éviter que leurs fringues ne prennent feu et provoquent des blessures encore plus graves. Une poignée de types, vêtus de blanc, passent entre eux pour... *Merde, merde, merde !* Sans un début d'hésitation, ils mettent le feu aux longues perches de bambou éparpillées sur la terre alors que les flocons tombent, si légers qu'au contact de la chaleur, ils fondent instantanément.

Naoya a vu juste. J'ai peur. Je suis excitée... et je panique à mort. Je... je ne sais plus. Enfin si, je sais une chose. Je l'aime. J'aime cet homme à en devenir dingue.

Les musiciens prennent de l'élan pour abattre leurs baguettes sur les tambours et marquer ainsi le départ.

Les participants se baissent aussitôt que résonne le premier gong afin de ramasser les tiges sans se soucier qu'elles soient en feu. Les flammes dansent entre leurs mains nues, autour d'eux, les étincelles volettent lorsque les bambous se fracassent les uns contre les autres. La fumée s'accroît, les vapeurs s'épaississent, suffocantes. Garder mon regard rivé sur Ryōma se complique de seconde en seconde.

L'impression que l'on m'écartèle de l'intérieur pour y fourrer ces flammes qui me torturent lorsqu'elles l'effleurent me saisit à la gorge. L'envie dévorante de le rejoindre pour le protéger martèle mes tempes au moment où une perche frôle son visage de beaucoup trop près.

Je n'ai jamais été aussi proche de la combustion spontanée. Aussi près de rendre mon dernier souffle. Et, paradoxalement, je ne me suis jamais sentie aussi vivante. À croire qu'à chaque coup que Ryōma porte pour rejoindre la ligne adverse, c'est de moi dont il cherche à se rapprocher. Comme s'il s'adonnait à un rite païen en mon nom. En *notre* nom.

Les gourdins sur les tambours deviennent des battements de cœur. De mon cœur nourri par un torrent de lave qui calcine tout ce qui n'est pas Ryōma.

Les gerbes orangées se révoltent et serpentent dans la nuit noire ; les cendres se déposent sur ma peau en une pellicule grisâtre. D'un geste agacé, j'écarte une mèche de cheveux échappée de mon élastique sans essuyer la larme solitaire qui roule sur ma joue. Le voir se battre sans jamais abandonner contre les autres, contre lui-même aussi, pour continuer à avancer quoi qu'il arrive, est le reflet parfait de cette vie qu'il a vécue. En tout cas, jusqu'à notre rencontre. Parce que je me fais une promesse : celle de le protéger, de lui donner l'amour qu'on lui a refusé. D'être sa famille. Ces souvenirs qu'il nous fabrique au cœur de ces heures battues par la nuit, ils ont le goût de l'amour, de la lutte. De lui, de moi. *De nous.*

Un cri m'échappe lorsqu'un bambou percute ses côtes. Il bondit, la main sur son flanc, puis fonce avec la souplesse d'un fauve en pleine détente. Il me semble que ce spectacle dure des heures. Des heures pendant lesquelles je meurs un peu, puis renais. Pendant lesquelles je souffre, et je ris quand

Denji se sert de Naoya comme d'un bouclier en le jetant littéralement sur leurs adversaires.

Je réalise que, même si je ne vivrai peut-être plus les hivers du Kansas à l'avenir, j'ai la chance d'avoir trouvé mon équilibre. Là, sous la neige, alors que les flammes virevoltent et que la chaleur lèche ma peau sous mes vêtements.

Chaque seconde, il me prouve encore et encore qu'il me choisit. Dans les cris, les émanations blanchâtres, la bousculade, la peur et l'obstination. La sienne, d'avancer. La mienne, de ne pas céder à l'envie de détourner les yeux.

Quand les tambours annoncent la fin de l'affrontement, dès que l'un des participants franchit la ligne adverse, je libère le soupir de soulagement qui m'étranglait. Et respire de nouveau lorsque Ryōma se précipite sur moi et me soulève, ses bras enroulés sur mes reins en se fichant royalement des regards choqués ainsi que des blessures récoltées cette nuit.

L'aube pointe déjà, caressant l'obscurité de ses coups de pinceau rosés, la peau dorée de mon Senpai est grise sous la pellicule de cendres, il sent atrocement la fumée et moi... je suis juste heureuse.

— *Aishteru*[20], *Ryōma Senpai.*

Campée devant la porte de la chambre que les trois capitaines des T-KO se partagent à l'auberge, je me lamente, les yeux faussement larmoyants.

— Je ne comprends pas... Je ne comprends vraiment pas...

— Et quoi donc, Juno-chan ? demande Denji, curieux.

Ensevelies sous les cendres, ses mèches n'ont plus aucune couleur, si ce n'est un affreux gris souris. D'un mouvement du menton, je désigne son pote.

---

[20] « Je t'aime », en japonais.

— Comment il a pu réchapper au feu ? Les démons ne sont pas censés griller en enfer ?

Naoya se marre, presque malgré lui. La fatigue aidant, il ne réussit pas à jouer au mec blasé. Ichigo, de son côté, ressemble à un ramoneur. Seule la ligne de ses dents, d'une blancheur éclatante, apparaît au milieu de son visage masqué par la suie. Ça, ajouté à une brûlure de la taille de mon poing qui s'étale sur son torse et dont il ne s'émeut pas. Pourtant, rien que de voir la chair calcinée, j'en ai mal pour lui. Au lieu de s'en préoccuper, il paraît juste... ennuyé. D'ailleurs, il m'adresse un sourire discret, puis attrape Denji par le poignet pour le tirer à l'intérieur de la chambre. Naoya claque des mâchoires à mon attention avant de soupirer, théâtral, et signe :

— Banchō... Laisse-moi en finir avec elle... On a toute la place du monde pour l'enterrer dans ce coin perdu... Tu te sentiras un peu seul au début, mais tu sais qu'elles t'attendent toutes dans le kabuki-chō...

Un grondement jaloux étrille ma gorge, à l'inverse du rire étouffé qui s'évade d'entre les lèvres noircies de Ryōma.

— C'est moi qui vais venir visiter ta chambre quand tu dormiras, histoire de... tu sais, lancé-je en agitant les mains pour Ryōma. *Un oreiller, ton sort sera réglé et moi, je serai la plus heureuse des femmes.*

— Banchō ? Tu laisses passer ?

— Si ça la rend heureuse, je lui tendrai l'oreiller.

— T'es le pire des leaders, Sawa-san. Je me barre, vous me débectez...

La porte coulisse sur son rail pour se refermer sur Naoya, nous laissant seuls tous les deux dans le couloir. Les veines qui pulsent encore sous l'effet de l'adrénaline, je me dirige vers la nôtre, aussitôt empêchée par la main de Ryōma qui s'enroule autour de mon poignet. Ses doigts frais sur ma peau brûlante entraînent une chair de poule virulente qui se propage à toute vitesse sur mon épiderme.

Je lève un regard interrogateur vers lui qui, un sourire mystérieux aux lèvres, secoue la tête. Il porte ma main à ses lèvres, en embrasse chaque extrémité, la délicatesse de son geste démentie par son expression bien plus sombre, avant de la libérer pour signer.

— *Pas ici.*

— *Je ne suis pas contre dormir à la belle étoile, mais dans quelques mois, alors... Quand le printemps sera revenu. Parce que j'ai déjà dû perdre un ou deux orteils à cause du froid cette nuit...*

Son rictus se creuse, éblouissant sur son visage pommelé de taches de la couleur de l'ardoise. Il se redresse en une attitude flirtant outrageusement avec l'arrogance, et force m'est d'admettre que cette attitude est affreusement sexy. Je pourrais avoir honte de le penser... Si le désir ne consumait pas mes artères.

Son bras s'enroule autour de ma taille pour me ramener contre son torse huilé par le parfum persistant du feu.

— La belle étoile, oui... Pour ce qui est de dormir, en revanche...

Pas un mot de plus tandis qu'il m'entraîne à l'étage supérieur jusqu'à une chambre dont il déverrouille le panneau. Sans me laisser le soin d'explorer les lieux et tenter de comprendre pourquoi nous avons atterri ici, au lieu de la pièce où nous avons dormi plus tôt dans la journée, Ryōma me hisse sur son épaule. Direction la salle d'eau. En moins de temps qu'il m'en faut pour dire « oups », me voilà nue, tout comme lui. Nos fringues ont volé, mon élastique retiré pour libérer mes cheveux qui auraient besoin d'un sérieux coup de ciseaux, ses appareils auditifs abandonnés sur le rebord du lavabo.

Son corps lové contre mon dos, son érection calée contre la naissance de mes fesses, il entreprend de masser mon cuir chevelu. À croire que je suis celle qui vient de passer une nuit de folie... Enfin oui, c'est bien le cas, mais la différence est que je n'ai pas eu à lutter, si ce n'est pour ne pas tomber dans les pommes lorsque les bambous le frôlaient d'un peu trop près à mon goût. Le bruit de l'eau résonne contre la faïence, perçant la bulle de ouate dans laquelle la chaleur humide nous enferme. Un sentiment de pure satisfaction éclot sous la pression de ses doigts à mesure qu'il lave mes cheveux, puis dérive, ses paumes pleines de mousse, le long de mon dos, de mon ventre, de... Un gémissement de plaisir taquine ma trachée quand sa main enveloppe ma gorge. En réponse à la vibration qu'il perçoit sous sa paume, la sienne laisse échapper un son de désir si caverneux qu'une vague de fond soulève mon ventre. Si autoritaire qu'il ricane, alors j'attrape ses doigts pour les diriger plus au sud, là où je me sens si vide sans lui. Où j'ai besoin qu'il s'enfouisse afin de respirer, sa peau soudée à la mienne. Toutefois, Ryōma ne l'entend visiblement pas ainsi. À l'inverse, il s'éloigne, puis fouette mes fesses pour m'obliger à faire volte-face.

La tête penchée de côté, il m'observe de sous la frange épaisse de ses cils si longs qu'ils projettent une ombre sur ses pommettes grâce aux mini-spots multicolores incrustés dans les murs.

— Va sur la terrasse, m'intime Ryōma, sa voix malaisée assourdie par le jet de la douche encore activé. Je te rejoins, le temps de me débarrasser de la cendre.

— Toute nue, bien sûr, le nargué-je, amusée, en croisant les bras sous mes seins.

Son regard s'affûte en une lame tranchante. Il bloque sur mes tétons érigés, s'en arrache pour suspendre ses yeux aux miens puis… repart machinalement sur ma poitrine. Sa pomme d'Adam joue au yo-yo, ripe contre la peau fine de sa gorge, son impassibilité légendaire envolée loin dans la stratosphère. Enfin, après s'être battu contre lui-même, il épingle mes épaules pour me rapprocher de lui d'un mouvement sec.

Son nez effleure le mien, caresse ma joue, frôle mon oreille avant qu'il ne chuchote :

– *Nue*, confirme Ryōma avec un sourire de loup.

– Hein ? T'as pris un bambou sur le crâne ou quoi ?

4

Ryōma

J'ai toujours pensé que le karma, ou je ne sais trop quelle autre instance supposée supérieure, m'avait dans son collimateur. Finalement... je crois que la roue du Destin a dû tourner en ma faveur. Comment je le sais ? Parce qu'au moment où j'entre à mon tour sur la terrasse, environ cinq minutes plus tard, je trouve Juno immergée dans le *onsen*[21] privé que j'ai réservé pour cette nuit, nue et souriante. Alors oui, la seule pensée qui me vient à l'esprit est que j'ai gagné. J'ai fini par vaincre les démons que mon enfance, puis mon adolescence, ont façonnés. J'ai cru crever à bien des occasions au fil des années, mais Juno... Si elle ne les a pas détruits, il n'y a qu'entre les bras de ce petit bout de femme que je réussis à les maintenir à distance. Leurs stigmates resteront toujours gravés dans un recoin de mon âme, et ce, jusqu'à la fin de cette existence-ci, mais je sais que tant qu'elle, elle sera là, j'irai bien.

Dès qu'elle prend conscience de ma présence, ses yeux s'illuminent de plaisir avant de permuter sur un mode plus lascif. Elle se recule contre le bord du bassin, les bras écartés sur la margelle de bois en dépit du froid.

— Aurai-je le droit à un strip-tease de Ryōma Sawa ? Je suis flattée.

---

[21] Bain thermal japonais.

Elle se lèche la lèvre avec gourmandise.

— Fais tomber le yukata, *Senpai,* ordonne-t-elle, souriante. Après tout, je vois déjà une épaule...

Mon regard suit la direction du sien, qui bloque sur la manche que je n'ai pas enfilée et qui laisse une partie de mon torse dénudée. Lorsque j'attrape ses yeux ainsi que ses pensées, je dénoue le vêtement sous lequel je suis aussi nu qu'elle peut l'être. Le choc de l'eau brûlante et bouillonnante me saisit quand je m'immerge à mon tour. Une fois dedans, je ne joue pas la patience et me jette littéralement sur Juno pour l'emprisonner. Mes bras de chaque côté d'elle, mes cuisses calées entre les siennes, alors que la neige tombe de plus en plus fort sur nous. L'amour inconditionnel que je lis dans le miroir de ses iris me sauve encore un peu plus qu'il y a ne serait-ce que dix minutes. Mutine, Juno ceinture mes hanches à l'aide de ses jambes et tire la langue afin d'aspirer un flocon, avant de se mettre à rire. Et elle rit encore plus fort, libre comme jamais quand, d'un profond coup de reins, je m'enfonce entre ses chairs en ramenant son visage vers le mien pour l'embrasser, mais aussi capturer son éclat de rire. Ce baiser n'a rien d'une œuvre d'art en la matière. Au contraire, il est totalement bancal. Nos dents cognent, nos nez s'écrasent l'un contre l'autre, je rate sa lèvre, elle rit plus fort. Quant à moi, moi... je réalise que l'hiver n'est décidément pas si froid ni solitaire. C'est pourquoi ce baiser, je l'enferme au creux de moi pour les jours plus sombres. Parce que Juno... elle est l'ange un peu dingue qui les éclaire. Qui y met le feu pour apporter l'amour dans mon ciel obscur et ravagé.

J'ai rencontré l'amour un jour de printemps. Il a éclos sous le soleil d'été. À failli m'être arraché en automne. Et m'a rendu la vie en hiver.

Merry FUCKING Christmas

Nouvelle dans l'univers de la série
Heart Players de Alice DesMerveilles

1

Teterboro Airport, New Jersey
23 décembre
8 heures

Max

Je vais m'envoyer en l'air, ce week-end. Figurativement, puisque le jet s'apprête à décoller, *et* littéralement.

Je vais baiser avec ma femme.

Trois fois par jour, minimum. Levrette, amazone, balançoire, cuillère, lotus, cavalière, andromaque inversée, fusion en X...

Fusion en X ?

Les yeux plissés, j'étudie la position dans le Kamasutra que j'ai téléchargé à l'aéroport, dans l'idée de m'occuper durant les dix heures de vol qui séparent New York de la Laponie, en Finlande.

— Quel mauvais coup tu prépares, encore ?

Assise sur le siège à côté de moi, Fall m'étudie d'un air à la fois amusé et attendri. Ses cheveux sont coincés dans une grosse écharpe en laine, mais une mèche d'un roux foncé s'en échappe pour tomber devant ses yeux, qui sont de la plus jolie couleur du monde. Je la cale derrière son oreille.

— Qu'est-ce qui te fait dire ça ?

— Facile ! s'exclame Lily, qui ne peut pas s'empêcher de s'immiscer dans notre conversation et, par la même occasion, de me casser les couilles. Tu souris de ton air machiavélique, espèce de malade !

Je lève les yeux au ciel et décide de l'ignorer.

Passer les vacances d'hiver, et plus particulièrement Noël, tous ensemble, c'était l'idée de Maël pour faire plaisir à Lily, qui termine ses études de médecine. C'est *sa* fête préférée. Alors, chaque année, on a droit à la version la plus hystérique, la plus timbrée et la plus insupportable de Lily Johnson.

Elle nous inflige des activités en groupe. Des « ateliers », comme elle adore les appeler. Guirlandes et boules pour décorer le sapin, petits biscuits et marathon films de Noël font partie de notre quotidien, du 1er au 25 décembre.

À mon plus grand regret, les enfants adorent leur tante Lily. Maverick et Hope attendent les vacances scolaires avec autant d'entrain que leur copine blonde et irritante, qui devrait avoir cessé de croire au père Noël, à son grand âge.

Cette dernière pose justement une main amicale sur l'épaule de ma femme.

— Préviens-moi, s'il t'embête...

Munie d'un sourire complice, Fall hoche la tête tandis que le parasite hyperactif – et obsédé par les guirlandes – rejoint son siège.

Je *déteste* les vacances scolaires.

Ne vous méprenez pas, j'adore mes enfants.

Ils ont simplement atteint cet âge compliqué. Ils posent des questions tout le temps, sur tout, mais particulièrement sur rien.

Et ils sont là, chaque seconde de chaque minute de chaque heure qui compose une journée.

Papa, pourquoi les avions laissent des traces dans le ciel ? Papa, pourquoi on ne va pas faire du ski, en été ? Papa, comment font les poissons pour faire des bébés ?

Ça. Ne. S'arrête. Jamais.

Et tu te retrouves, un mardi soir, *random*, à regarder un documentaire sur les animaux marins, et tu ne sais toujours pas comment font ces putains de poissons pour baiser.

Mais le pire dans tout ça, c'est qu'ils accaparent l'attention de Fall, qui me manque jusqu'à ce qu'ils retournent *enfin* à l'école.

Ma vie sexuelle est un désert, et il n'y a pas la moindre oasis en vue.

Je souffre, Fall souffre, mes amis et anciens coéquipiers souffrent par procuration, et mes joueurs, que j'entraîne trois fois par semaine, me détestent.

« Vous devriez vous envoyer en l'air, coach, ça ne vous ferait pas de mal ! », m'a taquiné l'un de ces petits cons, mercredi dernier. L'entraînement a été si intense qu'ils sont rentrés chez eux en boitant.

Si je ne baise pas, eux non plus.

Mais ce week-end, je mets fin à notre agonie.

Mes amis sont là. Pendant qu'ils iront rendre visite au père Noël avec les enfants, je compte bien enfermer Fall dans la chambre et ne la laisser sortir qu'au moment de découvrir ses cadeaux sous le sapin.

Même May-Lee, la fille de Ted et Ash, peut s'occuper de divertir mes jumeaux maléfiques. Elle est plus grande, et elle les adore.

— Tu souris encore..., commente Fall.

Elle a retiré son écharpe, ses cheveux sont emmêlés par l'électricité statique et ses taches de rousseur sont accentuées par la rougeur qui colore ses pommettes.

— T'es tellement belle, putain... Tu voudrais pas faire une fusion en X avec moi, là, tout de suite ?

Elle penche la tête sur le côté, un sourire enfantin collé aux lèvres tandis qu'elle range les instructions de sécurité sous son siège.

Elle est comme ça, c'est une bonne fille bien éduquée.

— Une fusion... Lâche ce foutu Kamasutra, Max. Tu te fais du mal, pouffe-t-elle. On va décoller, attache ta ceinture.

Je fais mine de bouder, mais je n'arrive pas à prétendre être fâché bien longtemps. Lorsqu'elle cale sa joue contre mon épaule et me fixe avec ses yeux remplis d'étoiles, je retombe amoureux.

Pour la septième fois depuis le début de la journée.

Et il n'est que huit heures du matin.

2

Laponie
23 décembre
20 heures

Fall

Parfois, il m'arrive de repenser au soir où Max m'a demandé de l'épouser. À l'heure qui a suivi, celle où il s'est enfoncé en moi sans protection, lorsqu'il m'a dit : « Tu veux un bébé, Fall ? »

Il faut être un peu cinglée pour dire « oui » dans un moment pareil.

Et carrément fertile pour que ça fonctionne du premier coup.

Max aime vanter les mérites de ses spermatozoïdes.

Quant à moi, je pensais que j'aurais un peu de temps pour me préparer. Mais trois coups de reins et un orgasme plus tard, *bim !* J'étais enceinte de jumeaux.

J'aurais dû m'y attendre, je me suis sentie ovuler à la seconde où cet homme a posé ses yeux gris et trop tristes sur moi. Sans oublier que ce soir-là, il portait un costume noir. Autant dire que mes ovaires et moi, on était foutus.

Je laisse échapper un soupir, à mi-chemin entre l'exaspération et l'émerveillement lorsque le chalet apparaît enfin, blotti sous un manteau de neige.

Son toit croule sous une épaisse couverture blanche, et chaque rebord de fenêtre est encadré de guirlandes dorées qui scintillent comme des étoiles figées dans l'air glacé.

À mesure que nous approchons, une fine fumée s'échappe de la cheminée en pierre, embaumant l'air de bois brûlé.

Le chalet est magnifique, sorti d'une carte postale ou d'un vieux conte nordique oublié. Un havre d'intimité et de magie posé là, au bout du monde.

Lily, surexcitée, se jette dans la neige fraîche avec les enfants et tente de dessiner des anges, bras et jambes battant frénétiquement.

Du coin de l'œil, je surprends Maël qui l'observe d'un regard doux et attendri.

Quand elle revient vers lui en courant, les joues rougies par le froid et un sourire démesuré collé au visage, il l'embrasse sur le nez avec un naturel déconcertant. Pourtant, il détourne les yeux de Lily juste après, un peu gêné. Lui qui est toujours sûr de lui et imperturbable les trois quarts du temps, ça ne lui ressemble pas.

Suspicieuse, je plisse les paupières. Mais à peine a-t-il croisé mon regard qu'il détourne le sien, comme un ado pris la main dans le sac.

Et je m'y connais, Hope passe son temps à faire des bêtises et se vanter quelques jours plus tard de ne pas avoir été surprise.

— Je n'ai plus de réseau, grogne Summer. Je suis persuadée que c'est l'endroit le moins connecté de la planète.

Son ton s'accorde au paysage glacé. Sa chevelure blond polaire tombe en vagues parfaites dans son dos sans qu'un seul flocon ose s'y poser. Dans sa combinaison rouge, elle ressemble à une reine de Noël échappée d'une publicité pour Chanel.

— On a encore beaucoup de choses à gérer, insiste-t-elle. La collection printemps est loin d'être bouclée. Je n'ai pas répondu aux partenaires. Il faut absolument que je trouve un moyen d'accéder à Internet.

Comme souvent, son regard rencontre celui de Liam.

Au début, Summer l'aidait avec le côté administratif et légal de son entreprise. Aujourd'hui, elle se consacre entièrement à la marque de luxe de sa petite amie. Cette dernière rencontre tellement de succès qu'on ne les voit presque plus. Toujours en vadrouille aux quatre coins du monde, logées dans les hôtels les plus prestigieux qui existent, pour le plus grand bonheur de ma grande sœur.

Mais surtout, et même si ce n'est pas son genre de l'admettre à voix haute, elle est extrêmement fière de Liam, de ce qu'elle a accompli.

— Il y a un bar à quelques kilomètres, intervient Lily. On pourrait aller boire un verre pendant que Max et Fall gardent les enfants ! Vous vouliez rester à la maison, ce soir, non ? Pour vous reposer...

Lily pense bien faire, mais je la déteste un peu, à cet instant. Ils devaient faire une activité tous ensemble pour que Max et moi, on se retrouve tous les deux. Parce que ces dernières semaines, il a plus démonté le mobilier que mes fesses.

Oh, bon sang, je commence à penser comme lui !

Mon regard paniqué croise celui de Max, qui lance à Lily un coup d'œil assassin.

Alors qu'il semble sur le point de cracher du feu sur sa némésis – mais aussi sa préférée – Hope, Maverick et May-Lee lui sautent dans les bras.

Son visage se détend tandis qu'il soulève les trois enfants dans les airs et tourne sur lui-même afin de les faire voler.

— OK..., soupire-t-il. Mais demain matin, je veux que vous soyez tous partis. Si le chalet n'est pas vide au lever du soleil, je vous mets tous dehors. Et je me fous que vous vous geliez les couilles dans la neige.

May-Lee ricane, la main devant la bouche, comme si c'était elle qui venait de dire un gros mot.

— Max, putain ! gronde Ted, qui mord l'intérieur de sa joue, réalisant que lui non plus ne sait pas retenir les grossièretés qui lui échappent comme de la ponctuation.

Dès que je pousse la porte, une chaleur enveloppante me cueille. Ça me fait l'effet d'un baiser au creux du cou. L'odeur du feu se mêle à celle du chocolat chaud qui nous attend sur le buffet et des effluves de pain d'épices.

À l'intérieur, le bois règne en maître. Poutres apparentes, mezzanine cosy et tapis moelleux...

Lily pousse un cri émerveillé devant le sapin géant, décoré jusqu'à la cime de rubans de velours rouge et de boules argentées.

— C'est toi qui as organisé tout ça ? s'exclame-t-elle en se tournant vers Maël.

À nouveau, le comportement de Gellman dénote avec sa personnalité. Un sourire timide se dessine sur son visage tandis que le bout de ses oreilles rougit d'embarras.

Depuis le canapé, Max m'observe avec un sourire en coin.

Tandis que les autres se battent pour savoir lequel utilisera la salle de bains le premier, je serre la tasse fumante entre mes mains et avance vers les grandes baies vitrées, en chaussettes sur le parquet chauffé. L'immensité blanche se dessine devant moi. Dehors, la nuit tombe sur les sapins aux épines givrées.

— Tu ne saurais pas ce qui lui arrive, par hasard ? me demande Lily d'une voix incertaine, trahissant son inquiétude et sa fragilité.

Je lui adresse un regard compatissant et fais de mon mieux pour lui offrir un sourire rassurant.

— Je ne sais pas trop, désolée. Peut-être que le trajet l'a épuisé ?

Une ombre passe sur le visage de mon amie, qui semble triste, tout à coup. Elle laisse échapper un soupir.

— Il est comme ça depuis que les vacances sont réservées. À chaque fois que j'essaye de lui en parler, il détourne le sujet, ou il m'assure que tout va bien. Mais je le connais par cœur ! Maël est mon meilleur ami. Et je...

Sa voix tremble un peu et mon cœur se serre. Maël et Lily sont ensemble depuis des années. Je n'imagine pas une vie où ils seraient séparés. Malgré les années, leur dynamique reste inchangée. Ils se taquinent toujours et semblent s'aimer comme au premier jour.

J'ignore ce qu'il se passe dans la tête de Maël, mais si c'est assez grave pour qu'il refuse d'en discuter avec sa copine, peut-être que je devrais m'en faire, moi aussi.

— J'ai peur d'avoir fait quelque chose de mal, admet-elle à voix basse. Je sais que je suis insupportable, parfois. Surtout en période de fête. Peut-être que j'ai été trop exigeante sur les décorations ? Tu crois que ça y est, il s'est lassé de moi ? Je n'ai pas envie de le perdre, j'en mourrais !

Je suis trop sensible pour avoir ce genre de conversation sans me mettre à pleurer à mon tour. Alors, je fais ce qui me semble le plus approprié dans ce genre de situation, le genre où l'on ne trouve plus les mots pour réconforter ceux qui nous sont chers. Je serre Lily dans mes bras et lui promets que tout ira bien, qu'elle n'est pas si chiante que ça et que

Maël l'aime. Quoi qu'il se passe, ils règleront ça ensemble, comme toujours.

Du coin de l'œil, Max nous observe, pensif. S'il y a bien une personne qui est au courant, c'est lui.

Maël le considère comme un frère, et il ne se passe pas une semaine sans que Max débarque chez le couple à l'improviste, juste parce qu'il lui manque.

Ils habitent pourtant dans la maison à côté de la nôtre...

— Ce n'est pas si grave, Lily..., murmure-t-il d'un ton qui prouve qu'il culpabilise de ne pas pouvoir la rassurer.

Un éclair de réalisation tapisse les traits de la blonde, qui pointe un doigt accusateur en direction de mon mari.

— Tu sais !

Les sourcils haussés, Max la provoque d'une expression qui veut dire : « Vas-y, essaye de me faire parler, pour voir... »

— Je connais mieux l'anatomie de ton mec que toi, affirme-t-il avec condescendance, et un brin de jalousie. Évidemment que je sais.

Parfois, je jurerais que mon mari est amoureux de son meilleur ami.

— Argh ! grogne Lily en fonçant sur lui comme une furie.

En quelques secondes, Max la jette sur une épaule, version sac à patates, et Lily retrouve le sourire qui fait d'elle le rayon de soleil un peu *grumpy* de notre groupe d'amis.

Ashley, Ted, Maël, Lily, Summer et Liam sont au bar depuis plus de deux heures. May-Lee a proposé qu'on construise une cabane de matelas, de couvertures et de coussins dans laquelle Max nous a lu une charmante histoire de Noël.

Comme ils n'avaient pas dormi dans le jet, ils se sont écroulés avant que le renne Rudolph n'ait retrouvé ses amis.

Assis à l'entrée de la cabane, Max caresse les cheveux de notre fille.

— Ils dorment, murmuré-je.

— Mmh...

Il relève ses yeux gris vers moi, comprenant le sous-entendu.

— Mais ils sont tellement mignons quand ils arrêtent de sautiller partout, constate-t-il avec la moue du papa gaga de ses enfants. Tu veux pas qu'on en profite encore un peu ?

Attendrie, je laisse échapper un petit rire et pose ma tête dans le creux de son épaule, là où il fait toujours chaud.

— Pas de fusion en X, alors ? le taquiné-je.

Je le surprends à mordre l'intérieur de sa joue pour réprimer un rire.

— Accorde-moi cinq minutes et je te fusionne avec tout l'alphabet.

Là, c'est moi qui pouffe dans son cou.

Malheureusement, notre sérénité ne dure qu'une seconde, car l'instant d'après, la porte d'entrée claque avec force et des bruits de talons aiguilles résonnent sur le parquet.

Maverick est le premier à se réveiller, vu qu'il a le sommeil léger. Les filles suivent juste après.

— Tu ne comprends jamais rien ! gronde Summer, une détresse évidente dans la voix.

Le regard de Max croise le mien.

— Je comprends surtout que tu viens de me faire une scène pour rien !

— T'avais pas le droit de lui sourire.

— Mais je ne lui ai pas souri, putain !

3

Laponie
23 décembre
21 h 30

Summer

Le bar est minuscule. Une cabane en bois qui sent la fumée, le renfermé et l'alcool bon marché. Le genre d'endroit typique dont les touristes raffolent, j'en suis sûre. Parce qu'il coche toutes les cases : chaleur rustique, plat du jour et rennes attachés dehors.

Les quelques habitués, affalés au bar, m'indiquent que la serveuse – aussi la patronne du bar – leur offre souvent les derniers verres avant la fermeture.

Elle porte une horrible chemise jaune à larges carreaux rouges, et c'est assez de mauvais goût pour me donner envie de vomir. Ses cheveux sont aplatis sur son crâne, et son teint terne ainsi que ses yeux sont trop dirigés vers Liam qui, elle, s'amuse avec Ashley, son insupportable meilleure amie.

OK... Peut-être qu'elle n'est pas aussi affreuse que ce que j'imagine.

Calée contre une table à côté du poêle en fonte, je supplie les dieux nordiques, les rennes et ce satané père Noël de m'accorder une barre de réseau. Ça ne fonctionne pas, bien sûr. Je suis condamnée à passer le week-end sans connexion.

Liam a abandonné tout de suite, me promettant qu'on remettrait le nez dans nos affaires dès qu'on serait de retour à New York, que la marque pouvait très bien vivre quatre jours sans nous, mais...

Je me sens inutile.

Et ce sentiment nauséabond grandit dans mon ventre à mesure que le temps passe sans que je puisse me connecter.

Putain, je déteste avoir l'impression de la décevoir !

Et c'est sûrement le cas, sinon, elle passerait du temps avec moi, plutôt que de danser avec Ashley. Une bière entre les doigts, elle trémousse ses hanches en riant aux éclats. Et je sens, à la tension dans ma mâchoire, que mes molaires ne vont pas résister au voyage.

Ses boucles brunes se fondent dans le pull noir qui moule ses épaules et sa poitrine à la perfection. Ses fesses sont mises en valeur dans un Levis usé, le genre que seules les nanas stylées peuvent se vanter de porter.

Et ce sourire, putain... Celui qu'elle n'a même pas conscience de porter. Celui qui fait croire aux gens qu'ils ont une chance de l'approcher.

Ils ne l'ont pas, bien sûr. Mais ils continuent de la regarder comme s'ils pouvaient l'avoir, et ça m'agace.

L'air se fait de plus en plus irrespirable à mesure que je compte les individus qui la dévorent des yeux.

Elle doit sentir que je l'épie, et me jette un coup d'œil par-dessus son épaule. Pour la troisième fois depuis notre arrivée, elle m'invite à la rejoindre. Je refuse d'un signe de la tête en tentant de ne pas paraître trop désagréable.

Le truc, avec Liam, c'est qu'elle n'attend jamais rien de moi, mais quelque part, j'ai l'impression de ne jamais en faire assez. Et elle a beau me rassurer, me promettre qu'elle m'aime comme je suis, toutes ces merdes qu'on dit à celles qui manquent de confiance, ça ne me paraît pas suffisant.

Je suis *décevante*.

Il n'y a que lorsqu'on est toutes les deux que je peux enfin respirer, tomber le masque et me laisser aller. En présence de nos amis, je redouble sans cesse d'efforts pour tenter de leur prouver que je la mérite. Comme si une part honteuse de moi avait conscience que ce n'était pas le cas.

Et cette serveuse qui continue de la manger du regard comme si elle avait l'intention d'en faire son dîner commence à me taper sur les nerfs.

Focalisée sur l'objet de ma jalousie, je sursaute au moment où Lily pose son coude sur mon épaule. Elle sent l'alcool à la cannelle et une pointe de lavande. Je sais qu'elle est bourrée à la couleur de ses yeux, injectés de sang. Et à son attitude inhabituelle. Ce n'est pas son style de se montrer tactile avec moi, ou de boire jusqu'à en avoir la tête qui tourne.

— T'es triste ? me demande-t-elle, une moue boudeuse accrochée aux lèvres. Je n'aime pas les gens tristes...

— Non.

Mon ton est un peu trop sec, mais ce n'est pas sa faute si Miss Fautes-de-goût dévisage ma meuf avec de la bave aux coins de la bouche. Parce que je suis une femme civilisée, je force un sourire qui n'atteint pas mes yeux. Et comme Lily est dans un sale état, je pense que ça suffit pour qu'elle y croie.

— Et toi ? questionné-je en retour.

Ce n'est pas que je m'inquiète, je ne fais pas partie de ce genre de personnes qu'on appelle quand on a besoin d'aide, ou qui remarquent les détails qui font de vous une bonne amie. Mais...

D'accord, je l'admets, je me suis attachée à Lily. Comme à un membre de la famille qui est là, et qui vous manquerait un peu s'il disparaissait...

— Mon mec me déteste. Il ne peut plus me supporter, confesse-t-elle dans un sourire.

Je suis son regard, qui glisse jusqu'à Maël Gellman, en pleine discussion avec Ted. Aucun d'eux ne nous remarque en train de les épier.

Je hausse un sourcil, parce que rien de ce qu'elle me dit n'a de sens.

— Tu veux dire, le mec qui n'oublie jamais de t'offrir un bouquet de fleurs, qui prépare ton petit déjeuner sans gluten le matin, qui boit ton smoothie aux épinards juste parce que ça te fait plaisir et qui a organisé ce voyage uniquement pour toi ? Ouais, t'as raison, tout le monde voit bien qu'il te déteste.

Parce que l'alcool ralentit sa capacité à réfléchir, elle cligne plusieurs fois des paupières, les yeux brillants et arrondis comme des soucoupes.

— Oui, mais...

— Ou tu veux peut-être parler du type qui t'accompagne à la fac, t'aide à réviser, a organisé un feu d'artifice pour célébrer l'obtention de ton diplôme et n'a jamais cessé de te soutenir tout du long ? Celui qui fait un L à la caméra chaque fois qu'il marque un *touchdown* parce qu'il est fou de toi ? C'est lui, qui ne peut plus te supporter ?

Les joues de Lily rosissent d'embarras.

En une fraction de seconde, elle descend son vin chaud, pousse un soupir de résignation et confesse d'une voix si basse que je dois me pencher pour entendre :

— Peut-être que c'est moi, qui n'en fais pas assez.

Son discours résonne trop en moi pour ne pas me toucher.

J'aimerais la rassurer, vraiment. Mais je n'ai pas encore trouvé les mots adéquats.

D'autant que je sais, moi, ce que Maël a derrière la tête. Et Liam m'a fait jurer de ne rien dire. Fall n'est pas au courant, parce que Max savait que Lily n'aurait qu'à lui faire les yeux doux pour la convaincre de délier sa langue.

Je laisse échapper un soupir empreint de culpabilité.

— T'es la petite amie parfaite à ses côtés, Lily. Toi aussi, tu fais beaucoup pour lui. Et pour Liam, pour Max... Tu sais à quel point ces personnes comptent pour Maël. Tu prends soin d'eux pour lui, aussi, pas vrai ?

Elle hoche vivement la tête, car de mon discours ne transpire que la vérité.

— Et tu lui fais confiance, non ?

— Oui ! Enfin... jusqu'ici, bien sûr. Mais ça fait des semaines qu'il semble tourmenté, et il refuse de m'en parler. J'ai l'impression que c'est lui qui ne me fait plus confiance, tout à coup. Et je me demande ce que j'ai fait pour que...

— Rien du tout, l'interromps-je, pour mettre fin à ses cogitations inutiles. Quoi qu'il se trame avec lui, il t'en parlera quand il sera prêt, OK ?

— OK..., acquiesce-t-elle, trop rapidement à mon goût.

— Bien. Maintenant, dis-moi, est-ce que cette affreuse serveuse a toujours les yeux sur Liam ?

Avec la discrétion d'un éléphant dans un magasin de porcelaine, Lily se tord le cou afin d'observer ce qu'il se passe derrière mon dos.

— Je ne vois pas d'affreuse serveuse, s'excuse-t-elle innocemment.

Elle comprend lorsque je la fusille d'un regard noir.

— Oh ! Oui, bien sûr. Très vilaine. Bouh, horrible serveuse !

— Elle la regarde ou pas ?

Lily pince ses lèvres et ses joues virent au cramoisi.

Les mâchoires contractées au point que cette fois, j'en suis certaine, je vais me briser une molaire, je me tourne vivement afin d'observer la scène par moi-même.

Penchée en avant sur le bar, elle discute avec l'employée. Un putain de sourire charmeur accroché aux lèvres, j'en suis sûre.

— Je suis désolée, Lily.

La blonde penche la tête sur le côté, sous le coup de l'incompréhension.

— Je vais tuer Liam.

4

Bar *Joulupukki*[22]
23 décembre

Liam

Il y a trois choses que je déteste.

Mes cheveux, quand ils refusent de coopérer. Je suis presque certaine que celle-ci parlera à tout le monde.

Les motifs mal associés. Parce que, soyons clairs, il n'y a rien de plus affreux que de côtoyer quelqu'un qui porte un bas rayé et un haut à pois. Genre, comment je suis censée me concentrer ?

Et enfin, Summer. Quand elle ne m'accorde aucune attention de la soirée.

Et pourtant j'ai essayé, putain !

J'ai touché mes cheveux une centaine de fois, enfilé le jean qu'elle préfère me voir porter, et je me suis même déhanchée sur une musique finlandaise qui, pour être honnête, ne me donnait pas du tout envie de danser.

Mais à chaque fois que je lui jetais un coup d'œil, Summer regardait ailleurs.

Surtout son ordinateur, en vérité.

---

22 « Père Noël », en finlandais.

Je suis reconnaissante qu'elle soit aussi investie dans notre entreprise, et honnêtement, je n'aurais jamais réussi à aller aussi loin sans elle, mais j'aimerais qu'elle décroche un peu, parfois.

Bon, OK, on a passé deux semaines aux Maldives, à ne rien faire d'autre que baiser et nager dans la mer turquoise. C'était génial, et Summer n'a pas parlé de boulot une seule fois.

Il n'y avait que nous, les poissons et les bungalows sur pilotis qui m'ont coûté bien trop cher pour ce que c'était. Mais je ne me plains pas. Si Summer Davies est heureuse, j'ai le droit à beaucoup d'orgasmes. Et c'est ce qui compte, non ?

Alors, pourquoi elle semble aussi... froide, tout à coup ? Belle, mais glaciale.

Ça faisait si longtemps qu'elle ne m'avait pas présenté cette façade que j'avais presque oublié combien ça la caractérisait, fut un temps. Je l'aime à toutes les températures, là n'est pas le problème. Mais comment je suis censée profiter de notre escapade en Laponie quand ma blonde préférée a l'air aussi désespérée ?

— Tu aimes ? m'interroge la propriétaire du *Joulupukki*. C'est la bière locale la plus appréciée, ici.

Pour être franche, je lui trouve un goût quelconque, mais hoche la tête par politesse.

Elle papillonne des cils dans ma direction, ses yeux verts plus ternes que ceux, azuréens, que je cherche désespérément dans la foule.

— Fais pas ça, souffle Ashley en portant le goulot à ses lèvres.

Je jette un coup d'œil par-dessus mon épaule pour constater que Summer ne me regarde toujours pas. En revanche, elle a quitté son ordinateur pour discuter avec Lily.

J'arque un sourcil interrogateur à l'intention d'Ashley.

Une mèche rouge s'est échappée de sa queue-de-cheval haute pour tomber devant ses yeux. Amusée, elle secoue la tête de droite à gauche.

— Quoi ?

— Vous êtes trop amoureuses pour avoir des problèmes de communication, affirme-t-elle. Vous n'arrêtez pas de vous jeter des regards, et aucune de vous ne fait l'effort d'aller discuter avec l'autre.

— J'essaye de faire quoi depuis tout à l'heure, à ton avis ?

— Tu bouges ton cul d'un air désespéré.

J'ai beau pincer les lèvres, un pouffement m'échappe.

Ouais... J'ai vraiment l'air désespérée.

— Elle ne veut pas passer du temps avec moi, je lui laisse de l'espace, là.

— Mmh... Eh bien, ça a l'air de marcher, me nargue ma meilleure amie. Rappelle-moi de te demander conseil, quand j'aurai des problèmes de couple.

— Je n'ai pas de problèmes de couple, soupiré-je.

Et c'est vrai, putain ! Je ne sais pas ce qui lui prend, depuis qu'on est arrivés, mais Summer et moi, ça ne nous arrive jamais de ne pas être collées l'une à l'autre aussi longtemps. Le contact physique et les cadeaux hors de prix, c'est notre *love language*.

— Alors, vous venez de New York, c'est ça ? J'ai cru reconnaître un petit accent, intervient la propriétaire, qui décapsule deux nouvelles bières avant de les faire glisser sur le comptoir.

— Oh, on n'a pas demandé...

— Tu as dit quoi ? Je ne t'entends pas ! hurle la serveuse, qui m'offre un petit sourire taquin en montrant ses oreilles. La musique est trop forte !

Agacée, et un peu éméchée, je me penche sur le bar afin de lui faire comprendre qu'Ashley et moi n'avons pas commandé de bière. Son visage est à quelques centimètres du mien, et ça me met mal à l'aise.

— Je sais, chérie. C'est de la part de la maison. Crois-moi, vous allez en avoir besoin, pour vaincre le froid. Une tempête se prépare.

Mes yeux glissent vers les fenêtres. Quelques flocons isolés tombent doucement du ciel. Rien qui présage du mauvais temps. Mais je ne suis pas assez familière avec le climat d'ici pour la contredire.

Une main chaude se pose sur ma hanche. Une nuée de frissons recouvre aussitôt le creux de mes reins, à l'endroit exact où mon pull laisse ma peau découverte – dû à ma position.

— Merci..., intervient Summer dans mon dos.

Ashley sourit, satisfaite. Après avoir levé ce qu'il reste de sa bière à la façon dont on porte un toast, elle se recule pour rejoindre les garçons et Lily.

— ... mais on va payer, ajoute-t-elle, glaciale.

Elle sort des billets de son sac à main, qu'elle pose à plat sur le comptoir. Je ne suis pas familière avec la monnaie locale, mais le pourboire est généreux, pour deux bières.

— Profites-en pour troquer cette horreur contre une jolie robe. Ou n'importe quoi d'autre qui ne ressemble pas à cette chemise.

Mes yeux s'arrondissent de stupeur. Je sais que Summer peut se montrer horrible, parfois, mais là, c'est carrément déplacé et humiliant.

La serveuse rougit, ramasse les billets et disparaît derrière le bar.

— Tu me fais quoi, là, *prom queen* ?

Elle déteste que j'emploie ce surnom – je ne l'utilise que lorsque son comportement me rappelle ce qu'elle était au lycée : une garce qui blessait les autres pour oublier que tout pourrissait en elle.

— Tu vas la défendre ? Elle flirtait carrément avec toi, là ! J'étais censée faire quoi, te regarder lui sourire en papillonnant des cils ?

La tête légèrement penchée sur le côté, j'essaye de déceler ce qui ne va pas chez elle, aujourd'hui. À chaque fois que je pense la connaître par cœur, Summer me rappelle qu'elle sera toujours une énigme à déchiffrer.

— Ce n'est pas ce qu'il s'est passé...

— Je t'ai vue lui sourire ! insiste-t-elle.

Parce que la musique est trop forte, je l'entraîne dans le fond du bar en la tirant par le bras.

— Assieds-toi, m'intime-t-elle d'un ton autoritaire.

Je fais ce qu'elle me dit, les fesses sur le bord d'une table oubliée, en retrait par rapport aux autres. Elle sépare mes genoux pour m'écarter les jambes et se placer entre elles, la main posée dans le creux de ma hanche, qu'elle serre avec possessivité.

— Est-ce qu'on nous regarde ?

De son point de vue, elle ne peut voir que le fond du bar, tandis que ma vision s'étend jusqu'au comptoir. Je surprends quelques coups d'œil curieux dans notre direction, peut-être parce qu'on est deux femmes, peut-être parce que je suis assise sur une table.

— Ouais.

Je déglutis avec difficulté, la chaleur qui se dégage de nos deux corps picote ma peau.

Un rictus satisfait étire un coin de ses lèvres.

— Tant mieux.

Elle réduit encore la distance entre nous, une main sous ma cuisse, l'autre derrière ma nuque tandis qu'elle se penche à mon oreille pour murmurer d'une voix chaude, chargée de menace :

— Je vais leur montrer à qui tu appartiens.

Mon cœur s'emballe dans ma cage thoracique.

— On doit parler de ce qu'il vient de se passer, me forcé-je à prononcer.

— Mmmh, marmonne-t-elle entre deux baisers humides et brûlants déposés dans mon cou, le long de ma carotide. Mais je n'ai pas envie de parler.

Il y a un certain désespoir dans le ton qu'elle emploie, mêlé à l'amusement, parce que Summer adore me torturer. Son passe-temps préféré, juste après le shopping.

Ses yeux alternent entre mes lèvres et les deux bouteilles de bière.

— Si elle voulait t'en offrir une deuxième, j'imagine que ça voulait dire que t'as aimé ?

Je hausse les épaules, le ventre contracté par l'anticipation.

— Pas tant que ça.

— Voyons si je peux y remédier.

Elle porte le goulot à ses lèvres, ses yeux d'un bleu glacé ancrés dans les miens.

Lorsqu'elle approche sa bouche de la mienne, mon cœur bat si fort que je crois en mourir.

L'amertume de la bière se mêle au parfum sucré de son gloss à la cerise, les petites bulles éclatent sur nos langues qui se cherchent. Du liquide glisse le long de mon menton pour atterrir entre ses seins, dans son décolleté.

Quand Summer met fin au baiser, je suis à bout de souffle et pantelante.

Elle est tellement sexy, putain ! Et c'est trop injuste, parce que je n'arrive plus à être énervée contre elle. Encore moins à prendre la bonne décision, à savoir : communiquer.

— C'était bon ? me provoque-t-elle d'un sourire vicieux.

Muette, je hoche la tête, les doigts serrés sur le rebord de la table pour m'éviter de m'effondrer.

— Ça n'aurait pas le même goût sur les lèvres d'une autre, n'est-ce pas ?

Je ne comprends même pas qu'elle me pose la question. Comme si ce n'était pas évident.

— Non, abdiqué-je, rentrant dans son jeu un peu malsain.

Ses ongles claquent contre le verre. Elle m'interroge du regard.

— Encore ?

Elle recommence, mais le baiser dure plus longtemps, cette fois. Et lorsqu'elle défait les premiers boutons de mon jean, je la laisse faire, tandis qu'elle cache nos conneries de son corps.

— Je vais te faire jouir, mais il va falloir que tu sois discrète, chuchote-t-elle contre mes lèvres.

Ses doigts se faufilent sous ma culotte en un temps record. Je mords instinctivement dans ma lèvre inférieure au moment où elle effleure mon clitoris.

— T'es trempée, constate-t-elle, d'un ton qui suinte le désespoir. C'est un supplice de ne pas pouvoir te goûter là, tu sais ?

Tandis que ses caresses se font de plus en plus insistantes, elle m'embrasse le cou, allant jusqu'à me mordre parfois. Comme si elle cherchait à la fois à me faire mal et à me dévorer. Ma respiration est haletante, mes joues brûlantes, et je me fiche que des regards indiscrets se posent sur nous à cet instant.

Un gémissement m'échappe, sa main libre se pose instinctivement sur ma bouche. Je lèche l'intérieur de sa paume, sans trop réaliser ce que je fais.

— Sois une bonne fille et jouis pour moi, me supplie-t-elle. Avant que je devienne folle et que je décide de te prendre sur la table.

Pourquoi c'est une mauvaise idée, déjà ?

Mais cette pensée m'électrise au point que je me rapproche du gouffre. Pourtant, Summer ne fait que me caresser. Mais elle le fait exactement comme il faut, exerce la pression parfaite, connaît mon intimité par cœur, au point qu'elle n'a plus aucun secret pour elle.

— Dis-moi que tu m'appartiens.

— Mmmh, articulé-je tant bien que mal.

Ses doigts se figent dans la dentelle de mon tanga, son regard m'assassine.

— Je suis à toi.

Un rictus satisfait recourbe ses lèvres.

— T'es putain de toxique, grogné-je quand elle se remet à me caresser.

— Shh, jouis, c'est tout.

Mon orgasme me frappe avec une violence qui me fait chanceler. Je retrouve mon équilibre en m'accrochant aux épaules de Summer. Et je reste là, un long moment, tandis qu'elle me caresse le dos d'une main en refermant mon jean de l'autre.

Lorsque mon regard rencontre le sien, j'y discerne toujours le même désespoir, la même tristesse que tout à l'heure.

Pour éviter une discussion qu'elle préfère de toute évidence fuir, elle dépose un baiser sur le sommet de mon crâne et déclare :

— On devrait rentrer.

Je hoche la tête. Au moins, au chalet, je pourrai la forcer à communiquer.

5

Aéroport
23 décembre
8 heures

Lily

— Préviens-moi, s'il t'embête.

La boule au ventre et la gorge serrée, je regagne mon siège en essayant de me détacher de cette sensation désagréable que je traîne depuis plus d'une semaine.

Même Max ne semble pas d'humeur à répondre à mes provocations, aujourd'hui. Et il est toujours partant pour se battre avec moi, d'habitude.

Ça aurait pourtant été une distraction bienvenue.

Un sourire de façade plaqué sur mon visage, je regarde la piste de décollage défiler en tentant d'apaiser mon angoisse.

Une main tatouée se pose sur ma cuisse, et la chaleur qui s'en dégage suffit à me détendre un instant.

Je relève la tête pour croiser le regard de celui qui trouve toujours les mots pour m'apaiser, mais il a cette expression indéchiffrable collée au visage. De celles qu'il affiche pour prétendre que tout va bien, alors qu'un truc lui bouffe l'esprit, je le vois bien.

— Je t'ai déjà raconté l'une des premières fois où j'ai pris l'avion ?

Je fais non de la tête, incapable de me détacher du bruit que font les moteurs du jet.

Un sourire doux relève un coin de ses lèvres tandis que sa prise sur ma cuisse se resserre. Il sait que les vols sont une source d'angoisse pour moi depuis l'accident de mon père.

— J'avais huit ans, et j'ai vomi sur la passagère à côté de moi.

Le train d'atterrissage quitte la terre ferme, la cabine tangue légèrement de droite à gauche.

— Tu n'as jamais eu le mal de l'air, pourtant ?

J'essaye de rentrer dans la conversation pour oublier. Je crois que c'est ce que Maël essaye aussi de faire, tout en me parlant.

— On partait à Londres pour un voyage scolaire. On jouait à « cap ou pas cap » avec Max. Juste avant d'embarquer, il m'a défié de boire un litre de Coca.

Un petit rire m'échappe tandis que je les visualise en train de s'amuser à des jeux d'enfant.

— Et ensuite, il m'a défié de m'asseoir à côté de mon amoureuse.

Amusée, je plaque une main sur ma bouche.

— T'as vomi sur ta crush ?!

— J'ai niqué toutes mes chances, boude-t-il.

On rit quelques instants, je me laisse bercer par sa voix et la nostalgie qu'elle contient pendant qu'il me conte de vieux souvenirs. Ça me fait du bien, je sens la raideur quitter mes épaules à mesure que le temps passe.

À un moment, il s'étire, les bras levés au-dessus de sa tête. Dans cette position, son tee-shirt révèle une partie de peau satinée sur son ventre. Je discerne la fine ligne de poils qui mène généralement à son érection, et me retient d'y passer la main pour remonter sur ses abdominaux.

Bon sang, il est tellement hot ! Genre, vraiment, vraiment très hot.

Il ne s'est pas coiffé, aujourd'hui. Ses cheveux noirs retombent sur son front de manière désordonnée.

Je l'aime tellement que je pourrais le manger.

— Maël ?

— Mmmh ?

— On est bien, toi et moi ?

Son regard me fuit un instant qui suffit à nouer mon estomac.

— Tout me semble fade, quand je ne suis pas avec toi. Bien sûr qu'on est bien.

— On est cool ? insisté-je, faisant référence à une époque qui me semble lointaine, quand on prétendait se détester, alors qu'on ne rêvait que de se sauter dessus.

Un sourire amusé illumine son visage. Il écarte une mèche de mes cheveux de sa main et presse sa paume contre ma joue.

— On est plus que *couilles*, Lily.

Mais quelque chose sonne faux dans son discours, dans ses sourires de façade, et même dans son attitude. On se dit tout, lui et moi, pourquoi refuse-t-il de me parler si quelque chose ne va pas ?

Je finis par m'endormir, le cœur un peu brisé.

Max est au courant. Ce connard est au courant et il ne veut rien me dire. Je soupçonne aussi Ashley et Ted de savoir ce qu'il se passe avec Maël. Putain, je ne peux même pas faire confiance à Liam !

Comme à son habitude, Summer ne révèle rien. Qu'elle sache ou pas, son indifférence me conforte dans le fait qu'elle ne me confierait pas grand-chose, même si je la suppliais à genoux.

Et moi, j'enchaîne les verres de vin chaud comme si la réponse à tous mes problèmes se cachait dans les résidus de cannelle.

Ce sont les pires vacances de ma vie, et pourtant, j'ai toujours rêvé de venir ici. Dans ce pays féerique où Noël ne connaît jamais de fin.

Lasse, je laisse échapper un soupir plein de regrets et me retient de jeter un énième coup d'œil à celui que je pensais être l'amour de ma vie. Avec Ted, il semble bien s'amuser. Il ressemble à la personne que j'ai rencontrée. Contrairement à l'inconnu que je fréquente depuis quelques semaines, qui n'arrête pas de rougir en ma présence.

Peut-être qu'il m'a trompée ? Je n'arrête pas de m'imaginer les pires scénarios possibles.

Mais ce qui me rend le plus triste, dans tout ça, c'est que je ne peux pas compter sur mes amis, alors que je suis toujours là pour eux. Je ne l'ai pas fait parce que j'attendais quelque chose en retour, bien sûr, mais...

Je suis dépitée. J'ai la sensation que mon cœur se fait rouer de coups.

— Ou tu veux peut-être parler du type qui t'accompagne à la fac, t'aide à réviser, a organisé un feu d'artifice pour célébrer l'obtention de ton diplôme et n'a jamais cessé de te soutenir tout du long ? Celui qui fait un L à la caméra chaque fois qu'il marque un *touchdown* parce qu'il est fou de toi ? C'est lui, qui ne peut plus te supporter ?

Summer a une façon très factuelle de tenter de me réconforter. Et honnêtement, je crois que ça fonctionne un peu. Parce que tout à coup, mes inquiétudes ont beaucoup moins de sens.

Jamais Maël ne me tromperait. Et... avant le début des vacances, tout était comme cela a toujours été. Je rentrais parfois même lui faire l'amour entre deux gardes à l'hôpital.

Mais je n'arrête pas de me demander si j'ai fait quelque chose de si terrible au point qu'il ne se sente plus à l'aise en ma compagnie, et ça me ravage l'estomac.

Je discute encore un peu avec Summer, jusqu'à ce qu'elle me quitte pour rejoindre Liam. Une histoire de jalousie qu'elles règleront certainement sous la couette. Leur dynamique est particulière, mais elle fonctionne, alors tant mieux pour mes amies.

Et puis merde ! Quoi qu'il ait à me reprocher, il n'a qu'à communiquer. Je n'ai pas à subir ses enfantillages.

D'un pas déterminé, je me dirige vers le quarterback à grandes enjambées, l'index pointé dans sa direction. Lorsqu'il me repère, il arque un sourcil. Je suis persuadée qu'il remarque que j'ai un peu trop bu, et pourtant je m'en fous.

— Tu vas me dire ce qu'il t'arrive, et je n'accepterai pas que tu te défiles, cette fois ! l'avertis-je.

L'ombre d'un sourire narquois se dessine aux coins de ses lèvres.

Mal à l'aise, mais néanmoins amusé, Ted fait mine de regarder partout ailleurs que dans notre direction.

— T'es bourrée, Lily, souffle Maël.

Pas sur un ton de reproche, plutôt avec l'air de celui qui sait qu'il devra s'occuper de ma migraine demain matin.

Parce que c'est ce qu'il fait toujours. Il s'occupe de moi quand j'en ai le plus besoin.

Un fil de barbelés s'enroule autour de mon cœur, et tout à coup, ça devient plus dur de le détester.

— Le vin chaud est excellent, mais ce n'est pas le sujet, mon grand. Pourquoi tu ne me parles pas ? T'as peur de me dire les choses ? C'est quoi qui t'intimide, ma queue-de-cheval blonde ? Mon mètre soixante-dix ? Hein ?

Furieuse, le menton relevé et la nuque tordue pour le dévisager, je plisse les yeux en étudiant son expression, tandis que Maël retient son hilarité.

Pour me taquiner, il me met une pichenette sur le nez qui me fait froncer des sourcils et tanguer sur mes jambes, de moins en moins stables.

Dans un soupir, je laisse échapper, d'une voix brisée par la peur et l'émotion :

— Si tu veux me quitter, tu n'as qu'à me le dire.

Ce n'est qu'un murmure étouffé par les bruits environnants du bar, pourtant, Maël m'a très bien entendue. Et il ne rigole plus du tout, tout à coup. Ses sourcils se froncent, une inquiétude soudaine fige ses traits, et la sincérité qui se dégage de ses yeux noisette manque de me faire pleurer.

Je veux juste me fondre dans ses bras et nous retrouver.

— Je... euh... vais aller voir l'autre côté du bar, hein ? Ça a l'air sympa, annonce Ashley, qui comprend bien qu'elle n'a rien à faire dans cette conversation.

Elle traîne son copain par le bras tandis qu'il jette un coup d'œil à sa montre, avant de regarder Maël avec une certaine inquiétude. Le quarterback lui répond d'un hochement de tête sans me quitter des yeux.

— Tu crois que je veux te quitter ?!

J'ouvre la bouche pour répliquer que c'est bien l'impression qu'il me donne, mais il ne me laisse pas l'occasion d'en placer une.

— Jamais, putain ! Et t'as pas le droit d'y penser un seul instant, Lily. C'est une option que tu n'as pas.

Il s'interrompt une seconde, me détaille de haut en bas et ajoute :

— T'as même pas le droit de mourir. Pourquoi tu penses que... ah, putain, tu me saoules !

Mon souffle se coupe au moment où ses lèvres s'écrasent violemment contre les miennes. Paradoxalement, j'ai la sensation d'enfin pouvoir respirer correctement, maintenant que je le goûte.

Le temps d'un baiser, j'oublie l'angoisse et mon cœur brisé.

Il semble sur le point de tout m'avouer, hésite, mais se ravise. Je lis dans son regard la seconde où il décide que tout est plié.

Ses yeux me quittent un instant pour revenir à Ted. Lorsque je me retourne, ce dernier fait mine de fixer le plafond.

— Je dois... faire un truc avec Greyson. Je te rejoins plus tard, OK ? Rentre au chalet avec les filles.

Je n'ai pas le temps de lui demander ce qu'il compte faire de si important à minuit passé – alors qu'une tempête de neige se prépare – qu'il s'est déjà envolé.

6

Laponie
24 décembre
0 h 30

Ashley

Celui qui a dit « qui se ressemble, s'assemble » avait clairement la vision, quand il m'a confié des meilleures amies toutes aussi insupportables les unes que les autres.

Liam et Summer se sont disputées sur le trajet du retour, et elles se crient encore dessus au moment où on franchit la porte du chalet. Quant à Lily, elle n'a pas arrêté de me poser des questions au sujet de son petit ami.

Il y a eu des moments où je regrettais l'époque où nous étions en coloc', cependant, son insistance me rappelle à quel point c'était fatigant.

– T'as entendu le chauffeur ! Une tempête se prépare. Qu'est-ce que Ted et Maël vont faire dehors, à cette heure-ci ? s'époumone-t-elle, la panique dans le regard.

– Du... Jet-Ski ? tenté-je, à peu près certaine de ne pas l'avoir convaincue.

Les deux mains sur les hanches, elle me bloque le passage dans le couloir, les yeux noirs de rage, et une inquiétude qui m'adoucit un peu, je l'admets.

— Du Jet-Ski ?! répète-t-elle, comme si elle me prenait pour une folle.

Elle hausse un sourcil et je me masse les tempes.

Les choses ne devaient pas se passer comme ça. Maël était supposé prétendre avoir la migraine et rester là pendant que les filles et moi, on divertissait Miss Smoothie. Mais il n'a pas pu s'empêcher de l'accompagner, parce qu'il ne sait pas résister au putain d'air de chien battu de sa petite amie.

C'est pourtant le premier truc qu'on apprend, quand on côtoie Lily. Règle numéro 1 : si elle est à cran, tu ne la regardes pas dans les yeux, ou son hypersensibilité te fera faire tout ce qu'elle veut.

En résumé, les plans ont changé.

— Je ne te crois pas ! affirme-t-elle.

Liam et Summer se crient toujours dessus et je n'arrive plus à réfléchir.

— Pourquoi je mentirais ?

Je suis son regard, qui glisse vers les fenêtres. La neige tombe en flocons si compacts qu'on ne voit plus la forêt qui borde le chalet.

— Ça a l'air dangereux. Donc, s'ils faisaient vraiment du Jet-Ski, tu serais allée avec eux. Tu ne loupes jamais une occasion de risquer ta vie.

Elle exagère, même si elle n'a pas tout à fait tort.

— Je suis une mère responsable, me défends-je, en remettant de l'ordre dans mes cheveux.

— Depuis cinq minutes ?

Je la foudroie d'un regard noir, elle déglutit. Je tente de passer sur sa gauche, elle imite mon mouvement pour me coincer.

— Mais je ne lui ai pas souri, putain ! répète inlassablement Liam, exaspérée.

— Qu'est-ce qui se passe ici, bordel ? gronde la voix de Max, qui apparaît dans le couloir.

Comme par magie, Lily redirige sa colère sur son demi-frère, qui la laisse étrangement passer ses nerfs sur lui.

Lorsqu'il commence à perdre patience – et ça met plus de temps que je ne l'aurais pensé –, il se contente de saisir doucement les poignets de Lily pour l'empêcher de lui marteler le ventre.

— Summer pense que Liam a flirté avec une autre femme, Liam lui certifie que non. Et honnêtement, j'étais là, donc je sais qu'elle n'a dragué personne d'autre. Lily n'est pas vraiment ravie que Ted et Maël soient partis faire du Jet-Ski.

Max plisse les yeux tandis qu'un silence retombe sur le chalet.

Je suis persuadée que Fall est quelque part en train de tendre l'oreille, pour intervenir en douceur si son mari ne parvient pas à détendre l'atmosphère.

— Du Jet-Ski, Ash ? Vraiment ?

Je hausse les épaules.

— Elles m'ont laissée seule avec elle ! accusé-je, en pointant du doigt les coupables.

Liam arque un sourcil, comme pour me dire : « T'es sérieuse, meuf ? »

C'est Lily, putain !

De son index et de son pouce, Max se masse l'arête du nez. Il a l'air exaspéré.

— Summer ! hurle-t-il, de la façon dont un commandant gronde son officier.

Cette dernière le dévisage d'un regard bleu glacé, indifférente quant aux futures réprimandes qui s'apprêtent à lui tomber dessus.

— Liam n'a jamais regardé ailleurs que dans ta direction.

— Apparemment, la barmaid en chemise à carreaux est l'exception qui confirme la règle.

Amusé, l'entraîneur des Giants pince les lèvres.

— Elle pensait probablement à un moyen de rendre sa tenue fashion. Hein, Kohl ?

Il insiste en la transperçant d'un coup d'œil intimidant, comme pour la défier d'oser dire le contraire.

— Elle portait une chemise bûcheron ? questionne-t-elle, une expression dégoûtée collée sur le visage.

Le regard de Summer s'illumine aussitôt, tandis que toute la haine qu'elle renfermait s'effondre d'un seul coup.

— Tu n'as pas remarqué ?

Sa voix s'adoucit, comme à chaque fois qu'elle discute avec sa copine. Mais une simple hésitation la fait se rembrunir.

— T'étais peut-être trop occupée à contempler la couleur de ses yeux.

Liam pousse un soupir, puis saisit à deux mains le visage de Summer. Elle lui écrase un peu les joues, et cette vision énervée de Davies est hilarante.

— Je serais incapable de la reconnaître si je la croisais dans la rue. Je te regardais toi, OK ? Et j'étais triste que tu ne danses pas avec moi, que tu préfères rester dans un coin avec ton ordinateur, et que...

Max frappe dans ses mains avant que la conversation ne tourne trop à l'émotionnel. Et je l'en remercie, car comme lui, je n'apprécie les démonstrations d'affection que lorsqu'elles proviennent de la bouche de celui que j'aime. Les constater chez les autres me donne la furieuse envie de vomir.

— En plus, vous avez déjà baisé. Vous n'êtes pas censées vous réconcilier, après ça ?

— Comment tu le sais ?! s'exclament les coupables d'une même voix, leurs reproches pointés dans la même direction.

— J'en sais rien, putain ! C'est un don dont je me passerais bien. Je ne suis pas le père du groupe, moi. C'est Maël qui gère nos états d'âme, d'habitude. Mais il n'est pas là. Alors, en attendant qu'il rentre, on va devoir faire sans.

— T'as deux enfants, O'Donnel, intervient Lily d'un ton plein de reproches. Tu es *père*.

Il dévisage Lily comme s'il venait de lui pousser une deuxième tête.

— Bien sûr que non ! Fall est maman *et* papa. Moi, je suis leur meilleur pote un peu chelou qui paye pour absolument tout ce qu'ils veulent.

Le gloussement appartient à la cheffe de famille en question, qui nous espionne derrière la porte du salon.

— Alors maintenant, on va tous s'asseoir au coin du feu et se raconter des histoires de Noël, grogne-t-il. Ça va nous aider à travailler notre cohésion de groupe.

Il fait coulisser la porte en bois et pointe du doigt l'intérieur. Plus précisément, la petite cabane de couvertures installée près de la cheminée. Les enfants sont réveillés, et voir May-Lee suffit à réchauffer mon cœur.

Tandis que les autres s'exécutent, je murmure :

— T'as l'air tendu, coach. T'aurais pas besoin de baiser ?

Il m'assassine de ses yeux gris tempête qui n'ont plus rien de triste depuis quelque temps. Cette pensée me fait sourire. Je suis fière de ce qu'il est devenu.

— Cherche-moi encore, Hawkins, et je jure de ne pas lâcher ton mec jusqu'à ce qu'il te pousse des couilles et qu'elles deviennent bleues.

J'éclate de rire.

7

Laponie
24 décembre
2 heures

Lily

Je n'arrive pas à croire que Ted et Maël aient disparu depuis plus de deux heures. Au début, tout le monde semblait trouver ça normal. Sauf Fall qui, comme moi, n'a pas été mise dans la confidence.

J'ai cessé de me questionner sur l'attitude de mon petit ami quand l'inquiétude par rapport à la tempête a pris le dessus. Depuis, j'ai tenté de le joindre un nombre incalculable de fois.

Debout, sur la table, le bras en l'air, le téléphone collé au plafond ou sur les épaules de Max, je ne suis pas parvenue à trouver une seule barre de réseau.

La tempête crée apparemment des interférences avec les satellites ou je ne sais quoi.

Dehors, le vent souffle si fort que j'ai parfois l'impression que le chalet va se faire arracher. Et la neige, que je trouve habituellement réconfortante, me plonge cette nuit dans une angoisse que je peine à dompter.

Les enfants dorment depuis que Summer leur a raconté la dernière histoire. Pas particulièrement à l'aise avec les moins de seize ans, elle est tout de même parvenue à les faire rire avec ce conte du Grinch revisité.

À présent, le tourment s'est répandu partout autour de moi. L'appréhension circule entre mes amis, qui jettent tous des coups d'œil inquiets vers la porte, guettant l'arrivée des garçons.

Et le temps passe tandis que la pièce se fait de plus en plus silencieuse, les bourrasques de vent et le crépitement de la cheminée pour seul fond sonore.

Réfugiée dans les bras de Summer, Liam semble la plus tourmentée. Les tempêtes sont à ses yeux ce que l'avion est aux miens.

— On devrait lui dire, propose-t-elle justement.

— Me dire quoi ?

— Rien du tout, intervient Summer.

— Pas encore, conteste Ashley. Eh, tu te souviens, quand ce connard est venu donner son sang rien que pour avoir l'occasion de te croiser cinq minutes à l'hôpital ?

C'est une tentative pour me remonter le moral et nous faire penser à autre chose, je le sais bien, mais la nostalgie envahit mon cœur, des larmes perlent dans le coin de mes yeux. Je prends une grande inspiration pour les retenir de couler.

Ne pleure pas, ne pleure pas, ne pleure pas...

— T'as pas à faire ça, Lily, intervient Max. T'as pas à faire semblant que tout va bien devant nous.

Je le dévisage, surprise et incrédule.

Parce qu'il n'a pas l'habitude de me démontrer son affection et qu'il ne prend ma défense que dans mon dos, je ne trouve rien à dire.

— Tout le monde n'arrête pas de te dire que t'es excessive, trop émotive et insupportable. Je trouve ça un peu triste que t'y croies. T'es juste hypersensible, c'est pas comme si c'était un choix.

Je déglutis avec difficulté la boule d'émotion qui s'est formée dans ma gorge. Je pourrais fondre en larmes, là, tout de suite, si je me laissais aller.

— Avant de partir, Gellman nous a demandé d'arrêter de te faire chier, m'apprend Ashley, ses mèches rouges ondulées par l'humidité qui règne dans l'air.

Liam confirme d'un hochement de tête, un sourire timide sur ses lèvres couleur cerise.

— T'es une meuf bien, Lily. Les gens qui te reprochent d'avoir un cœur trop grand ne méritent pas d'être dans ta vie.

— Nous y compris, confirme Fall.

Mon cœur bat plus vite, prêt à imploser entre mes côtes. Un à un, je rencontre leurs expressions bienveillantes et la sincérité qui se dégage de leurs regards.

— Je sais que tu préfères ton frère, genre, le vrai, mais moi, si j'avais pu choisir une petite sœur, je t'aurais choisie à chaque fois, admet Max dans un marmonnement quasi intelligible, les yeux partout ailleurs que dans les miens.

— Je t'aurais choisi aussi, murmuré-je.

— Alors… vous ne me trouvez pas insupportable ?

— Si, rétorque Ash aussitôt, mais Liam lui donne un coup de coude pour la réprimander. Enfin, c'est comme ça qu'on t'aime… Mignonne et insupportable.

— Je ne te tolère pas moins que les autres êtres humains, renchérit Summer, une moue taquine collée sur le visage.

— Perso, je t'aime depuis le premier jour, quand on s'est rencontrées en boîte, clame fièrement Liam. Tu voulais que je t'embrasse pour cocher une case de ta *bucket list*, tu te souviens ?

Si un regard pouvait tuer, le corps de Liam serait criblé de balles, en ce moment. Summer me dévisage ensuite, dédaigneuse, les yeux sombres.

— Soudainement, je te tolère beaucoup moins, rectifie-t-elle avec un sourire.

Un pouffement m'échappe, et lorsque je fonds en larmes, Max me prête son épaule, tandis que Fall me caresse les cheveux.

Ils ne sont peut-être pas prêts à l'admettre, mais ils font de très bons parents de substitution quand Maël et moi ne gérons pas l'effervescence du groupe.

Aucun de nous ne ferme l'œil, cette nuit-là. Et la tempête ne faiblit pas jusqu'aux alentours de six heures du matin.

— On va appeler les secours, chuchote Max depuis la cuisine.

— Avec quel téléphone ? questionne Fall d'une voix inquiète.

— Je vais descendre en ville, il doit y avoir un moyen de contacter... Salut, Lily !

Son ton change, mais son hypocrisie ne m'échappe pas.

— J'ai entendu votre conversation. Je viens avec toi.

Pour une fois, il acquiesce sans hésiter.

— Habille-toi.

— Je suis déjà prête, s'exclame Ashley en débarquant, de grosses Moon Boots argentées aux pieds.

— Moi aussi, intervient Liam.

Les enfants sont encore profondément endormis. Fall et Summer sont d'accord pour les surveiller pendant qu'on part à la recherche de Maël et de Ted.

Seulement, lorsque Max tente d'ouvrir la porte, celle-ci reste fermement bloquée.

— Pousse-toi ! s'agace Ashley, qui y met un gros coup de pied.

Le bois craque, pourtant rien ne bouge.

Liam se dirige vers les fenêtres, son visage blême d'inquiétude.

— On a un problème, les gars.

Mon cœur se fige à l'intérieur de ma cage thoracique. La neige monte jusqu'aux fenêtres qui, gelées, sont aussi impossibles à ouvrir. On ne voit que du blanc, comme si le chalet était enseveli.

C'est étrange, je m'attendais à me noyer dans mes larmes, à un moment pareil. Mais rien ne me vient, seulement un vide incompréhensible et une résolution qui me serre la poitrine.

Je crois que mon corps vient d'entrer en état de choc. Comme si, submergé par les émotions négatives, il se protégeait soudain de tout.

Une électrocution émotionnelle.

— Leurs membres sont probablement gelés, à l'heure qu'il est, soufflé-je, des images sordides dans la tête. Oh, mon Dieu ! Peut-être qu'ils les ont déjà perdus. Peut-être qu'ils rampent sans jambes ni bras, et qu'ils essayent de nous rejoindre ?

Max et Ashley échangent un regard inquiet, mais c'est finalement Fall qui intervient.

— On parle de Greyson et Gellman. Je suis sûre qu'ils ont dû trouver un abri pour la nuit. Lily, assieds-toi, je vais te faire une tisane.

— Elle a raison, acquiesce Summer. Ils ont tous les deux survécu à Max, ce n'est pas une tempête qui va les achever.

J'ignore si c'est de l'ironie ou s'il y a une part de vérité dans ses propos, mais le nœud dans mon estomac se desserre, juste assez pour me permettre de respirer et... de fondre en larmes.

Encore.

Je m'apprête à hurler mon désespoir lorsqu'une voix familière me sort de ma torpeur.

— Vous m'entendez ?

D'un même mouvement, nous bondissons tous vers la porte, de là d'où provient la voix de Ted.

— Putain, mais qu'est-ce que vous avez foutu ?! s'emporte Max, qui peut enfin témoigner son inquiétude.

Et il a raison de les gronder.

— Est-ce que Maël est avec toi ? m'impatienté-je, au bord de la tachycardie.

— Je suis là, bébé. Tout va bien chez vous ?

Je me laisse tomber à genoux, le front contre la porte.

— Dis-moi que t'as tous tes doigts.

Je crois entendre un léger rire, étouffé par la porte et la couche de glace qui nous sépare.

— Je n'ai pas encore compté, attends.

J'écarquille les yeux et patiente pour qu'il me confirme qu'il est toujours en possession de tous ses membres.

— Greyson, tu penses que je peux encore te faire des passes correctes sans les pouces ?

Ce dernier pouffe de rire.

— Mec, t'as déjà du mal à viser avec...

Je laisse échapper un soupir, rassurée qu'ils soient encore capables de plaisanter.

— On a dû s'arrêter au milieu de notre périple, ça tombait beaucoup trop fort, explique Ted. Impossible de trouver du réseau pour vous prévenir, on est revenus dès qu'on a pu.

— Mais quelle idée d'aller faire du Jet-Ski par ce temps pourri, à une heure aussi tardive de la nuit ?!

Un silence me répond. Je les imagine échanger un regard interloqué, parce qu'évidemment, ce n'est pas ce qu'ils ont fait hier soir. Et honnêtement, je m'en fiche.

Je suis tellement soulagée d'entendre sa voix que Maël pourrait m'annoncer n'importe quoi.

— On a demandé de l'aide pour déneiger le chalet.

Mon front ne quitte pas la porte jusqu'à ce que l'assistance arrive enfin.

— Tante Lily ? me demande Maverick.

Il a toujours été le plus sensible des jumeaux et possède la douceur de sa mère, mais le regard de son père.

— Mmh ?

— Tu crois que le père Noël trouvera un moyen de venir quand même, par ce temps ?

Je lui souris tendrement avant de lui ébouriffer les cheveux.

— Bien sûr, mon cœur.

Je m'apprête à lui expliquer pourquoi il est impossible qu'il ne vienne pas déposer ses cadeaux, quand la voix d'un homme que je ne connais pas résonne depuis l'autre côté.

— C'est bon, vous devriez pouvoir ouvrir. Essayez.

Je me précipite sur la poignée de la porte lorsque deux mains me saisissent les bras.

— Attends ! intervient Max.

Je me débats quelques instants, avant de réaliser qu'il n'y a aucune urgence.

Néanmoins, lorsqu'un morceau de tissu recouvre ma vision, je panique un peu.

— Je te guide, princesse, fais-moi confiance, souffle Ashley, qui attrape mon coude.

L'air glacial me fouette les joues, la neige crisse sous mes bottes. Je m'accroche au bras d'Ashley pour ne pas trébucher.

— Dites-moi qu'il a encore tous ses membres. C'est parce qu'il est estropié que vous me cachez la vue ? Tu m'as dit que t'avais tous tes doigts, déblatéré-je.

Je reconnais le rire de Maël, et une rougeur m'embrase les joues.

— C'est pour quel membre que tu t'inquiètes, au juste ? questionne Max, l'ironie perçant dans sa voix.

— Prête ? demande Ashley, qui prétend ne pas l'avoir entendu.

Ses mains quittent mon coude pour défaire le bandeau qui glisse de mon visage.

Je n'ouvre pas les yeux tout de suite, trop effrayée à l'idée de découvrir ce qui m'attend. Et puis, je me rappelle que Maël est là et que, quoi que ce soit, ça ne peut qu'être bon, pas vrai ?

Apaisée par cette pensée, j'affronte la réalité.

Ma bouche s'entrouvre sous le choc.

Sous un ciel encore étoilé, le sol est couvert d'une neige fraîche scintillante dans laquelle sont plantés des lanternes rouges et dorées, disposées en chemin lumineux qui mènent à un village miniature, tout droit sorti d'un conte.

Maël est à côté de moi, il me tend son coude pour m'inviter à suivre la route qu'il a tracée pour moi. Muette et émerveillée, je le laisse me guider sans protester.

Des petits trains électriques circulent entre des maisonnettes en bois décorées de guirlandes lumineuses, de rubans et de neige artificielle.

Mes yeux jonglent entre toutes les merveilles qu'il a fait venir à moi par je ne sais quel miracle.

— Tu... Je... Mais...

Mes mots se sont perdus quelque part, et je ne suis pas certaine de les retrouver un jour.

Son regard a retrouvé toute l'assurance que je lui connais, comme si, maintenant qu'on s'est retrouvés, son angoisse s'était évaporée. D'un geste assuré, mais avec la délicatesse qui le caractérise, il caresse ma pommette et me dévisage comme si j'étais celle qui l'émerveillait.

Je secoue la tête.

— Ce n'est pas moi qu'il faut regarder, bon sang !

J'écarte les bras, tourne sur moi-même, éclate de rire et saute autour de lui tandis que son sourire s'élargit.

— T'as vu ça ? Non mais, t'as vu ça ?!

Je trottine jusqu'aux elfes mécaniques, slalome entre les lumières, mordille mes lèvres et frappe dans mes mains.

— J'en conclus que ça te plaît ?

— Tu rigoles ? Je n'aurais pas fait mieux, même si je l'avais voulu. Et tu sais à quel point j'excelle. J'ai envie de te faire l'amour, là, tout de suite !

— Mmmh, viens par-là, Miss Noël.

Autour de ma taille, son bras me ramène près de lui tandis qu'il nous fait avancer dans le labyrinthe de peluches grandeur nature.

— Mais… c'est demain, Noël. Pourquoi…

— Regarde, m'interrompt-il.

Il me fait pivoter vers une porte somptueusement décorée. Intriguée, je penche légèrement la tête sur le côté, avant de me saisir de la poignée.

Mais lorsque je l'ouvre, il n'y a rien derrière, seulement de la poudreuse.

— Qu'est-ce que…

Mon souffle ne m'a jamais été arraché aussi brusquement qu'en cet instant. Maël a posé le genou à terre, une boîte rouge entre les mains, un sourire charmeur aux coins des lèvres.

Cette vision de lui, dans la neige, provoque des choses à mon cœur qui me font penser que je pourrais mourir de bonheur. Je ne parviens pas à contrôler ma réaction lorsque je me laisse tomber dans la neige, les mains accrochées au cou de mon futur époux. Je le dévore de baisers, comme si mon cœur pouvait parler à travers mes larmes.

— Oui, oui, oui !

Un petit rire lui échappe, il m'enlace en retour.

— Tu n'as pas vu la bague...

Sa phrase se fait interrompre par les milliers de bisous que je dépose sur sa bouche, ses pommettes, et même ses cils, saupoudrés de neige.

— J'ai préparé un discours..., geint-il. Ça fait des semaines que je le perfectionne, et je...

Attendez... Des semaines ?

— Oh, putain ! m'exclamé-je. C'est pour ça que t'étais aussi distant ?

Mon cœur, serré par la culpabilité, se terre au fond de mon estomac. Mais Maël me redresse délicatement le menton.

Il hoche la tête.

— Depuis le jour où je t'ai aidée avec ta *bucket list*, j'ai su que je voulais être à la hauteur. Tu voulais cocher des cases, et moi, j'étais le mec chanceux qui te tendait le stylo. Celui qui t'aimait pendant que tu courais après tes rêves. Et rien ne me rend plus heureux que de te voir les réaliser l'un après l'autre.

Je l'embrasse, encore. Il sourit contre mes lèvres.

Il ouvre la boîte, me révélant le plus beau des diamants. Lorsqu'il le passe à mon annulaire gauche, je sens des larmes chaudes couler le long de mes joues.

— J'espère que tu voudras cocher cette dernière case avec moi parce que, depuis toutes ces années, c'est toi mon rêve, Lily.

Je ne sais plus si je ris, si je pleure ou si je fonds d'amour. Certainement un peu des trois.

— Merci de faire de ma vie une histoire qui n'existe que dans les téléfilms de décembre. T'es mon rêve, aussi.

Les lumières clignotent, de la fausse neige tombe d'un traîneau suspendu au-dessus de nous, parce qu'évidemment, il a pensé à tout. Ted hurle quelque chose sur le fait qu'il avait parié que je dirais non.

Mais moi, je n'entends rien.

Juste le son de son rire quand il m'enlace.

Celui de nos lèvres qui se retrouvent, encore et encore.

Et le battement de mon cœur, qui n'a jamais battu aussi fort.

Opération RVC

Pour que l'amour brille sous les étoiles

Nouvelle dans l'univers de
Le Serpent et la Mule de Marina M.L.

Ce récit a lieu en décembre, un an et trois mois après le mariage d'Alex et Vera. Et donc, après le retour de Camila au Brésil.

1

Pedro

Brésil, Maceio
Repaire du Serpent

Perdu dans mes pensées, je zappe mécaniquement les chaînes qui défilent sur l'écran plat.

— Stop ! Ne change pas ! s'écrie Alex, la bouche pleine de son burger.

Mes sourcils se froncent d'incompréhension devant son choix de programme. C'est un match de hockey qui s'affiche à la télé.

— Du hockey ?

— Ouais, du hockey sur glace, lâche-t-il avec évidence.

Mon bras droit engloutit les restes de son repas en une seule fois, puis se lèche goulûment les doigts un à un pour en savourer jusqu'à la dernière goutte.

Je déteste les bruits de bouche.

— Si tu continues à bouffer comme un putain d'affamé, j'attrape tes couilles pour les arracher.

Il ignore ma remarque et s'affale sur son fauteuil, la main sur l'estomac, repu.

— Putain, c'était succulent, ajoute-t-il avec satisfaction.

Il observe avec attention la chaîne sportive américaine.

Je suis surpris de le voir aussi accaparé par le match. Peut-être même que je le jalouse d'arriver à s'échapper quand mon esprit ressasse depuis des heures des questions auxquelles je n'ai pas de réponses.

— Depuis quand t'aimes ce genre de sport ? l'interrogé-je avec curiosité.

— C'est à cause de Vera.

Il pointe un doigt vers l'un des joueurs bleus.

— Tu vois le numéro 11 ? C'est Bill Croft, ma femme bave sur ce mec. Elle a suivi tout le championnat de cette année, et maintenant, elle me bassine depuis des mois pour que je l'emmène patiner, se gausse-t-il.

— Vera veut patiner ?! répété-je, surpris.

Si la jeune femme qui partage la vie d'Alex est douée dans son travail d'infiltration, elle ne court habituellement pas après les activités sportives, sauf si elles incluent mon meilleur ami et une partie de son anatomie. *Pour son plus grand bonheur.*

Ce dernier s'esclaffe et ajoute :

— Ouais, je lui ai suggéré d'attendre qu'il neige ici, qu'on ferait de la luge dans les ruelles des favelas.

Cette fois, je ne parviens pas à retenir un rire.

— Qu'est-ce qu'elle t'a répondu ?

Dans un soupir désespéré, il passe une main dans ses cheveux châtains, la mine préoccupée.

— Elle s'est mise à pleurer et m'a dit que j'étais un abruti. Qu'elle ne comprenait toujours pas comment elle avait pu m'épouser. Le pire, c'est que depuis cette blague, elle me prive de sexe ! Ça fait trois jours, putain !

Je secoue la tête, amusé par son aveu. *Qu'est-ce que je disais ?* J'attrape une clope, que je place entre mes lèvres. Je parviens à sentir le regard de mon second sur moi.

— Et toi, Pedro, c'est quoi le problème ?

Alors que je pose le briquet sur la table et inspire une première bouffée de nicotine, je l'interroge :

— Quel problème ? Il n'y a pas de problème.

— Fous-toi de ma gueule. T'as donné à bouffer à Guess et Gucci pour les six mois à venir. Un moignon, c'est tout ce qu'il reste de la main du dealer enfermé au sous-sol.

Je serre les mâchoires, incapable de cacher ma contrariété.

— Il ne lui reste pas un seul doigt parce que ce merdeux a sympathisé avec l'ennemi.

Mon meilleur ami ne semble pas convaincu.

— Mais encore ?

Du coin de l'œil, j'observe Alex, les bras croisés sur sa poitrine, un sourire narquois sur le visage. Il est déterminé à obtenir une réponse.

J'abdique et pose ma tête contre le dossier du canapé en expirant longuement la fumée de ma cigarette.

— OK, il y a bien un truc.

Ouais, un truc qui fout un bordel dans mon esprit et ne s'est pas calmé, même après avoir fait verser le sang.

— Balance.

— Hier soir, avec Cam, on matait un film. Une merde du genre comédie romantique qu'elle adore.

Il acquiesce et m'écoute attentivement, attendant que je poursuive.

— Le mec trempait dans du trafic illégal... bref, la routine, quoi ! Il a demandé la main de sa nana au beau milieu d'une course-poursuite. J'ai trouvé ça plutôt mignon, mais tu sais ce que Camila a dit ?

— Qu'elle aurait préféré les roses, le resto et la déclaration d'amour ? Les filles raffolent de ce genre de trucs.

Je l'observe un instant, piqué par la curiosité.

— C'est comme ça que t'as fait ta demande à Vera ?

— Non. Je lui ai demandé juste après le troisième orgasme, annonce-t-il fièrement.

Je ris et secoue la tête avant de continuer :

— Eh bien, Cam a dit, je cite : « Quelle connerie d'épouser un mec comme lui ! », énoncé-je, la contrariété palpable dans ma voix.

Alors que j'attends une réponse de sa part, mon bras droit ne dit rien. Lorsqu'il réalise que j'espère une réaction, il s'exprime enfin :

— Et c'est quoi le souci ? Au moins, tu sais que tu auras plus de chances avec le coup du resto ou de l'orgasme.

— Non Alex, justement. Ce que je crois, c'est que Camila ne veut pas se marier avec moi, à cause de tout ce que je fais, avoué-je en inspirant une nouvelle bouffée.

Mon ami se redresse, une moue espiègle sur le visage.

— Attends, attends ! Parce que tu veux te marier, Pedro ?

L'étonnement se lit sur son visage, si bien que je réalise moi-même que c'est un sujet que nous n'avons jamais abordé. *Ni avec lui ni avec Camila.*

La vérité, c'est que cette perspective n'était pas envisageable avant l'arrivée de la jolie mule dans ma vie. Une tornade qui est parvenue à abattre toutes les fondations que j'avais bâties autour de moi. Autour de l'homme que je suis sous le masque du baron de la drogue.

— Non, je ne v… enfin si ! Merde ! Le truc, c'est que je n'y avais pas vraiment pensé, en réalité… jusqu'à aujourd'hui.

— Non, depuis *elle*, me corrige-t-il.

Les yeux vers le plafond, je libère la fumée de ma cigarette dans un long souffle, en hochant la tête pour confirmer.

— Ouais, depuis elle.

— OK. Et donc, aujourd'hui, tu te sens prêt à passer cette étape avec Cam ?

J'observe Alex, les coudes sur ses genoux, concentré sur les joueurs de hockey qui glissent à toute vitesse sur la glace à la poursuite du palet.

— Ouais. Mais je ne sais pas vraiment comment m'y prendre pour la convaincre.

— Sors-lui le grand jeu, propose-t-il comme une évidence.

Alors que je réfléchis à ce qu'il vient de me dire, mon meilleur ami rit avec légèreté.

— Si tu m'avais dit qu'on aurait ce genre de discussion il y a deux ans, je ne l'aurais jamais cru ! Toi, à vouloir convaincre une femme de t'épouser, et moi, à persuader la mienne qu'elle a bien fait de le faire. On dirait une mission avec un nom à la con du genre « Opération reconquête de Noël pour raviver la flamme comme celle de la cheminée ».

— T'as pas plus long ? m'esclaffé-je.

— Attends, j'ai mieux ! s'exclame-t-il, la mine satisfaite, avant de proposer : « Opération pour que l'amour brille sous les étoiles de Noël ».

Je lève les yeux au ciel et soupire.

— Va pour « Opération RVC ».

— RVC ? m'interroge-t-il confus.

— Ouaip, Reconquête-Vera-Camila.

Il acquiesce, visiblement conquis par mon choix, puis reporte son attention sur la télé en ajoutant :

— Maintenant, il ne nous reste plus qu'à trouver par où commencer.

La mi-temps du match est lancée. Le présentateur annonce le gagnant d'un magnifique séjour à New York. Un voyage en amoureux dans la célèbre ville qui ne dort jamais pour célébrer les fêtes de fin d'année.

Alex et moi, nous nous regardons comme si la même idée venait de traverser notre esprit au même instant.

— Et si on..., commencé-je.

— Je m'occupe du jet ! me coupe Alex en se relevant.

— Pourriez-vous attacher vos ceintures, monsieur Gomes ? Nous allons bientôt atterrir, m'informe l'hôtesse de l'air en chuchotant à mon oreille, une main sur mon épaule.

J'acquiesce et pivote vers mes amis dont la discussion tourne une nouvelle fois autour de la destination de notre voyage surprise. Si Vera tente d'arracher la vérité à Alex depuis de nombreuses heures déjà, Camila, elle, fusille du regard la jeune femme en uniforme qui se dirige vers les cabines.

— Un problème, *Coração* ? demandé-je, un sourire en coin.

Elle n'a pas besoin de parler : ses yeux noisette qui s'ancrent dans les miens le font pour elle. *Camila est jalouse.*

— Je me demandais simplement pourquoi j'ai été obligée d'avaler plus de quatre-vingts ovules de drogues la première fois que j'ai pris l'avion, alors que tu avais un jet dernier cri à disposition et des femmes aux jambes interminables à ton service ? Et si tu veux mon avis, certaines avaleraient bien plus que ta coke.

Sa remarque m'arrache un rire franc, ce qui interpelle nos amis.

— Bouclette, dis-toi que désormais, tu n'auras plus jamais à transporter notre drogue, lance mon bras droit, amusé.

— Et j'ai le droit à ce fabuleux privilège parce que je couche avec le narcotrafiquant en chef ? répond-elle avec un sarcasme non dissimulé.

— Pas tout à fait, *querida*, rétorqué-je, espiègle. J'ai exclu cette possibilité bien avant d'avoir partagé mes draps avec toi. Disons que maintenant qu'un clou traverse ton fémur, tu ne serais pas la mule la plus discrète de l'aéroport. Voilà pourquoi je paye Becca, l'hôtesse de l'air aux jambes interminables, pour nous éviter l'étape du détecteur de métal.

Vera lève les yeux au ciel, tandis qu'Alex rit aux éclats devant la mine déconfite de Camila. Je me lève pour me placer devant elle et m'attelle à attacher sa ceinture. Elle me toise, et je place une paume possessive sur sa cuisse, puis murmure :

— Mais il n'y a qu'entre les tiennes que je veux être. Et si possible, tout en haut de l'Empire State Building.

Ses lèvres s'étirent et ses iris brillent d'excitation lorsqu'elle comprend où je l'emmène.

— On fête Noël à New York ? me questionne-t-elle, toute contrariété envolée.

J'opine et dépose un baiser sur sa bouche, alors que Vera libère un cri de joie derrière nous.

Je fais discrètement volte-face et observe mon bras droit afficher un visage rayonnant lorsque sa femme s'installe sur ses genoux, les bras autour de sa nuque pour le remercier.

L'œillade qu'il me jette me fait sourire.

— Pas de réunion d'urgence au beau milieu de la nuit ? m'interroge Camila.

Je lui offre la négative d'une mine satisfaite.

— Pas de règlements de comptes ou de séances de torture au sous-sol ?

À nouveau, je remue la tête, et le visage reconnaissant qu'elle affiche fait battre mon cœur un peu plus vite. Elle m'enserre avec force et me souffle un merci au creux de l'oreille.

La première étape de la mission RVC est une réussite.

L'atterrissage se fait sans encombre dans un aérodrome non loin de l'hôtel que Sonia nous a réservé. Becca nous ouvre la porte de l'appareil pour nous permettre de rejoindre la voiture qui nous attend.

— Passez un bon séjour, monsieur Gomes.

J'opine poliment et tends la main pour saisir celle de Camila afin qu'elle ne chute pas dans les escaliers. Mais ne sentant pas sa paume attraper la mienne, je pivote et observe ma petite amie offrir un faux sourire à l'hôtesse de l'air.

— Mademoiselle Soares, la salue cette dernière.

Camila relève les yeux vers les miens, et je jurerais que ce n'est pas le nom qu'elle aurait aimé entendre de la bouche de la jeune femme. Elle ne dit rien et feint l'indifférence en liant nos mains.

— Alors, quel est le programme ? s'empresse de demander Vera, l'enthousiasme perceptible dans sa voix.

Alex m'observe du coin de l'œil dans un appel désespéré. *Le programme ? On n'a pas de putain de programme, c'est Sonia qui gère l'organisation. Pas moi.*

L'arrivée du chauffeur nous permet quelques minutes de réflexion sans révéler à Vera et Camila que notre séjour rimera avec hasard et spontanéité.

— T'as loué une limousine ? murmure ma petite amie, perdue dans la contemplation du véhicule qui apparaît sur le tarmac.

Pas moi. Sonia. Mais pas besoin de le préciser.

Je me penche et embrasse sa tempe avant de murmurer :

— Comme quoi, il y a du bon à sortir avec un chef de cartel.

Ses iris noisette s'illuminent d'une lueur de malice. Elle m'assène un coup d'épaule taquin tandis que nous nous installons. L'odeur de cuir qui embaume l'habitacle chatouille mes narines. Des leds d'un blanc froid éclairent le sol, et des étoiles lumineuses parsèment le plafond. Nous prenons place tous les quatre, Vera et mon bras droit s'installent face à nous. Ce dernier attrape la bouteille de champagne plongée dans un seau rempli de glaçons.

— Et si on fêtait ça ? s'écrie-t-il.

Vera s'apprête à s'exprimer, mais Camila l'interrompt :

— J'ai encore le ventre retourné avec l'atterrissage, si tu ne veux pas que je saccage la banquette de cette voiture, on devrait attendre un peu, suggère-t-elle avec humour.

Alex hausse les épaules et repose le champagne.

— Bonjour, monsieur Gomes, où allons-nous ? nous interpelle la voix du chauffeur à travers les haut-parleurs.

Merde. Mes yeux observent rapidement l'extérieur lorsque le véhicule quitte l'aérodrome. L'affiche publicitaire qui apparaît face à moi m'offre exactement ce qu'il me faut. Je jette un coup d'œil à Alex avant d'annoncer :

— Rockfeller Center, nous avons un sapin de Noël à admirer.

La mine émerveillée que les jeunes femmes affichent me confirme que j'ai fait le bon choix, et tandis qu'elles discutent toutes les deux, je souffle à mon bras droit :

— Une idée de ce qu'on pourrait faire demain ?

Il confirme mon interrogation d'un sourire en coin.

— Ouais, de quoi ravir ma femme.

Après quelques minutes de route, la limousine nous dépose dans le quartier de Midtown. Le froid de New York contraste avec la chaleur à laquelle nous sommes habitués au Brésil. Il meurtrit déjà le bout de mes doigts, si bien que je plonge la main de Camila encore blottie dans la mienne à l'intérieur de la poche de mon manteau.

Nous marchons dans les rues chargées de touristes, tout particulièrement en cette période de l'année.

— Regardez, il est là ! annonce l'épouse de mon bras droit en pointant un doigt devant elle.

Nos pas se figent et nous apercevons au loin le sapin illuminé du Rockfeller Center.

Comme pour me rassurer, j'observe le visage de ma petite amie. Ses yeux s'arrondissent légèrement et brillent d'émerveillement. Un sentiment d'apaisement se niche dans ma poitrine, celui de parvenir à lui faire plaisir. Ma paume quitte la sienne pour se loger dans le creux de ses reins et j'embrasse sa tempe.

— Approchons-nous, l'intimé-je pour rejoindre Vera et Alex, qui ont déjà pris de l'avance.

Nous nous plaçons sur l'une des estrades sécurisées qui nous offrent une vue parfaite sur l'arbre de Noël. Des guirlandes lumineuses l'éclairent et se reflètent dans les fenêtres des immeubles qui nous entourent. Des boules aux mille et une paillettes or et rouges sont accrochées aux épines et camouflent presque la couleur verte naturelle du sapin. Mais c'est la magnifique étoile postée au sommet qui attire l'attention de ma petite amie.

— C'est magnifique, murmure-t-elle, la bouche fendue d'un sourire sincère qui me pousserait presque à m'agenouiller devant elle, maintenant.

C'est toi, Corãçao, qui est magnifique.

Alors que je m'apprête à le prononcer à voix haute, ses yeux louchent sur la pointe de son nez. L'émerveillement laisse place à la surprise lorsque nous levons la tête vers le ciel nocturne de New York.

Des milliers de flocons de neige apparaissent et contrent la noirceur de la nuit.

— Il neige ! Alex, regarde, il neige ! s'exclame Vera, dont le rire nous parvient.

— Il neige, me répète Camila lorsque son regard s'attarde sur mes lèvres.

Mon pouce vient essuyer l'un des flocons tombés sur sa pommette.

— T'es si belle quand tu es heureuse, *Amor*.

Elle sourit, et je ne résiste pas. Je me penche et lui vole un baiser. Nous restons quelques secondes à nous embrasser sous la neige avant que je m'écarte d'elle.

Nous nous positionnons de nouveau face à l'arbre de Noël, mon torse contre le dos de Camila. Je niche mon visage dans son cou et la hume tandis qu'elle admire la beauté du spectacle devant elle.

— Pedro ?

— Hum, hum, marmonné-je en mordillant le lobe de son oreille.

— Dis-moi que c'est ta queue qui est aussi dure contre mon cul et pas autre chose.

La contrariété qui marque son interrogation me pousse à relever mon visage et à m'écarter légèrement d'elle.

Oui, je bande, et je pourrais la prendre sur cette rambarde sous la neige s'il n'y avait pas autant de monde autour de nous. Mais ce n'est pas mon érection qu'elle a sentie.

Elle fait volte-face et ses yeux ne recèlent plus la joie qui les habitait quelques secondes plus tôt, c'est la déception qui les anime.

Elle ouvre les pans de ma veste pour relever mon pull, où elle découvre un revolver niché sous la ceinture de mon pantalon.

— Même à des milliers de kilomètres de chez nous, sérieusement ?

Je ne réponds rien, les dents serrées. Ma petite amie rejoint Vera et Alex au loin.

Le regard de mon bras droit se pose sur moi, et un soupir las m'échappe.

Opération RVC : 1 - 1 : mon futur célibat.

2

Alex

— Elle te fait encore la gueule ?

Toujours assis sur le lit depuis le départ des filles, Pedro acquiesce sans prononcer le moindre mot. Il examine son arme avec attention.

Devant sa préoccupation, je tais le fait que notre arrivée aux États-Unis a été bénéfique pour moi. Fini la grève du sexe. Résultat, après une nuit à New York, j'envisage sérieusement de déménager au pôle Nord, si le froid rend Vera si insatiable.

En poursuivant sur cette lancée, et avec l'après-midi que je nous ai réservée, je suis certain que l'opération RVC pourra bientôt se renommer PQPNSFPJPC : « Pour que Pedro ne se fasse pas jeter par Camila. » Quoique, ce ronchon dirait probablement que c'est trop long.

— Personne ne sait qu'on a quitté le Brésil, tu peux laisser ton arme. J'ai la mienne, le rassuré-je.

Les muscles de sa mâchoire se contractent avant qu'il ne cède finalement et pose le Beretta sur la table de nuit.

— Je n'aime pas sortir sans protection. Imagine seulement qu'un fou se promène dans les rues et la blesse ?

Ma main vient tapoter son épaule de manière amicale.

— Elle veut des *vacances normales*, Pedro. Pas de serpents, pas de business, pas d'armes à feu, pas de danger.

Juste profiter d'un semblant de vie normale avec ses amis et son mec. Respire, et lève-toi, elles nous attendent sûrement déjà.

— Ouais, allons-y. Alors, c'est quoi le programme du jour ?

J'attrape le manteau de mon meilleur ami et lui lance, la mine fière :

— On va patiner !

Cette annonce parvient, pour la première fois depuis son réveil, à le faire sourire.

— Je prends un autre hôtel ce soir, lâche-t-il en s'avançant d'un pas rapide vers la sortie.

— Pourquoi ? Elle est très bien cette suite !

Pedro ouvre la porte en levant les yeux au ciel.

— Vu le boucan que vous avez fait cette nuit, il est hors de question que je partage le même immeuble que toi. Surtout en sachant que tu t'apprêtes enfin à lui donner ce qu'elle t'a réclamé.

Je m'esclaffe et le suis à travers les couloirs pour rejoindre les filles dans le hall.

— Alexandro, est-ce que t'as déjà patiné ? m'interroge-t-il en entrant dans l'ascenseur.

Je plisse les lèvres, contrarié qu'il persiste à employer mon nom complet. Et sous la pression de son regard, j'avoue :

— Non. Mais je conduis la Lambo dans les ruelles de la favela, je peux abattre des hommes à plusieurs mètres de distance d'une balle dans la tête en un seul tir, et je découpe des orteils en écoutant de la musique mignonne, alors j'imagine que ça devrait le faire.

Une ride se loge entre ses deux sourcils.

— C'est quoi le rapport ? pouffe-t-il.

Dans un sourire, j'admets :

— Aucun. Je crois que j'essaye de me rassurer.

Il tend son poing serré dans ma direction et je lui offre le mien en retour.

— Essaye d'être au moins aussi bon que son joueur préféré.

Je ris lorsque les portes de métal s'ouvrent sur le hall de l'accueil où Camila et Vera nous attendent déjà.

— Vous avez trouvé ce que vous cherchiez ? demandé-je en entrelaçant mes doigts à ceux de Vera.

— Ouais, il y avait un magasin à quelques pas d'ici, m'apprend-elle.

Je prends le temps d'observer ma femme pendant que Pedro et Camila s'éloignent pour discuter. Un bonnet recouvre ses longs cheveux bruns, et ses yeux chocolat plongent dans les miens. Mais ce sont les cernes qui décorent ses paupières qui m'interpellent.

Mes doigts enserrent son visage et je pose mon front contre le sien.

— Ce soir, on dort, bébé. T'es épuisée.

Son sourire fait naître le mien. Il murmure dans un silence la véritable raison de sa fatigue : la nuit à se perdre dans le corps de l'autre. Un bip nous interrompt et je m'écarte d'elle pour vérifier l'écran de mon téléphone.

— La limousine est là, les informé-je en avançant vers la sortie. On y va !

— Alors, quoi de prévu, aujourd'hui ? m'interroge Camila avec enthousiasme.

— Patience. Vous aurez bientôt la réponse, les filles, répond Pedro en posant son bras autour des épaules de l'ancienne mule.

Vera mordille sa lèvre pour contenir l'excitation qui l'habite. Elle pivote vers moi et attrape ma main, alors que la jeune femme lui explique les dernières recommandations.

— C'est tout bon pour vous ? demande cette dernière.

— Oui ! s'exclame mon épouse.

Elles se tournent toutes les deux dans ma direction, attendant ma réponse. Je jette un coup d'œil rapide à Pedro et Camila, qui semblent à l'aise sur la glace, opine brièvement et offre un sourire crispé à la professionnelle.

— Oui.

Je serre inconsciemment la paume de Vera lorsque nos patins foulent la glace de la patinoire.

— Attends, attends, la stoppé-je en m'agrippant finalement à la rambarde. Regarde comme il fait beau !

Les arbres de Central Park sont encore couverts de poudre blanche. Même si quelques flocons parsèment encore le ciel et tombent jusqu'à nous, le soleil de cette journée écourte leur existence, puisqu'ils s'évaporent dès lors qu'ils atteignent la peau claire de Vera. Elle m'observe avec curiosité, ne portant pas d'importance au paysage autour de nous.

— Tu as peur, mon cœur ?

— Moi, peur ? lâché-je dans un rire. Bien sûr que non.

Avec aisance, Vera recule sur la glace et écarte les bras.

— Alors, viens !

Je déglutis avant de lâcher le rebord. Mes gestes sont incertains, mes jambes trémulent. *Bon, au moins, je tiens debout*.

Il ne me reste plus qu'à avancer. Au loin, je vois Pedro et Camila, main dans la main, se faufiler avec facilité entre les patineurs. Je regarde les enfants glisser avec aisance, puis mes yeux tombent sur la femme de ma vie qui arbore un sourire rassurant, une paume dans ma direction.

Dans un élan de confiance, j'inspire longuement et fais glisser la lame de mon patin pour la rejoindre.

Des tremblements me font rapidement perdre l'équilibre, je tente tant bien que mal de me maintenir en position droite, balançant les bras d'avant en arrière, mais c'est un échec. Très vite, une douleur lancinante m'assaille lorsque je m'affale en arrière contre le sol gelé.

— Alex ! s'exclame Vera en s'avançant vers moi.

— Ça va, ça va, réponds-je, l'ego piétiné, le coccyx sûrement fissuré, et l'embarras marqué sur mon visage.

Le rire moqueur de Pedro au loin ne m'échappe pas. Je me renfrogne et refuse l'aide de Vera pour me relever. J'époussette mon manteau pour me défaire de la neige qui imprègne le tissu.

C'est officiel, je déteste cette poudre blanche ! Je préfère, de loin, celle qui est empaquetée dans le sous-sol du repaire. Le déménagement au pôle Nord est donc annulé.

— Je te tiens, on y va doucement, prononce Vera d'une voix si douce que je suis incapable de la contredire.

J'attrape les doigts qu'elle me tend et m'avance d'un pas prudent.

Cette fois, je parviens à effectuer quelques mètres sans tomber. Mes mouvements sont hésitants, je vacille plus d'une fois, mais c'est Vera qui me maintient en équilibre.

Après un premier tour de patinoire, je m'arrête dans un coin.

— Désolé, bébé. J'essaye hein, mais je ne pourrai jamais être à la hauteur d'un de tes joueurs de hockey.

Vera rit et tire mon écharpe pour approcher mon visage du sien.

— Je t'aime quand même, murmure-t-elle avant de m'embrasser.

J'approfondis notre baiser et détache ma main de la rambarde pour étreindre ma femme. Très vite, je chancelle, et alors que Vera agrippe mon col pour tenter de se maintenir debout, nous tombons tous les deux à la renverse. Je la garde tout contre moi pour éviter qu'elle ne heurte directement le sol.

Un gémissement douloureux m'échappe lorsque je me redresse tandis que Vera, elle, rit aux éclats. Témoin de la joie qui l'anime, je souris à mon tour.

— Est-ce que tu t'es fait mal ? m'inquiété-je.

— Non, répond-elle aussitôt en se relevant.

Je me raccroche rapidement au rebord. Je jette un œil autour de moi et remarque que Pedro et Camila sont de plus en plus à l'aise sur la glace. Ils rient, se chamaillent et profitent de leur activité, plus amoureux que jamais.

— Et si on allait marcher un peu ? propose Vera en tournoyant sur ses patins.

— Ouais, allons nous promener, c'est préférable si tu tiens à ce que je reste entier.

Elle s'esclaffe et attrape ma main pour me guider vers la sortie.

Après avoir quitté la patinoire, nous déambulons le long des sentiers de Central Park. La neige couvre encore la verdure, les lacs et les arbres. Un paysage bien différent du décor que nous offre le Brésil. Mais je crois que ce n'est pas ce qui m'éblouit le plus. Non, c'est la manière dont le regard de Vera s'attarde sur tout ce qui l'entoure, la façon dont son sourire s'étire chaque fois qu'un nouveau détail attire son attention.

— Un écureuil, là-haut ! Regarde ! s'extasie-t-elle en pointant son index vers les branches au-dessus de nous.

Au loin, j'aperçois l'animal grimper et se cacher dans un trou. Ce n'est rien, et pourtant, j'ai l'impression d'être un enfant qui découvre le monde à ses côtés. Si Vera regrette de s'être liée à moi, elle est la pièce manquante à ma vie. Celle qui soigne mon âme des atrocités dans lesquelles je baigne depuis mon enfance. Elle adoucit cette part de moi, noire et meurtrie par mes péchés.

Elle ne le sait pas, pourtant, j'abandonnerais tout pour elle afin d'être certain de voir la joie briller dans le brun de ses yeux.

Je fige mes pas et attrape ses mains pour l'obliger à me faire face. Son sourcil s'arque de curiosité lorsqu'elle perçoit l'inconfort qui me gagne.

— Tu sais que je t'aime, bébé ? la questionné-je avec incertitude.

— Oui, Alex, et je t'aime aussi, me répond-elle, comme une évidence.

— Pourtant, tu as l'air distante, en ce moment.

Sa joue se creuse, et je comprends qu'elle mordille nerveusement sa lèvre inférieure.

— C'est que..., hésite-t-elle, le regard fuyant.

— J'ai fait quelque chose de mal, Vera ?

Elle secoue la tête énergiquement pour me rassurer, puis dans un geste tendre, elle se saisit de mes doigts, qu'elle entrelace aux siens.

Nous reprenons notre promenade au cœur du parc alors qu'elle poursuit :

— Les dernières missions ont été éreintantes, Alex. Désolée si j'ai semblé plus dure avec toi.

— Je demanderai à Sonia de te faire remplacer. Avec Eya, elles ont embauché de nouvelles infiltrées.

Du coin de l'œil, j'aperçois son sourire.

— Qu'est-ce qui t'inquiète, mon cœur ?

J'hésite un instant, puis, dans un soupir, j'admets :

— Tu as l'air triste en ce moment. La dernière fois, tu t'es mise à pleurer et tu as dit que tu ne comprenais pas pourquoi tu m'avais épousé.

Mes mots paraissent la surprendre, si bien qu'elle fige ses pas et pivote vers moi. Nos regards se percutent et je lis sans mal la culpabilité qui l'assaille.

— Alex, lâche-t-elle avec désarroi.

— Vera ?

Elle se hisse sur la pointe de ses pieds et prend mon visage en coupe pour m'obliger à me pencher vers elle.

— Je ne regretterai jamais d'avoir accepté de me marier avec toi. Malgré le risque, malgré la peur dans laquelle je vis chaque fois que tu pars avec Pedro, malgré ce que nous sommes, ce que nous faisons. J'ai accepté cette vie, et je l'ai acceptée parce que je suis à tes côtés.

Je hoche la tête et l'attire contre moi dans une étreinte réconfortante. Sa proximité m'apporte la chaleur que l'hiver n'a pas.

Et, alors que je m'enivre de son parfum sucré, elle chuchote à mon oreille :

— C'était pour ça tout ce séjour surprise ?

Je m'écarte et, une esquisse de sourire sur les lèvres, j'acquiesce. Elle rit et m'embrasse avec légèreté.

— Mais il y a aussi une autre raison.

— Ah bon ? Laquelle ?

— Figure-toi que Pedro compte convaincre Camila de l'épouser.

Cette fois, un hoquet de surprise lui échappe.

— Pedro ? Se marier ?

Ses sourcils se froncent et la confusion marque ses traits délicats, si bien que cette image d'elle m'attendrit.

— Ouais. Il est déterminé. Même s'il a peur qu'elle refuse.

— Merde, je ne m'y attendais pas, avoue-t-elle, le regard perdu devant elle. Écoute, Camila n'est pas comme moi. Elle n'a pas vraiment choisi cette vie-là. Elle a décidé d'être avec Pedro, de ne pas renoncer à leur amour, mais un engagement comme le mariage implique tellement plus.

— Tu penses qu'elle n'acceptera pas ?

Elle laisse quelques secondes planer entre nous avant de finalement répondre :

— Je ne sais pas. Je crois qu'elle n'a jamais envisagé la possibilité qu'il veuille se marier avec elle un jour. Enfin, on parle du Serpent. Je l'adore, hein, mais soyons réalistes. Le mec décapite des têtes, il est au sommet du plus grand empire de drogue de la côte est du Brésil. Ce n'est pas vraiment le genre à se mettre à genoux et à demander une femme en mariage.

— Il est fou amoureux d'elle, la contré-je, malgré l'exactitude de ses propos.

— Elle aussi, Alex, confirme-t-elle avant de lâcher un soupir. Mais s'il veut plus ?

— Plus ? Comment ça ?

— Et s'il veut fonder une famille ? Elle n'élèvera jamais des enfants dans ces conditions.

Je me crispe et me pince l'arête du nez.

— Bébé, il n'a jamais parlé de lui faire des enfants.

Ses yeux me fuient, et elle reprend la marche, la pointe de son nez et ses pommettes rougies par le froid ambiant.

— Maintenant... mais qui te dit qu'elle n'en voudra pas ?

Je me tais, et réalise qu'elle a raison. Seulement, c'est un sujet qu'ils devront aborder ensemble, lui et Camila. Même si je suis certain que Pedro n'est pas prêt à imaginer une vie où des bébés traîneront dans ses pattes à jouer avec ses kalachnikovs et ses animaux de compagnie. Les voilà, les seuls bébés de sa vie. Guess et Gucci.

Soudain, une interrogation me parvient : *est-ce que c'est le genre de vie que Vera pourrait vouloir ?*

Je serre les mâchoires et observe ma femme accroupie. Elle me tourne le dos, ses épaules sont prises de secousses.

Merde, est-ce qu'elle pleure ?

— Vera ? m'inquiété-je aussitôt.

Elle pivote lentement, et je remarque qu'elle rit en affichant une mine malicieuse. J'arque un sourcil interrogateur, mais je n'ai pas le temps d'ouvrir la bouche : lorsqu'elle se relève, une boule de neige atteint mon visage de plein fouet.

Son rire résonne autour de nous alors que je recrache la poudre blanche de ma bouche tant bien que mal.

— T'as pas osé ? grondé-je, l'amusement perceptible dans ma voix.

Vera se met à courir, et le sourire aux lèvres, je pars à sa poursuite au beau milieu de Central Park, balayant rapidement les interrogations qui ont traversé mon esprit.

3

Pedro

Après quelques minutes de trajet depuis notre hôtel, la limousine s'arrête sur le bas-côté de la Cinquième Avenue. J'ouvre ma portière et tends une main en direction de Camila, qu'elle saisit pour me rejoindre.

Son regard s'attarde sur le gratte-ciel qui s'élève juste au-dessus de nous, et j'en profite pour examiner en détail sa réaction. Les commissures de ses lèvres s'étirent lorsqu'elle prononce :

— Empire State Building.

— Empire State Building, confirmé-je, sachant quelles pensées traversent son esprit.

Mes doigts glissent dans sa paume pour se faufiler entre les siens, puis d'un geste de la tête, je l'enjoins à me suivre.

Je me dirige vers l'agent d'accueil pour lui indiquer mon nom. Alors qu'il cherche la réservation sur son ordinateur, son regard se relève et tombe sur Camila. Elle ne s'aperçoit de rien, puisqu'elle est trop occupée à admirer les lieux, mais l'intérêt du jeune homme dure un poil trop longtemps pour être innocent. Je n'ai pas d'arme à feu à lui coller sur le front. À la place, mes iris l'assassinent sur place.

— Je te conseille de regarder ailleurs si tu tiens à être encore en vie demain matin.

Ma réplique suffit à calmer ses ardeurs. Il me tend la carte d'accès, embarrassé, et m'indique l'ascenseur à emprunter, soit celui à l'écart des touristes.

— Bonne soirée, Monsieur.

Sans un mot, je retrouve Camila et l'incite à me suivre.

— On s'arrête à quel étage ? m'interroge-t-elle, une fois devant le clavier numérique.

— Dernier étage, réponds-je en appuyant sur le numéro 102.

Si je n'avais aucune idée du programme en posant les pieds sur le sol américain, notre altercation concernant mon arme à feu m'a convaincu d'une chose : il faut que je me rattrape. Voilà pourquoi j'ai contacté en urgence Sonia et Eyana, ma petite sœur, afin de trouver le meilleur des plans pour réussir l'opération RVC.

— T'étais sérieux, constate-t-elle avec amusement en faisant référence à ma remarque prononcée dans l'avion.

— Sur le fait que je voulais être entre tes jambes tout en haut de l'Empire State Building ? Absolument.

Son rire léger allège l'atmosphère autour de nous. Depuis notre sortie à la patinoire, les choses sont rentrées dans l'ordre avec Camila. J'ai accepté de lui accorder ce semblant de vie normale qu'elle désirait tant. Si plonger dans la normalité m'a d'abord coûté – les vieilles habitudes ont la vie dure –, le faire aux côtés de Camila s'est avéré être plus facile que je ne l'aurais cru. Par sa simple présence, elle étouffe toute contrariété.

— Tu joues dans le voyeurisme, maintenant ? ironise-t-elle.

L'ascenseur s'arrête et le tintement nous confirme notre arrivée au sommet du gratte-ciel. D'une moue espiègle, j'observe la jolie brune et déclare :

— Qui parle de voyeurisme si nous sommes seuls, *querida* ?

Les portes en métal s'ouvrent sur la plateforme d'observation la plus haute du bâtiment. Un lieu parfait, en intérieur, ce qui nous protège du froid et du vent hivernal tout en offrant une vue parfaite sur New York. Camila examine les lieux avec émerveillement et entrouvre la bouche de surprise.

— Mais il n'y a personne ?

— J'ai privatisé l'étage, annoncé-je en posant ma main sur le bas de son dos pour avancer de quelques mètres.

Ses yeux s'écarquillent lorsqu'elle découvre une nappe posée à même le sol, garnie de nourriture. Des bougies et quelques pétales de roses sont disposés tout autour, apportant une touche chaleureuse et romantique. *Ouais, Sonia a fait fort.*

— Pe... Pedro... c'est..., bégaye-t-elle, éblouie par le décor.

La joie que je décèle sur son visage m'emplit de satisfaction. Elle fait naître cette étrange chaleur dans ma poitrine, que seule Camila parvient à provoquer.

— Viens, *Amor*, allons manger.

Nous passons l'heure qui suit à grignoter, rire et nous embrasser sur la couverture et les oreillers. Camila affiche un sourire espiègle en tirant un raisin de sa grappe.

— Et dire qu'il y a deux ans en arrière, j'ai dû apprendre à gober tout rond ces fruits pour me préparer à avaler des ovules de drogue afin que tu ne tues pas mon petit frère.

— Mais maintenant, je privatise l'un des plus hauts gratte-ciels pour toi. Il y a du mieux, tu ne trouves pas ?

Ma remarque lui arrache un petit rire. La lumière autour de nous s'estompe légèrement et prend une teinte orangée. Je me relève et l'aide à faire de même.

— Viens, le soleil ne va pas tarder à se coucher.

Nous avançons jusqu'aux baies vitrées. La vue que nous offre l'Empire State Building sur la ville de New York est panoramique, et de là où nous sommes, nous pouvons observer parfaitement le coucher de soleil sur les rues enneigées de la grande ville. À notre hauteur, on aperçoit quelques flocons qui flottent dans l'air et voltigent dans des arabesques guidées par le vent.

Les yeux de ma petite amie se perdent dans la contemplation de ce spectacle, et lorsque mon cœur s'emballe dans ma poitrine, je sais que je suis heureux.

Je ne résiste pas et entoure son ventre de mes mains pour la blottir contre mon torse.

Le parfum au monoï de son shampoing chatouille mes narines. Je décale ses boucles rebelles pour déposer mes lèvres sur son cou.

— Pourquoi tu fais tout ça ? demande-t-elle.

J'hésite quelques secondes à lui répondre. Pour la première fois, je crois que je suis effrayé à l'idée d'échouer. Et je suis conscient que Camila est ma plus grande faiblesse depuis qu'elle a foutu les pieds dans mon réseau pour sauver la peau de son frère. *La jolie petite mule au tempérament de feu.* Je suis tombé pour elle le premier, et aujourd'hui, j'ai peur qu'elle ne soit pas là pour me rattraper.

— Parce que…, commencé-je, avant de déglutir. Parce que la course-poursuite ne t'aurait pas convaincue.

Elle pivote pour me faire face et fronce les sourcils.

— La course-poursuite ? m'interroge-t-elle, la confusion perceptible dans sa voix.

J'opine avant de poursuivre :

— Ouais. Tu sais… pour demander à sa copine de passer à l'étape suivante ?

Elle cille et reste silencieuse, les yeux fixés sur moi. Devant mon mutisme, elle brise finalement le silence.

— Pedro, on parle de quoi, là ?

— De nous.

J'avance d'un pas, parce que j'ai besoin de me sentir plus proche d'elle. Mais à ma grande surprise, elle recule. J'arque un sourcil, et une esquisse de sourire apparaît sur sa maudite bouche.

— Je t'écoute, Pedro.

Une sorte de défi brille dans ses rétines, ce qui m'incite à supprimer l'écart entre nous.

— Je parle de toi, devenant plus que ma petite amie, lâché-je en plaçant mes mains à l'arrière de ses cuisses pour la soulever et la déposer sur la rambarde.

Ses jambes s'écartent naturellement pour me laisser me faufiler entre elles. Le soleil se reflète dans ses iris noisette et leur donne une teinte plus chaude, si bien qu'ils paraissent s'enflammer. Le bout de sa langue vient humidifier ses lèvres asséchées par son souffle court. Je détaille chaque réaction de son corps, et lorsque sa poitrine se soulève avec plus d'intensité, je devine ses tétons durcis sous le tissu de son vêtement. Cette constatation a un effet immédiat sur moi, au point que je sens déjà le sang affluer jusqu'à mon membre.

Mes mains se posent sur ses hanches tandis que ma bouche prend d'assaut son cou.

— Je suis déjà plus qu'une simple petite amie, mon amour, précise-t-elle alors que mes dents mordillent son épiderme.

Mes doigts glissent sous son tee-shirt pour se diriger vers ses seins.

— Je suis ton infiltrée, poursuit-elle pendant que je meurtris délicieusement son téton entre mon pouce et mon index.

— Je veux plus, soufflé-je près de son oreille.

— J'ai été ta... mule, moi aussi... ça compte...

Ses mots sont hachés par l'excitation qui grandit en elle chaque fois que je la touche, que je caresse son corps.

J'ai besoin de la posséder. J'ai besoin d'être en elle, *maintenant*. Je quitte sa poitrine pour défaire les boutons de son pantalon, et le gémissement qu'elle libère m'invite à me dépêcher. Je soulève ses fesses pour l'aider à se défaire de son vêtement et murmure tout contre ses lèvres :

— Je veux que tu sois ma femme, Camila.

J'arrache d'un geste assuré sa culotte et mes yeux se perdent sur sa féminité luisante, déjà prête à m'accueillir.

— Demande-le-moi correctement, lâche-t-elle avec une assurance qui me surprend.

Ses mains se placent sur mes épaules et m'incitent à me baisser.

J'arque un sourcil interrogateur dans sa direction, et Camila m'offre un rictus satisfait.

— J'ai dit : demande-le-moi correctement. Pose un genou à terre, Pedro, et demande-moi d'être ta femme.

Je déglutis lorsqu'elle écarte ses jambes et m'indique silencieusement ce qu'elle désire. Elle le sait, je suis à sa merci. Si je règne sur les favelas, que je suis au sommet de l'une des organisations criminelles les plus dangereuses du Brésil, c'est elle qui a le pouvoir sur moi. Ce soir, je suis à ses pieds.

Mes lèvres capturent ses chairs dans la plus brûlante des étreintes. Son goût envahit ma bouche et me donne envie de la voir se perdre dans le plaisir. Je torture son clitoris, puis insère deux doigts en elle. Son corps se cambre, m'offrant un meilleur accès, tandis que sa main s'immisce dans mes cheveux et guide mes mouvements. Je la dévore, la vénère et l'implore à la fois.

L'implore d'être à moi. Je savoure la preuve de son excitation, tout comme les gémissements qu'elle libère.

— Parfaite et mienne, prononcé-je en m'écartant brièvement de son intimité.

Sa réaction est immédiate, elle plaque de nouveau mon visage contre ses lèvres et me demande de continuer.

— Ne t'arrête pas...

Je courbe mon majeur et mon annulaire en elle pour atteindre son point le plus sensible, et ce geste accélère sa respiration. De légers frissons parcourent la peau délicate de ses cuisses, et je sais qu'elle est proche, que bientôt l'orgasme va la happer.

Lorsque je m'apprête à lui donner ce qu'elle souhaite, ses poings saisissent le col de ma chemise pour me relever.

Perplexe, je cherche une réponse dans ses yeux lorsqu'elle lâche, à bout de souffle :

— Je te veux en moi.

Un sourire carnassier incurve mes lèvres, et ses doigts s'empressent de libérer mon érection.

Je guide mon membre contre sa fente, et de mon autre main, j'agrippe sa mâchoire pour que son regard s'ancre au mien.

— Épouse-moi, *Coração*, murmuré-je en m'enfonçant en elle en une seule poussée.

Un cri lui échappe. Le plaisir que je ressens est si intense que je ferme les yeux et savoure le pouvoir de nos corps en symbiose. *Être en elle est la plus belle des promesses.*

Aucun de nous ne parle, parce que le silence en cet instant nous délivre nos vérités les plus secrètes. Dans chacun de mes à-coups, je lui prouve à quel point je suis amoureux d'elle, à quel point elle est nécessaire à ma vie. *À quel point elle est mon monde.*

Ses gémissements, son toucher et son souffle qui se mêle au mien me poussent à accélérer la cadence.

Au moment où, perdu dans ses yeux, je sens le paroxysme du plaisir nous atteindre, je la supplie silencieusement d'être mienne hier, aujourd'hui et demain.

Nue, allongée sur la couverture et les oreillers posés sur le sol, Camila observe et identifie les constellations qui composent le ciel étoilé de New York. Mes yeux, eux, admirent le corps de déesse de la jolie brune, sa peau dorée brille d'une légère couche de sueur post-orgasmique.

— On voit bien Orion. Juste là ! Regarde !

Devant mon manque de réaction, elle pivote, puis fronce les sourcils.

— Tu ne m'écoutes pas, constate-t-elle alors que je secoue la tête en souriant.

— Non, *Coração*, je suis trop subjugué par ta beauté, avoué-je en laissant mon index glisser sur son ventre jusqu'à son nombril.

En me concentrant sur le mouvement de mon doigt sur le bourrelet qui embellit sa silhouette, je prononce :

— Tu n'as pas répondu.

Mon regard remonte sur son visage et je note l'embarras qui la gagne. Elle inspire, s'écarte pour se saisir de sa culotte, et soupire devant le morceau de tissu déchiré avant de le reposer.

— Répondre à quoi, Pedro ?

Elle sait de quoi je parle, mais paraît vouloir éviter le sujet. Je me rassois donc à mon tour et lui tends son haut qu'elle cherche au milieu des vêtements éparpillés.

— Merci.

— À ma demande, Camila.

Ses iris noisette se relèvent vers les miens. Il est rare que j'emploie son prénom. Elle comprend donc le sérieux de mes paroles.

— Je pensais que tu avais balancé ça dans le feu de l'action, avoue-t-elle tout en revêtant ses habits.

— Non. C'était très réfléchi, en fait, admets-je en enfilant à mon tour mon sous-vêtement.

Elle m'observe, incrédule, et je comprends que les mots lui manquent. Je me positionne à sa hauteur, agenouillé, et attrape son visage en coupe.

— *Amor*, je t'aime.

Un voile d'humidité vient imprégner sa rétine lorsqu'elle répond :

— Moi aussi, je t'aime, Pedro.

— Je veux que tu sois mienne.

— Mais je le suis déjà.

— Je veux que tu le sois pour la vie.

— Mais on n'a pas besoin de se marier pour ça, contre-t-elle.

— Moi, j'en ai envie, affirmé-je sans hésiter, ce qui, je le sais, la surprend.

Elle déglutit et lâche un souffle d'exaspération. Elle se redresse, puis enfile son pantalon.

Un grondement de frustration m'échappe. Je lève les yeux au ciel en attrapant mes vêtements.

— Donc, c'est bien ça... J'avais raison, tu ne veux pas m'épouser.

Je me rhabille à mon tour, l'ego piétiné, et détourne mon regard d'elle.

— Ce n'est pas que je ne veux pas être lié à toi, Pedro. C'est avec ton monde que je refuse de l'être, s'explique-t-elle en attrapant mon bras pour m'obliger à lui faire face.

Je perçois de la culpabilité dans ses paroles lorsqu'elle comprend que je suis blessé.

— J'ai renoncé à tellement de choses pour nous, Pedro, pour ce que je ressentais pour toi. Mais je n'ai jamais voulu être l'épouse d'un narcotrafiquant. Ma mère s'est retrouvée seule à élever ses enfants. Je ne veux pas de cette vie-là.

— Alors, qu'est-ce que tu fais avec moi ? Qu'est-ce que tu veux, finalement ?

— Tu le sais très bien, soupire-t-elle. Tu sais très bien ce que j'ai toujours voulu. Ça n'a pas changé. La seule chose qui m'en empêche, c'est que je n'arrive pas à vivre sans toi.

Face à mon silence, elle poursuit :

— Je veux quelque chose que tu ne pourras pas m'offrir. Je veux une vie loin des favelas, de la violence et de la drogue... avec toi. Mais la vérité, c'est que c'est un sacrifice que je ne te demanderai jamais de faire.

— Ce monde fait partie de moi, Camila. Je suis né pour régner sur un empire, et désormais, je veux que tu en sois la reine.

Mon aveu lui coupe les mots. Camila m'observe, perdue, ou peut-être tiraillée entre ce qu'elle ressent pour moi et ses idéaux de vie. J'aimerais qu'elle voie que ces deux points sont indissociables pour moi, qu'elle est à la fois mes rêves, mon avenir et mon unique amour. Je voudrais qu'elle sache qu'elle a remis en doute tout ce qui me semblait pourtant évident.

— Je ne veux pas l'être, Pedro. Mais je te veux, toi.

Je fronce les sourcils et serre les mâchoires.

— Et qu'est-ce que tu veux que je fasse, Cam ? Que je lâche le cartel ?

Un rire sarcastique m'échappe devant l'absurdité de ces propos.

— Lâche les rênes, délègue ton empire, je ne sais pas… Mais je ne peux pas risquer de te perdre chaque fois qu'un conflit éclate au sein des différents réseaux. Et moi dans tout ça, tu y as pensé ? Une fois que je serai ta femme au nom de tous, je serai une cible à abattre pour tes rivaux. Regarde ta mère ! Et je ne parle même pas de la possibilité d'avoir un jour une famille.

Je déglutis, parce que je sais qu'elle n'a pas tort. Je suis conscient des risques qu'elle court chaque jour depuis qu'elle a décidé de rester avec moi au Brésil. Comme elle le dit si bien, ma mère en a fait les frais. Tuée par les ennemis de mon père. Et l'idée que Camila puisse vivre la même chose me broie de l'intérieur.

Elle clôt ses paupières et essuie l'une des larmes qui s'en libèrent.

— Qui est aux commandes en ce moment même ? m'interroge-t-elle.

— Ma sœur, Sonia et Veronica.

— La trafiquante d'armes ?

— Oui.

— Tu as confiance en elles ? En ta sœur et en Sonia ?

— Oui, il n'y a qu'elles à qui je confierais cette tâche, admets-je.

— Comment s'en sortent-elles pendant ton absence ? poursuit-elle son interrogatoire.

Je plisse les lèvres, comprenant où elle veut en venir. Mais je refuse de lui offrir le moindre espoir.

— C'est impossible, Camila. Oublie cette idée. Jamais je ne pourrai renier mes obligations. Tu comprends ?

Camila s'approche et se hisse sur la pointe des pieds pour saisir à son tour mon visage entre ses doigts.

— Tu veux connaître ma réponse ?

Je hoche la tête, perdu dans la lueur de ses iris.

— C'est non, si c'est le Serpent ou le chef de cartel qui me le demande. Mais c'est un oui, si c'est uniquement Pedro qui le fait.

— *Coração*..., l'interpellé-je en effleurant mon nez du sien. Ce n'est donc pas perdu.

Elle sourit et dépose un baiser sur mes lèvres.

— Si tu me promets de réfléchir à ce que je t'ai dit.

Nous nous observons longuement, nos fronts l'un contre l'autre.

— Je te le promets.

Sa bouche se pose sur la mienne et me dévoile tout l'espoir que Camila n'ose pas prononcer. Un espoir qui m'impose de faire un choix difficile. Un choix qui m'aurait semblé évident quelques années plus tôt, et qui provoque aujourd'hui une bataille entre mon cœur et ma raison.

4

Pedro

Trois jours plus tard
Recife, Brésil

Après plusieurs jours aux États-Unis, nous avons pris la décision de rentrer pour fêter le réveillon de Noël au repaire en famille. Camila et Vera ne se voyaient pas passer les festivités sans Eyana et Sonia.

Après quelques heures de vol, le jet s'apprête enfin à atterrir, et Becca nous demande d'attacher nos ceintures.

Alex rit en indiquant Camila endormie sur mon épaule d'un geste de la main. Tout comme Vera, elles se sont assoupies quelques minutes à peine après le décollage.

— Pas de crise de jalousie aujourd'hui, ironise-t-il.

Je secoue la tête, amusé à la pensée du vol aller et de la réaction de ma petite amie face à l'hôtesse de l'air.

— Alors, l'opération RVC ? lui demandé-je, un sourire en coin.

Il jette un œil à l'infiltrée, dont les lèvres laissent échapper un petit ronflement léger.

— Très bien. Je crois qu'on avait besoin de ces vacances tous les deux, avoue-t-il avec une sincérité qui me surprend.

Il a raison, ce petit voyage improvisé nous a été bénéfique à tous les quatre sur bien des points.

— Et toi ? Est-ce que Camila a fini par dire oui ?

Par instinct, mon pouce vient caresser la main de la concernée. Cette main que je n'ai pas quittée depuis qu'elle s'est assoupie. Mes lèvres se pincent, puis j'inspire longuement.

— Elle veut que je m'éloigne du trafic.

Il ne paraît pas étonné. Et son silence me surprend, parce qu'il semble comprendre la réaction de Camila. Il jette un regard aux deux femmes endormies avant de chuchoter :

— Elle en a parlé à Vera.

— Ah oui ?

— Oui. Et Vera m'a dit qu'elle était d'accord avec Camila.

Nous nous regardons longuement jusqu'à ce que j'ose demander :

— Et toi, Alex, t'en penses quoi ?

Il soupire en haussant les épaules.

— J'en sais rien, Pedro. Cette décision t'appartient.

Je ne réponds pas. À la place, je profite de la vue que m'offre le hublot. Loin de la neige et du froid de New York, c'est le soleil qui nous accueille pour notre retour au pays.

Après quelques minutes, l'avion est arrêté sur le tarmac de Recife. Depuis la fenêtre, je peux déjà apercevoir la berline d'Alberto, prêt à nous ramener au repaire.

Nous récupérons nos dernières affaires et, d'une main sur la chute de reins de ma petite amie, nous prenons la direction de la sortie.

L'hôtesse de l'air ouvre la porte à Vera et Alex qui descendent les premiers, puis se tourne dans notre direction.

— Bon retour, monsieur Gomes. Mademoiselle Soares.

Je manque de percuter Camila lorsqu'elle s'arrête pile devant la jeune femme.

— Becca ? C'est bien ça ? l'interroge-t-elle d'une voix trop douce pour paraître naturelle.

— Euh... oui, mademoiselle Soares, confirme-t-elle, confuse.

— Vous devriez probablement vous habituer à m'appeler madame Gomes, désormais, lâche Camila en cachant ses doigts dépourvus de bague de fiançailles dans mon dos.

Les yeux de la professionnelle bifurquent vers moi, puis de nouveau sur Camila.

— Très bien, dans ce cas, bon retour, madame Gomes.

Un sourire d'amusement étire mes lèvres, que je dépose sur le sommet du crâne de Camila lorsqu'elle lui répond :

— Merci. À bientôt, Becca.

Nous descendons les marches de l'escalier, et lorsque nous foulons le sol brésilien, j'interpelle ma petite amie.

— Madame Gomes, hein ?

Ses iris pétillent de malice. Elle pouffe, les joues légèrement plus roses qu'à leur habitude.

— J'avais besoin de voir comment ça sonnait, se défend-elle.

Je lève les yeux au ciel et rétorque :

— Non, *querida*, tu marquais ton territoire.

— Peut-être que tu as raison. Et je n'ai même pas besoin de jouer au cracheur de feu pour ça, ironise-t-elle dans une pique qui m'arrache un rire.

Pourquoi avoir besoin d'une arme quand on a à notre disposition un verre d'alcool fort et un briquet ? Son ex-petit ami en a fait les frais.

RIP Rafaël. *Ou pas.*

— On rentre à la maison ?

Elle hoche la tête avant de m'embrasser, puis nous retrouvons Vera et Alex dans la berline.

Un grand sapin prend place dans le salon du repaire. Le rose qui le décore me prouve que ma petite sœur a apporté sa touche personnelle à l'arbre de Noël. Les guirlandes lumineuses aux couleurs chaudes qui illuminent la pièce sont les mêmes depuis des années. Nostalgique, je fixe la chevalière à mon majeur. Les mois n'ont pas apaisé la culpabilité, mais ils auront au moins permis d'alléger ma rancune.

Et lorsque je nous observe tous ensemble agenouillés devant le sapin, je sais que de cette peine sont nés des instants précieux.

Entre les rires et les discussions, Vera raconte notre séjour aux États-Unis à Eyana et Sonia.

— Attends... Alex t'a vraiment emmenée patiner ? s'étonne ma sœur.

— Il a tenté les arabesques et les sauts piquets avant de s'éclater au sol, me moqué-je.

— Oui ! J'ai bien cru qu'il se briserait les jambes, ajoute Vera.

— Alexandro sur des patins à glace ? s'exclame Sonia en lui lançant un pain d'épice. Pourquoi j'ai raté ça ?!

— Ne les écoute pas, Sonia, mon amour, ils exagèrent toujours tout, je ne m'en suis pas trop mal sorti ! renchérit ce dernier, en affublant la petite amie de ma sœur – qui feint la nausée – d'un doux surnom.

Vera rit de leur échange et s'allonge sur le torse de son mari pendant que mes doigts fourragent les cheveux bouclés de Camila.

— Et vous, alors ? C'était bien New York ? nous interroge Eya, la mine espiègle.

Je sais qu'Eya cherche à savoir si la soirée en haut de l'Empire State Building, qu'elles ont organisée avec Sonia, a été une réussite.

— Ils se sont envoyés en l'air à presque quatre cents mètres de hauteur, lâche Alex, la bouche pleine de confiseries.

L'annonce de mon bras droit attire tous les regards dans notre direction. Camila se tend contre moi, alors que je lève les yeux au ciel.

Quelle putain de balance !

J'attrape l'une des boules du sapin et lui balance au visage. Il libère un gémissement plaintif tandis que je rétorque :

— Rappelle-moi de ne jamais te faire confiance si les flics te coffrent un jour, grondé-je sous les éclats de rire des autres.

Lorsque le calme revient dans la pièce, un raclement de gorge nous interpelle. Vera nous observe, embarrassée, et je ne manque pas le geste tendre que son mari a pour elle. Alex lui caresse le bras et embrasse sa tempe avec une douceur que je ne lui connais pas.

Camila, elle, serre ma main un peu plus fort. C'est inconscient, je le sais, parce qu'elle est totalement absorbée par Vera qui s'apprête à s'exprimer. Ma petite amie arbore un sourire enthousiaste, comme si elle savait ce que la jeune infiltrée allait annoncer.

— Pour ce deuxième Noël tous ensemble, on a un dernier cadeau à vous donner, nous informe-t-elle d'une voix incertaine.

Le muscle sous ma poitrine se met à battre plus rapidement pour une raison que j'ignore. Les deux amoureux s'offrent un regard tendre, et je n'ai pas besoin de l'entendre pour comprendre ce qui va suivre.

— Je vais être papa, lâche Alex, un sourire sincère sur le visage.

Et si les exclamations fusent autour de nous, que les filles sautent dans les bras d'une Vera en larmes, c'est une émotion nouvelle qui me gagne lorsque je perçois la joie de mon meilleur ami. Libéré du corps de ma future femme, qui est désormais trop occupée à s'extasier sur le ventre inexistant de l'infiltrée, je me lève et rejoins mon bras droit.

Pour la première fois depuis que je le connais, j'aperçois ses yeux humides. Alors, je me surprends à imaginer les sentiments qu'il ressent en ce moment précis. *Se sent-il comblé ? Effrayé* ?

Dans une étreinte amicale, je murmure à son oreille :

— Félicitations, mon frère.

Il s'écarte, et je le détaille longuement avant d'ajouter :

— T'es heureux, hein ?

— T'as pas idée.

Il laisse planer quelques secondes de silence avant de me conseiller :

— Tu devrais songer à ce que tu veux vraiment.

Je sais qu'il fait référence à la discussion que j'ai eue avec Camila aux États-Unis. Je garde pour moi le fait que je sais depuis bien longtemps ce que je désire, au fond : rendre heureuse une certaine mule aux boucles rebelles et au corps de déesse.

Le refus de Camila n'est pas un échec pour moi, mais une leçon.

Je m'attarde un instant sur elle, et sans même regarder mon meilleur ami, je réponds :

— Je la veux, elle.

— Alors, fais ce qu'il faut, conclut-il avec fermeté.

— Et si on allait se mater un film ? propose Sonia en attrapant la télécommande de la télévision.

— Une romance de Noël ! s'écrie ma petite sœur.

— J'ai une bien meilleure idée.

Le sourire en coin de mon bras droit me laisse deviner sur quel long métrage va se porter son choix.

— N'y penses même pas ! m'exclamé-je en riant.

— *Le Roi Lion* ! s'écrient Camila et Alex en chœur.

Je lève les yeux au ciel, mais abdique. Après tout, lorsque je nous observe tous les six, aux bras de celles qui partagent nos vies, je me dis que l'amour brille bien sous les étoiles ce soir. Il a brillé sous la neige de New York, et brillera encore longtemps ici, au Brésil, dans les rues de nos favelas.

Le regard de Camila s'ancre au mien, le bonheur et la joie que j'y lis me rappellent que cette femme mérite le monde.

Et je compte bien le lui donner.

Profitez d'offres exclusives et d'infos en avant-première
en vous inscrivant à notre newsletter :
www.plumesduweb.com/newsletter

Retrouvez toute l'actualité de Plumes du Web
sur notre site et sur les réseaux sociaux :
www.plumesduweb.com

www.facebook.com/PlumesduWeb
www.instagram.com/plumesduweb
twitter.com/PlumesduWeb
www.tiktok.com/@plumesduweb

ET

Découvrez dès maintenant les huit histoires
dont sont issues les nouvelles de ce livre !

EN CAVALE

CINDY LIA

Romantic suspense

Si elle meurt, il meurt aussi...

Dans le monde de Kate, seules deux choses la distraient du quotidien : le travail et April, sa meilleure amie et collègue. C'est elle qui l'aide à survivre aux assauts de sa patronne tyrannique.

Mais quand un drame vient bousculer tous ses repères, sa vie bascule subitement dans le chaos.

April est assassinée sous ses yeux.

Traquée par son assassin, Kate devient la prochaine cible sur sa liste. Elle n'a alors plus qu'un seul objectif : sauver sa peau.

Pour l'aider à déjouer le sort, la police l'affuble d'Anders, un flic rebelle, facilement irritable et bien trop franc à son goût, qui l'emmène en cavale à travers le pays.

Le problème ? C'est que le dingue court toujours et reste introuvable. La cohabitation forcée avec son mystérieux protecteur s'annonce donc plus longue et difficile que prévu...

Comment résister à la tentation lorsqu'on passe toutes ses journées et toutes ses nuits à ses côtés ?

Et surtout, comment rester en vie quand on ignore qui et pourquoi on doit fuir ?

AURORE PAYELLE

RED FALCON

Romance contemporaine

Weston Parker, attaquant de l'équipe de hockey de son université, est un paria parmi les étudiants. Depuis qu'il a été mis en cause pour l'agression de l'un de ses coéquipiers, plus personne n'ose l'approcher, sa réputation le précède.

Charlie, la petite sœur du capitaine des Huskies, vient rejoindre son frère Bill à Seattle pour sa troisième année d'école d'infirmière. Il est temps pour elle de faire table rase du passé, et de se reconstruire dans cette nouvelle ville. Pour Bill, une seule condition : qu'elle reste loin des membres de son équipe... et surtout loin de Weston.

Mais la curiosité, ce vilain défaut, pousse Charlie à braver tous les interdits pour découvrir ce que cache le hockeyeur.

Weston, impulsif et secret ? Charlie n'y croit pas un instant. Attirée par lui comme un papillon par une flamme, elle ignore les mises en garde.

Pourtant, fréquenter Weston pourrait s'avérer plus dangereux qu'il n'y paraît.

Autant pour son cœur que pour sa sécurité...

(IM)BALANCE

ARIA TOPEZ

Romance psychologique

T'étais une distraction, puis t'es devenue une frustration...

2007.

Si Pearl s'efforce de vivre sa vie sans faire de vagues, en réalité, son adolescence est un véritable enfer.

Un père en prison, une relation conflictuelle avec sa mère, un demi-frère qu'elle craint, et des secrets, toujours des secrets...

Elle étouffe dans sa famille. Elle étouffe dans son corps.

Alors, elle se laisse envahir par ses démons...

L'existence de Jace a basculé le jour où sa mère s'est retrouvée dans ce lit d'hôpital. Il n'a qu'une envie, c'est de terminer sa dernière année de lycée et de partir loin, très loin de ce père qu'il exècre. Les seules choses qui comptent pour lui désormais sont sa petite sœur et son indéfectible bande d'amis.

Quand Pearl emménage dans la maison voisine de Jace, ils comprennent vite que le destin s'est bien moqué d'eux.

Secrets et menaces, haine et passion, amour et interdictions. Seront-ils en position de faire la différence ?

Cependant, un lien les unit depuis qu'ils ont chacun mis un pied dans ce tribunal... Un lien bien plus fort qu'ils ne le croient.

Et pourtant, il la déteste.

D'ÂMES ET D'ÉCAILLES

ADELINE DIAS

Romance fantastique

Abandonnée, ballottée de famille d'accueil en famille d'accueil et habituée à ses longues discussions avec l'au-delà, Olympe a l'impression qu'au jeu de la vie, elle a tiré les mauvaises cartes.

Néanmoins, elle met à profit son don de médium pour aider les victimes de phénomènes de hantise.

Jusqu'à ce que l'âme d'un mystérieux défunt la pousse à accepter une mission loin de chez elle.

Alors qu'elle intervient auprès d'un couple, une maison abandonnée attire son attention. Un peu trop curieuse, elle brave le danger – et la raison – afin d'explorer la bâtisse en pleine nuit, quand elle est prise en otage par deux hommes.

Parmi eux, Adam, chef de la famille Montardent dont les membres sont maudits depuis des générations et condamnés à se transformer... en dragons.

L'homme est inflexible, farouche, arrogant, mais surtout écrasé par ses responsabilités ainsi que par la terrible malédiction qui pèse sur ses épaules et celles de ses proches.

Coincée avec eux sans échappatoire, et malgré leur hostilité évidente, Olympe décide de les aider.

Au péril de sa vie.

Et de son cœur.

AYA ESTRELA

THE SOUTH GIRL

Romantic suspense (2 tomes)

Quand la princesse des quartiers sud de Chicago débarque dans l'université la plus prestigieuse du pays pour débusquer l'ignoble violeur qui terrorise les étudiantes, ça provoque forcément des étincelles...

Elvira Petrova, dix-neuf ans, tombe des nues quand l'avocate de la très renommée King's University lui fait une proposition des plus inattendues contre un « petit » service. Le deal est risqué, mais bien trop tentant pour qu'elle puisse le refuser. Et voilà qu'en échange de la remise en liberté d'Amon, son frère, elle doit accepter de traquer le responsable des horribles agressions perpétrées sur le campus.

Telle une apprentie détective, elle va se lancer à corps perdu dans cette enquête, entraînant ses voisins et membres de l'équipe de hockey dans son sillage. Et plus particulièrement leur capitaine qu'elle déteste, Abel Ryder.

Mais le temps presse, et Elvira va devoir faire des choix face à ses terribles découvertes. D'autant plus que l'étau se resserre autour de la jeune femme lorsque le coupable inverse les rôles et la contacte, faisant d'elle sa nouvelle proie.

Tic-tac, tic-tac...

« Que la partie commence, Détective Petrova. »

EMILY KIND

FURYO LOVE

Romantic suspense

Elle voulait vivre son rêve. Il lui a offert le chaos.

Depuis qu'elle est enfant, Juno ne rêve que d'une chose, ou plutôt d'un pays : le Japon.

À 20 ans, ses espoirs sont récompensés lorsqu'elle intègre le programme d'échange étudiant de la prestigieuse université Keiō. Toutefois, elle va vite s'apercevoir que la réalité n'a rien à voir avec la fiction.

Si Masaki, le fils de la famille qui l'accueille durant son séjour, se révèle d'un véritable soutien, d'autres, en revanche, vont mettre à mal la vision idéalisée qu'elle s'était forgée de ce pays. Et se rapprocher de Ryōma Sawa, un jeune homme des plus énigmatiques, ne risque pas d'améliorer sa situation...

Entre les gangs de rues dignes d'un manga, sa fâcheuse tendance à se perdre, les cadavres d'adolescents retrouvés sur le territoire des T-KO et un amour naissant dans l'interdit, la vie de Juno va être complètement bouleversée.

Il se pourrait même que l'étudiante se retrouve confrontée à des choix auxquels elle n'aurait jamais cru devoir faire face.

The Bucket List

ALICE DESMERVEILLES

Romance contemporaine

Lily a tout pour être heureuse : de bonnes notes à la fac, un environnement familial sain et une carrière de médecin en perspective. Seulement, elle est trop sage, trop sérieuse, à l'inverse de son frère, Kyllian, qui part en vrille depuis la mort de leur père. Alors, sa meilleure amie décide de lui concocter une bucket list...

Adulé, méprisé, Maël est la star montante du foot, quarterback de l'une des plus grandes équipes de l'histoire, les New York Giants. Mais les apparences sont parfois trompeuses, et s'il sait bien une chose, c'est que succès ne rime pas toujours avec bonheur.

Quand la petite sœur de son coéquipier débarque dans sa vie, il comprend vite qu'elle le déteste. Et ça l'amuse... beaucoup. Jusqu'à ce qu'il doive jouer les babysitters. Et qu'il ait besoin de son aide.

Accepter son chantage ? Pas le choix.

Accepter qu'elle emménage au sein de la colocation de footballeurs ? C'est tout de suite moins drôle.

Mais Maël n'est pas du genre à se laisser faire, et il compte bien montrer à cette petite peste qu'il ne cédera pas à ses caprices...

Le Serpent et la Mule

MARINA M.L.

Dark romance

Est-ce que deux âmes brisées que tout oppose peuvent se trouver dans le chaos ?

La drogue, la mort... Camila connaît bien, elle qui baigne dedans contre son gré depuis sa naissance. Pourtant, elle ne rêve que d'une chose : obtenir son diplôme de journalisme et quitter sa favela pour éloigner sa famille de l'influence des cartels.

Mais quand son petit frère suit les traces de son père et se retrouve mêlé à leurs affaires, elle doit se sacrifier et mettre de côté ses idéaux pour lui éviter la mort.

La jeune femme est alors obligée de jouer la mule et de travailler pour celui qu'on prénomme le Serpent : un homme cruel et impitoyable, qui règne d'une main de maître sur l'un des réseaux de trafic de drogue les plus influents du Brésil.

Si l'attirance entre eux est indéniable, elle est aussi impossible. Pedro représente le lourd passé qu'elle cherche à fuir. Et pour lui, Camila est juste le jouet parfait pour assouvir ses addictions les plus malsaines.

Néanmoins, entre violences, trahisons et règlements de comptes, la petite mule pourrait bien se révéler plus utile que prévu.

Alors, pourquoi la laisser partir ?

Imprimé en France par
CPI Firmin-Didot
en octobre 2025
N° d'impression : 185455
Dépôt légal : octobre 2025